D0457811

COLLECTION FOLIO

Joyce Carol Oates

Nulle et Grande Gueule

Traduit de l'américain
par Claude Seban

Gallimard

Titre original :

BIG MOUTH & UGLY GIRL

Née en 1938 à New York, J. C. Oates est l'auteur d'une vingtaine de romans, de nombreux volumes de nouvelles, poèmes, essais et de pièces de théâtre. En 1970, elle a reçu le prix du *National Book* pour son roman *Eux*. En 1992, son livre *Reflets en eaux troubles* est à son tour sélectionné pour le prix Pulitzer. Elle est membre de l'Académie américaine et de l'institut des Arts et Lettres.

À Tara Weikum

JANVIER

UN

Ce fut un après-midi ordinaire de janvier, un jeudi, qu'ils vinrent chercher Matt Donaghy.

Ils vinrent le chercher pendant les heures de cours, alors que Matt était à l'étude dans la salle 220 du lycée de Rocky River, comté de Westchester.

Matt et trois de ses amis — Russ, Stacey, Skeet — avaient disposé leurs pupitres en cercle au fond de la salle et discutaient, à voix basse, de la nouvelle d'Edgar Allan Poe dont Matt avait fait une pièce en un acte, pour la scène ; après les cours, au club de théâtre, tous les quatre devaient lire *William Wilson : un cas d'erreur d'identité* aux membres du Club et à leur conseiller, M. Weinberg. Il se trouvait, par pure coïncidence, que M. Weinberg, professeur d'anglais et d'art dramatique au lycée de Rocky River, était chargé de surveiller l'étude à cette heure-là, et lorsque l'on frappa à la porte de la salle, il alla l'ouvrir avec sa bonhomie et sa nonchalance habituelles.

— Oui ? Que puis-je pour vous, gentlemen ?

Seuls quelques élèves, assis dans les premiers rangs, levèrent les yeux. Peut-être perçurent-ils une pointe d'étonnement dans le ton de M. Weinberg. Mais avec ses cheveux blond-roux grisonnants qu'il portait plus longs que la plupart de ses collègues masculins et une barbe hérissée qui incitait à la plaisanterie, M. Weinberg avait le don de dramatiser les remarques les plus ordinaires, en ajoutant sa petite touche chaque fois qu'il le pouvait. Appeler des inconnus « gentlemen » était tout à fait conforme à son humour.

Au fond de la salle, Matt et ses amis étaient plongés dans la pièce de théâtre, à laquelle Matt apportait des révisions de dernière minute, en tapant avec fureur sur son ordinateur portable. Avec anxiété, il avait demandé à ses amis : « Mais est-ce que ça *marche* ? Ça fait peur ? C'est drôle ? C'est *émouvant ?* » À Rocky River, Matt avait la réputation d'être à la fois une grosse tête et un pitre mais, secrètement, c'était aussi un perfectionniste. Il avait travaillé à sa pièce, *William Wilson : Un Cas d'erreur d'identité,* davantage que ses amis ne s'en doutaient, et il espérait qu'elle serait sélectionnée pour le Festival artistique de printemps du lycée.

Occupé à taper ses corrections, Matt ne prêta aucune attention à M. Weinberg et aux deux hommes qui parlaient ensemble à l'autre bout de la pièce. Jusqu'à ce qu'il entende prononcer son nom : « Matthew Donaghy ? »

Matt leva les yeux. Que se passait-il ? Il vit M. Weinberg le désigner du doigt, l'air préoccupé. Un début d'inquiétude lui serra la gorge. Que lui voulaient ces deux inconnus ? Ils portaient des costumes sombres, des chemises blanches, des cravates unies, et ils n'avaient vraiment pas le sourire. Ils se dirigèrent vers lui, mais séparément, en prenant chacun une allée différente, comme pour lui barrer le passage au cas où il aurait tenté de s'enfuir. Après coup, Matt prendrait conscience de la rapidité, de la décision — et du professionnalisme — avec lesquels ils avaient agi. *Si j'avais fait mine de prendre mon sac à dos... Si j'avais mis la main dans ma poche...*

Le plus grand des deux hommes, qui portait des lunettes vertes cerclées de sombre, dit :

— Vous êtes Matthew Donaghy ?

Matt était si surpris qu'il s'entendit bégayer :

— Ou... i. Je suis... Matt.

Un silence de mort s'était fait dans la salle. Tout le monde regardait Matt et les deux inconnus. On aurait dit une scène à la télé, sauf qu'il n'y avait pas de caméra. Les hommes en costumes sombres dégageaient une telle autorité que, à côté, familier et fripé en veste et pantalon de velours, M. Weinberg donnait une impression d'inefficacité.

— Qu... qu'y a-t-il ? Qu... que me voulez-vous ?

Les pensées se bousculaient dans l'esprit de Matt : quelque chose était arrivé à sa mère, ou à son frère Alex... Son père était en voyage d'affaires, était-ce à lui que quelque chose était arrivé ? Un accident d'avion...

Les deux hommes se tenaient de chaque côté de son pupitre, immenses au-dessus de lui. Anormalement près pour des inconnus. L'homme aux lunettes et au petit sourire figé présenta son compagnon et lui comme des policiers du service de police de Rocky River et pria Matt de les suivre dans le couloir. « Quelques minutes suffiront. »

Dans son désarroi, Matt se tourna vers M. Weinberg pour avoir son accord… comme si l'autorité du professeur pouvait prévaloir sur celle de la police.

M. Weinberg hocha la tête avec brusquerie. Lui aussi paraissait dérouté, désemparé.

Matt extirpa ses longues jambes de sous son pupitre. C'était un grand garçon dégingandé, maigre comme un lévrier, prompt à rougir. Avec tous ces regards posés sur lui, il se sentait le visage brûlant, comme enflammé par une violente éruption d'acné. Il s'entendit bégayer : « Il faut que… je prenne mes affaires ? » Il voulait parler de son sac à dos de toile noire, posé par terre à côté de son bureau, des nombreuses pages raturées de sa pièce et de son ordinateur portable.

Il voulait aussi dire : Je vais revenir ?

Les policiers ne se donnèrent pas la peine de lui répondre, et ils n'attendirent pas qu'il prenne son sac ; l'un d'eux le ramassa, l'autre se chargea de l'ordinateur. Ils ne précédèrent pas Matt mais marchèrent à côté de lui, sans le toucher, en donnant nettement l'impression de l'encadrer. Matt traversa la salle comme dans un rêve. Il vit vaguement les visages ébahis de ses amis, et surtout celui de Stacey. Stacey Flynn. C'était une fille populaire, très mignonne, mais une élève sérieuse ; ce qui se rapprochait le plus d'une petite amie pour Matt, bien qu'en fait ils soient « juste amis », liés par un intérêt commun pour le club de théâtre. Il eut honte que Stacey assistât à cette scène… Après coup, il se rappellerait l'efficacité et le professionnalisme avec lesquels les policiers avaient fait sortir l'objet de leur enquête d'un endroit public.

Ce fut interminable de marcher du fond de la salle aux premiers rangs, et jusqu'à la porte, sous le regard de toute la classe. Matt avait les oreilles qui bourdonnaient. Peut-être sa maison avait-elle pris feu ? Non, un accident d'avion… Où était papa ? À Atlanta ? Dallas ? Quand devait-il rentrer ? Aujourd'hui, demain ? Mais la police viendrait-elle au lycée pour apprendre à un élève des nouvelles aussi personnelles ?

De mauvaises nouvelles, manifestement.

— Par ici, mon garçon. Allons-y.

Dans le couloir, Matt dévisagea les policiers, qui étaient tous deux des hommes costauds, plus grands que lui et beaucoup plus gros. Sa gorge se serra ; il commençait à sentir les effets d'une anxiété purement physique.

Matt entendit sa voix, rauque, effrayée :

— Que… qu'y a-t-il ?

Le policier à lunettes le regardait maintenant en ayant l'air de se forcer à la patience.

— Tu sais pourquoi nous sommes ici, mon garçon.

DEUX

Cet après-midi de janvier où la Nulle a tout raté.

Non que ça m'ait blessée, *absolument pas.*

Non que ça m'ait fait quelque chose, *absolument pas.*

Non qu'aucun d'entre vous m'ait vue pleurer, *personne n'a jamais vu la Nulle pleurer.*

Pendant toute ma scolarité, si j'avais dû attendre d'être choisie pour faire partie d'une équipe, j'aurais attendu sur la touche comme les autres laissées-pour-compte. Les grosses, les bigleuses, les filles mal « coordonnées », les asthmatiques qui soufflaient comme des locomotives dès qu'elles couraient plus de quelques mètres. Mais la Nulle était une des meilleures sportives du lycée de Rocky River. Même les garçons devaient reconnaître ce fait, si peu que ça leur plaise. Du coup, Mlle Schultz, notre prof de gym (un genre de Nulle elle aussi, costaud, mal à l'aise en société, la peau basanée et les cheveux frisés), me nommait toujours capitaine d'équipe. Elle m'appelait « Ursula Riggs » comme si elle ne se rendait absolument pas compte que ce nom était hideux, et même quand elle me faisait des reproches — « Attention, Ursula ! », « Faute, Ursula ! » — on voyait que, secrètement, elle avait un faible pour moi. *Les Nulles doivent se serrer les coudes, pas vrai ?*

En cinquième et en quatrième, je faisais de la natation-plongée, et j'adorais ça. Mais l'équipe de natation, ça n'était pas fait pour moi. Le corps de la Nulle n'était pas bâti pour le plongeoir ni pour l'eau. Ni pour les regards critiques. Au lycée, je m'étais mise aux sports « terrestres », aux sports de « contact ». Football, hockey, volley, basket. Là, la Nulle faisait des étincelles. En première, j'étais capitaine de l'équipe de basket féminine de Rocky River. Nous accumulions les victoires, même si je n'étais pas vraiment ce qu'on appelle un capitaine populaire, et que, quand une humeur Rouge Feu me prenait, je n'avais pas vraiment le sens du jeu d'équipe. J'étais là pour marquer et je marquais.

Mlle Schultz me réprimandait, comme le font les professeurs qui vous aiment bien, en vous laissant comprendre qu'ils attendent davantage de vous. « Tu es une sportive douée, Ursula, et je sais que tu es aussi une très bonne élève. Quand tu le veux. » Pause. « J'aimerais pouvoir compter davantage sur toi, dans tes rapports avec les autres filles de l'équipe. » Ça ne me plaisait pas d'entendre ça, mais je me contentais de hausser les épaules et de fixer le sol. Mes grands nougats. La Nulle aussi aurait aimé pouvoir compter davantage sur elle-même.

Je n'avais pas beaucoup d'amis à Rocky River. (Maman et ma petite sœur donnaient à fond dans « l'amitié ».) Mais ça, c'était un Fait Barbant.

Bizarre : que des trucs qui me tracassaient au collège, qui étaient capables de m'envoyer pleurer dans un coin, aient complètement cessé de me prendre la tête. À partir du jour où je m'étais réveillée en sachant que je n'étais pas une mocheté, mais la Nulle.

Cela m'avait fait rire, et pas d'un joli rire féminin comme maman les aime. Un vrai rire, venu du fond des boyaux.

Je n'aurais plus jamais honte de mon corps, j'en serais fière. (Sauf peut-être de mes seins que je bandais comme si j'étais dans l'équipe de natation, et aplatissais plus ou moins dans un soutien-gorge de sport.)

J'avais des cheveux d'un joli blond duveteux, à en croire mes photos de bébé. Maintenant ils sont plus foncés. Histoire de rigoler, j'aimerais me raser le crâne un de ces jours, comme les skinheads. Ou peut-être me les couper en brosse. Ou les teindre en noir. Ou les décolorer. Sauf que papa n'approuverait pas et que maman mourrait de honte. Ils ont des idées conventionnelles, il leur faut des *filles* comme ma petite sœur Lisa. Lisa est une ballerine en herbe, et maman est gaga de ses cours de danse.

Ce qui m'énervait, c'était la manie que ma grand-mère Riggs avait, il n'y a pas longtemps encore, de nous comparer, Lisa et moi. « Ursula, ma chérie, quand vas-tu *cesser de grandir* ? » Comme si c'était une plaisanterie, ou quelque chose qui dépendait de ma volonté, et ça m'a fait détester la grand-mère Riggs que j'adorais.

Pourquoi les vieilles personnes qui vous connaissent depuis tout petit pensent-elles qu'elles *vous connaissent* réellement et ont le droit de vous dire des choses insultantes ?

— J'arrêterai de grandir quand tu arrêteras de vieillir, grand-mère. D'accord ? avais-je dit, en tâchant de rester polie.

C'était méchant. C'était blessant. La Nulle s'en fichait.

Il y avait des tas de gens que je commençais à détester alors que je les avais beaucoup aimés. Mais quand on aime les gens, on peut être blessé. J'avais fait quelques erreurs avec des amies, et avec un ou deux types que j'avais cru mes copains, et je n'étais pas près de les refaire.

Ce qui me plaisait dans le fait d'être aussi grande, c'était que je pouvais regarder à peu près n'importe quel garçon dans les yeux, même des types plus âgés dans la rue, ou des adultes que je ne connaissais pas. À la différence des autres filles, je ne me ratatinais pas comme un ballon qui se dégonfle quand des types m'asticotaient ou sortaient des grossièretés dans l'intention de vous embarrasser. Comment embarrasse-t-on la Nulle, au juste ? Au lycée, on entend des filles parler de leurs petits copains, de certaines « pratiques sexuelles » attendues d'elles, parfois carrément dans le bâtiment du lycée, ou dans le parking de derrière ; et entendre ça faisait bien rire la Nulle. Comme si elle était du genre à jamais *s'agenouiller* devant aucun type, ou devant n'importe quel être humain !

J'étais déjà plus grande que maman à l'âge de treize ans, et ça, ça me plaisait vraiment. Maman était une de ces femmes « menues » qui surveillent constamment leur poids et qui s'angoissent à cause des rides et des plis de leur visage, comme si le monde entier les regardait et s'en souciait ! C'était agréable aussi d'être presque aussi grande que papa (qui mesurait deux mètres, pesait plus de quatre-vingt-dix kilos), parce que cela l'obligeait à me traiter en égale plutôt qu'en enfant.

Et, surtout, c'était agréable d'être aussi grande, et parfois plus grande, que mes professeurs. Pas une seule des professeurs femmes de Rocky River n'avait la taille de la Nulle, et je veillais à me tenir toujours aussi droite qu'un élève officier de West Point quand je leur parlais. Tout le monde prenait des gants avec Mme Hale, la conseillère d'orientation, qui pouvait saboter vos chances d'entrer dans une bonne université en mettant quelque chose de négatif dans votre dossier, mais pas la Nulle. Mes professeurs préférés étaient Mme Zwilich, qui enseignait la biologie, et M. Weinberg, qui enseignait la littérature, et je n'avais pas peur de leur tenir tête, à eux non plus.

Je voyais bien que mes professeurs ne savaient pas quoi penser de moi. Il y avait Ursula Riggs, qui était une excellente élève, une fille sérieuse s'intéressant à la biologie et à l'art, et il y avait la Nulle, qui jouait au basket comme un Comanche et qui tenait des propos sarcastiques. C'était la Nulle qui était prédisposée aux sautes d'humeurs — lesquelles allaient du Noir d'Encre au Rouge Feu. Il pouvait m'arriver de quitter un cours en bâillant, ou de partir en plein milieu d'une interrogation écrite, d'empoigner mon sac à dos et de sortir. Mes notes se baladaient entre A+ et F. Dans un état d'esprit à peu près raisonnable, je savais que je courais le risque de rater mon test d'aptitude et de ne pas entrer dans une université d'un niveau acceptable à mes yeux mais, l'instant d'après, je haussais les épaules et éclatais de rire. *Qui ça intéresse ? Pas la Nulle.*

Ursula Riggs était une froussarde, qui avait peur de l'opinion des autres et de l'avenir. La Nulle n'avait rien d'une froussarde et se fichait de l'avenir. *La Nulle, femme de guerre.* Je savais que les gens parlaient de moi derrière mon dos, bien sûr. Mon père et ma mère. Mes camarades de classe, et même mes soi-disant amis. Dans le couloir du lycée, en entrant dans la cafétéria... je voyais les yeux, j'entendais les murmures, des rires étouffés. *Ursula, la Grande Bringue !* Je savais, et je m'en moquais. Pourvu qu'ils me fichent la paix, hein ?

Les humeurs Rouge Feu étaient géniales pour le basket — la Nulle brûlait vraiment le parquet — mais les Noires d'Encre, c'était moins bien. Les Noires d'Encre, ça voulait dire des pieds comme des blocs de béton et, à la place des yeux, ces petits morceaux de verre brisé qui faisaient mal. J'essayais d'éviter les Noires d'Encre en restant dans mon coin et en dessinant dans mon cahier, des croquis au charbon de personnes imaginaires ou de paysages de mon lieu de balade préféré, la réserve naturelle de Rocky River, ou, s'il fallait un remède plus radical, j'allais courir des kilomètres dans la réserve, courir-courir-courir par n'importe quel temps jusqu'à quasiment m'écrouler. *La Nulle, terrassée.* Mais ça me faisait du bien, en général.

Je détestais me changer dans les vestiaires, qui étaient un endroit où je me sentais seule, où je me sentais mal ; j'étais presque aussi embarrassée par mon corps que je l'avais été en quatrième, et toutes les filles gloussaient et murmuraient ensemble, comme si bizarrement elles étaient toutes sœurs, et plus proches de ma sœur Lisa qu'elles le seraient jamais de moi. Mais dès que je refermais mon casier et m'élançais dans le gymnase, où toutes les odeurs étaient parfaites, où les projecteurs faisaient étinceler le terrain, je sentais monter une humeur Rouge Feu. C'était là qu'était ma place ! J'adorais le basket, et si mes coéquipières jouaient bien, si elles passaient la balle à la Nulle pour qu'elle marque, et si elles ne s'emmêlaient pas trop les pinceaux, je les adorais aussi… ou en tout cas je les aimais bien.

— Hé. C'était pas mal, les filles. Merci.

Ces mots-là, la Nulle ne les avait grommelés qu'après quelques rares matchs. Les entendre mettait les joueuses de l'équipe de Rocky River aux anges, même celles qui ne pouvaient pas saquer leur capitaine.

Et puis il y eut ce match de malheur contre nos grandes rivales de Tarrytown.

Ce fut un jeudi après-midi de janvier, notre premier match de l'année, à domicile, et je vis tout de suite que mon équipe ne me soutenait pas. Même mes meilleures joueuses étaient maladroites et lentes, me lâchaient dans les moments décisifs. Chaque fois que je marquais un panier et donnais l'avantage à Rocky River, une des filles cafouillait, perdait le ballon, et Tarrytown reprenait la tête. Ma propre équipe sabotait mes efforts ! Tarrytown était l'une des meilleures équipes féminines de basket du district : elle nous avait battues aux éliminatoires la saison précédente, peut-être que cela démoralisait les filles ? Mais pas Ursula Riggs. J'étais avide de jouer. Dans mon maillot et mon short bordeaux, je vibrais d'excitation, j'avais une énergie illimitée... prête à s'embraser ! Mon humeur Rouge Feu couvait depuis des heures, et maintenant le feu flambait, gagnait mon cerveau et, plus je marquais, plus j'avais envie de marquer. Même les gens qui n'aimaient pas la Nulle devaient reconnaître que je me surpassais et applaudissaient mes attaques.

Un truc râlant : le match n'avait pas attiré les foules. Les supporters de Tarrytown étaient presque aussi nombreux que ceux de notre lycée... et ils manifestaient bruyamment leur enthousiasme pour leur équipe. Nous devions avoir le vingtième des spectateurs qui venaient assister aux matchs des garçons, le vendredi soir, et l'ironie de la chose c'était que nous étions meilleures qu'eux, accumulions les victoires, alors qu'ils avaient perdu autant de matchs qu'ils en avaient gagné. Nous méritions plus de respect qu'on ne nous en témoignait. Ma mère n'était pas venue, elle non plus, alors qu'elle avait plus ou moins promis de « passer ». Elle avait même envisagé d'amener Lisa, « si nos emplois du temps le permettent ». Malgré tout, nous avions des supporters, éparpillés sur les gradins, et l'équipe leur devait un bon match.

Je dus perdre mon calme une ou deux fois, me montrer blessante avec les filles, et elles m'en voulurent ; dans le dernier quart d'heure du jeu plus personne ne me parlait, tout juste si elles me regardaient. Le score fut de 28 à 27 en faveur de Tarrytown ; puis de 30 à 31 en faveur de Rocky River ; puis de 33 à 30 en faveur de Tarrytown. (Les points de Rocky River, c'était la Nulle qui les avait presque tous marqués, à l'exception de quatre ou cinq.) Quand la fin du match approcha, nous étions suantes, essoufflées, épuisées, et je m'étais montrée un peu brutale avec deux ou trois des joueuses de Rocky River, « sans le faire exprès ». Ça me rendait dingue que les filles de Tarrytown se serrent les coudes, jouent ensemble comme une vraie équipe, marquent des paniers qui déclenchaient les applaudissements et les sifflets de leurs supporters, alors que les nôtres étaient renfrognés et mécontents. Tarrytown prit une avance de six points à cause d'une maladresse stupide de notre arrière « vedette ». Pendant un temps mort, je dis à Mlle Schultz que je laissais tomber et elle riposta sèchement : « Oh non, Ursula, pas question, si tu abandonnes, je te ferai renvoyer. » Schultz était la seule à ne pas se laisser impressionner par la Nulle, une femme de caractère qui forçait le respect. Donc j'aspergeai d'eau froide mon visage brûlant et retournai sur le terrain, et pendant quelques minutes nous réussîmes à empêcher Tarrytown de marquer. Par un pur coup de chance, j'arrache le ballon à l'ailière vedette de Tarrytown, une Afro-Américaine à la peau sombre du même gabarit que moi, et, électrisée, je fonce à l'autre bout du terrain quand brusquement, comme on est frappé par la foudre, le pied de quelqu'un me fait trébucher. Je tombe, durement, mon genou droit heurte le sol, et le ballon m'est arraché des mains et passé à l'ailière de Tarrytown, qui court, bondit comme une gazelle et marque, avec autant de facilité qu'un couteau s'enfonce dans du beurre. De leur côté du gymnase, des acclamations ; de notre côté, des murmures. Mon visage flambe, je sais que tout le monde est remonté contre moi. Parce que la Nulle a joué si bien jusqu'à maintenant, on a l'impression qu'elle se relâche, ou qu'elle le fait exprès.

Je cours, en boitant. Je crie qu'on me passe le ballon. Mon genou droit m'élance, j'ai les jambes en coton. Que m'arrive-t-il ? Je ne regarde surtout pas en direction des gradins, mais je vois les yeux moqueurs, les visages railleurs, les mains qui feignent d'applaudir. Les garçons de Rocky River hurlent, je les entends presque : « Ursula ! T'es nulle Ursula ! » Leurs visages sont flous comme s'ils étaient sous l'eau, peut-être à cause de la sueur qui me coule dans les yeux et qui me brûle. Une terrible nausée me retourne l'estomac. La même que des années plus tôt quand, pendant une compétition de natation, je m'étais figée au bord du plongeoir, paralysée, et que, dans un silence de mort, j'avais fini par renoncer et quitter la piscine, en me mordant la lèvre pour ne pas pleurer, rouge de honte et d'humiliation. *Mais je ne suis plus une élève de quatrième terrifiée. Je suis la Nulle.*

Je me relance à fond dans le jeu, il ne reste que quelques minutes, et je saute pour attraper le ballon qui passe au-dessus de ma tête. Et je l'attrape ! Malgré ma vue trouble et mes jambes tremblantes ! Malgré ce goût de vomi au fond de la bouche. Les spectateurs hurlent, je suis à deux doigts de marquer, mais brusquement on me fauche le ballon, il faut absolument que je le reprenne, et je cours, glisse, respire par la bouche comme un cheval essoufflé. Encore un croche-pied... mais je refuse de tomber. Je cours sous le panier, personne pour me marquer, j'envoie le ballon à une fraction de centimètre au-dessus du cercle si bien que, merde, il frappe le panneau à un mauvais angle, rebondit, une arrière de Tarrytown fait un saut fantastique, l'attrape et fonce à l'autre bout du terrain, le passe à l'ailière, qui marque. Le match est presque fini. Un vacarme assourdissant dans le gymnase : cris, huées, sifflets, applaudissements et tapements de pieds. La Nulle titube, les jambes en coton. Que lui est-il arrivé ? Plusieurs filles se heurtent, des grognements, des bruits sourds, et je suis étendue par terre où je me tords de douleur, me mords les lèvres pour que rien ne sorte. Dieu merci, l'arbitre siffle : « Faute ! »

Face au panier maintenant, sur la ligne des lancers francs. Je me suis si souvent entraînée aux lancers francs, ici, dans le gymnase, conseillée par Mlle Schultz, que je peux les faire dans mon sommeil. Je peux les faire les yeux bandés. Sauf que, brusquement, je tremble. J'ai peur de vomir. J'ai peur que le ballon ne soit pas mon ami cet après-midi, mais mon ennemi. Un mauvais sort pèse sur ce match, et pèse sur la Nulle. On glousse sur les gradins. Mes yeux troubles voient le visage tendu de Mlle Schultz. L'équipe de Tarrytown en bleu et l'équipe de Rocky River en bordeaux ont les yeux rivés sur moi, et je lis dans leurs pensées : « *Rate, la Nulle, rate ! Nous te détestons.* » Et la Nulle a peur. Sa tenue est trempée de sueur, elle sent l'odeur de sa panique. Elle dribble deux ou trois fois pour se préparer psychologiquement. Comme si rien ne clochait. Prend fermement le ballon à deux mains, lui fait décrire une courbe vers sa poitrine, puis le propulse, haut, loin… le ballon vole vers le panneau, le heurte violemment et rebondit loin de l'anneau.

Gloussements, grognements. Silence.

La Nulle ravale le vomi qui lui monte aux lèvres. La Nulle tâche d'épargner sa jambe gauche. De nouveau, elle dribble, un, deux, trois… et de nouveau lance le ballon. En fermant les yeux comme une débutante.

Son second lancer est trop court.

La Nulle a tout raté.

J'entends les huées, je sens la colère et l'écœurement de mes coéquipières, je vois l'expression furieuse de Schultz. Impossible de se tromper sur le message qui m'est adressé.

Elles pensent toutes que j'ai fait exprès de perdre ce match.

TROIS

La vie est composée de faits, et les faits sont de deux : Barbants et Cruciaux.

J'ai découvert ça toute seule en quatrième. Dommage que je ne puisse pas le breveter !

Un Fait Barbant, c'est quasiment n'importe quel fait qui ne vous concerne pas. Ou alors quelque chose d'insignifiant, un fait de rien du tout. (Comme, mettons, la pluviosité annuelle en Bolivie. Crucial pour les Boliviens, Barbant pour tous les autres.)

Je sais que les Faits Cruciaux de la vie de la Nulle sont Barbants pour les autres. N'empêche que, pour la Nulle, ils sont Cruciaux.

Il y a un test pour dépister les Faits Cruciaux : ils font mal.

— Non. Je n'ai pas tout raté exprès. Mais si vous voulez penser que si, mademoiselle Schultz, vous pouvez.

Je ne parlais pas, je grondais.

Je m'enfuis en boitant du gymnase et courus dans les vestiaires. Je me cacherais dans la douche du fond, comme un chien qui lèche ses plaies.

La Nulle, torpiller sa propre équipe.

La Nulle, nous ne te pardonnerons jamais.

Pouvais-je leur en vouloir ? Ils avaient peut-être raison.

Je réglai l'eau chaude au maximum. Brûle, brûle ! La Nulle, traître à Rocky River. L'eau m'ébouillantait, fumait. Peut-être ma peau allait-elle devenir rose comme celle des homards et se détacher.

Le reste du match, deux ou trois minutes, avait passé comme un rêve. Rocky River avait perdu par trois points ; les doigts de Mlle Schultz m'avaient agrippé l'épaule comme des tenailles. « J'aimerais te dire deux mots, Ursula. »

J'avais fui le gymnase. Les visages renfrognés et haineux. Les supporters exultants et hurlants de Tarrytown.

Oui : le résultat de toute compétition sportive est un Fait Très Barbant pour tous ceux qui ne sont pas concernés par ladite compétition.

Mais c'est un Fait Crucial pour les personnes concernées.

Je n'étais pas près d'oublier les filles qui me fusillaient du regard, le visage luisant de transpiration. Dont Mlle Schultz. Des larmes me piquaient les yeux. Mais je ne donnerais à aucun de mes accusateurs la satisfaction de me voir pleurer.

Dans la douche, ces larmes brûlantes coulèrent. Ou peut-être n'était-ce que l'eau bouillante qui ruisselait sur mon visage.

En quoi était-ce ma faute que nous ayons perdu le match ? C'était moi qui avais marqué presque tous les points.

Oui, mais tu le sais : c'est ta faute.

Tu voulais les punir. Et te punir.

Je quitterais l'équipe ! Les filles détestaient Ursula Riggs… on verrait bien comment elles se débrouilleraient sans moi.

Je changerais peut-être de lycée. Pour un établissement privé de Manhattan.

Le trajet ne posait pas de problème. Papa le faisait tous les jours… il pourrait peut-être m'emmener en voiture.

Je laissai l'eau devenir froide, glacée. Par punition. À en avoir les dents qui claquaient et la peau hérissée par la chair de poule.

J'étais cachée dans la douche du fond. Les autres filles savaient que j'étais là, j'entendais leurs voix et leurs rires sardoniques. Pas une seule fois elles ne prononcèrent le nom de « Ursula », mais je suis sûre de les avoir entendues dire « elle », plusieurs fois, d'un ton dégoûté.

Les portes des casiers claquèrent. Personne ne m'appela pour me dire au revoir.

Même pas Bonnie LeMoyne, que j'avais pris pour une amie.

Même pas Mlle Schultz qui devait savoir ce que je ressentais.

Ce n'était pas ma faute ! Croyez-moi, s'il vous plaît.

Comme une nappe de pétrole, une humeur Noire d'Encre s'insinuait en moi. La Rouge Feu, euphorique, s'était vite dissipée. Sur le terrain de basket, lorsqu'on m'avait fait un croche-pied et que j'étais tombée. *La Nulle, à terre.*

Je revivrais souvent les dernières minutes du match contre Tarrytown, je le savais. Comme ce cauchemar récurrent où je me voyais paralysée — en public — pendant la compétition de natation de quatrième.

Cette fois au moins, maman n'était pas parmi les spectateurs ; elle ne risquait pas d'être déçue.

Cette fois au moins, maman n'avait pas amené Lisa assister à l'humiliation de sa grande sœur.

C'était une bonne chose, en fait, que papa ne vienne jamais me voir jouer. Il avait manqué la plupart des compétitions de natation, et il ne prétendait jamais sérieusement pouvoir se libérer de son travail pour venir voir mes matchs. Même quand papa n'était pas en voyage d'affaires à l'étranger, il était débordé de travail à New York. Il était directeur général de la société Drummond, qui avait son siège dans Park Avenue, à Manhattan, et des filiales à Londres, Paris, Rome, Francfort, Tokyo et Buenos Aires.

Naturellement, papa avait eu le temps d'aller voir Lisa danser dans *Casse-Noisettes*, le mois précédent.

Mais ça, c'est différent. Les ballerines sont jolies à regarder. Pas suantes, grognantes, laides.

Papa me demandait toujours : « Comment ça va, Ursula ? » avec un sourire attentif et cette lueur particulière dans les yeux qui me donnaient envie de croire qu'il était vraiment intéressé, mais j'avais appris depuis longtemps à ne rien lui dire de sincère, et surtout pas dans le détail, parce qu'alors son regard devenait vitreux, il donnait des signes d'agitation et cherchait maman des yeux pour qu'elle le tire d'affaire. À presque tout ce que je disais, il s'exclamait : « Super, chérie ! Ça m'a l'air très bien. Continue. »

En voulais-je à papa ? Non. Je savais qu'il n'y avait rien dans ma vie qui soit vraiment intéressant ou important. J'étais un Fait Barbant. Naturellement, papa se sentirait concerné, et même *beaucoup*, quand je commencerais à faire mes demandes d'admission dans les universités, mais ça, ça n'était pas avant l'an prochain. (Bien qu'il lui arrive de dire que « [sa] fille Ursula » irait à Harvard, comme lui-même l'avait fait. Harvard, le Cliché Numéro Un.) En attendant, papa avait sa propre vie. Même maman n'y avait plus tellement de place. Il était Clayton Riggs, Clay pour les amis, un homme important, occupé. Un bourreau de travail, et fier de l'être. Il y avait des jeunes au lycée de Rocky River dont les pères travaillaient pour mon père chez Drummond, ce qui était plutôt embarrassant. La vraie vie de papa était ailleurs, pas limitée aux huit pièces de notre grande maison blanche style XVIIIe de Rocky River, même si c'était la « maison de ses rêves » et des rêves de maman, bâtie sur un hectare de terrain de premier ordre.

Bien sûr, j'en avais souffert quand j'étais plus jeune. Avant que je devienne la Nulle.

Le temps que je sorte de la douche, un silence de mort régnait dans les vestiaires. Je me séchai les cheveux au-dessus d'un lavabo. Les démêlai à grands coups furieux avec mon peigne d'acier. En évitant mon reflet dans la glace. J'avais la peau rougie par l'eau brûlante, mais je me sentais un peu mieux. Je m'étais lavée de ma rage et de ma peine. Personne n'avait vu la Nulle pleurer, et personne ne la verrait jamais.

La Nulle, une solitaire.

Je me sentais en sécurité dans les vestiaires déserts. J'aimais leurs odeurs, leur chaleur humide. Je n'avais pas à ne-pas-entendre les autres filles parler et rire ensemble, partager leurs secrets. Je n'avais pas à remarquer qu'elles se taisaient lorsque je composais la combinaison de mon cadenas et ouvrais brutalement mon casier, comme j'avais l'habitude de le faire.

Lorsque je rentrerais à la maison, maman me demanderait avec un sourire coupable comment s'était passé le match en s'excusant dans la foulée de l'avoir manqué, et je répondrais : ça s'est bien passé, maman, tu n'as pas raté grand-chose. Pour que son sourire coupable puisse s'effacer. Pour qu'elle puisse se remettre à couver ce joli moineau de Lisa.

Malgré tout, il fallait bien que je rentre à la maison. Je ne pouvais pas rester cachée dans ces fichus vestiaires toute la nuit. Je me rhabillai en vitesse, n'importe comment. Le jean que je portais depuis des semaines et une grande chemise (d'homme) en flanelle noire. Parfois, par provocation, je mettais une grande chemise (d'homme) blanche, pour me donner un look chic-excentrique. Une rangée de clous d'or au lobe de l'oreille droite. Bien que méprisant la mode, la Nulle avait du style. En troisième, je m'étais « tatoué » sur le biceps gauche, avec des encres de couleur, un serpent à l'air mauvais, lové autour de la devise NE ME MARCHEZ PAS DESSUS ; j'avais fait sensation à l'école jusqu'à ce qu'on m'oblige à le faire disparaître.

Partout où je le pouvais, je portais ma casquette sale des Mets.

Cela mettait ma mère dans tous ses états. Même mon père, qui aimait le base-ball, tiquait.

— À la rigueur, les Yankees, chérie ! Pourquoi les Mets ?

Si tu dois poser la question, papa, tu ne le sauras jamais.

Il était tard, cinq heures passées. Un ciel d'orage hivernal au-dehors. À cette heure-là, le lycée de Rocky River serait quasiment désert, pensais-je. (Espérais-je.) Les rencontres sportives, les entraînements et les réunions de club auraient pris fin, les cars scolaires seraient partis. C'était étrange d'être la dernière à quitter les vestiaires ; d'habitude, j'étais la première. Lorsque nous gagnions un match, il y avait une ambiance euphorique, une atmosphère de fête à laquelle la Nulle était sensible, jusqu'à un certain point. Mais un petit moment seulement. Après, je m'en allais. Seule. Sans même attendre Bonnie. J'aimais être la première à partir. Je savais que les filles feraient l'éloge de mon jeu, quoi qu'elles pensent de *moi.* Mais ce soir-là tout était bizarre. Comme si le monde était sens dessus dessous. L'espace d'un instant, le cœur barbouillé, je me revis sur la ligne des lancers francs, grande, gauche et tremblante, serrant dans mes mains moites le ballon de basket (qui aurait dû être mon ami mais était mon ennemi). Tous les yeux fixés sur moi. *T'es nulle, Ursula !* Ils avaient voulu que j'échoue, et j'avais échoué.

« Ce n'était pas ma faute. *Non, vraiment pas !* »

Voilà ce que j'aurais aimé crier à Mlle Schultz.

Je refusais d'être une de ces filles névrosées qui se rendent malades de culpabilité pour des choses qui ne sont pas de leur faute.

N'empêche que je n'avais pas très envie de quitter les vestiaires. Où j'étais en sécurité. Je comprenais pourquoi les animaux blessés rampent se cacher dans un coin. Mon genou me faisait de nouveau mal et j'avais l'impression d'avoir tous les os fêlés. Ça gargouillait dans mes intestins, une sensation nauséeuse comme si j'avais la grippe. Peut-être était-ce seulement une grippe ? Je l'espérais, plutôt que les premiers symptômes d'une humeur Noire d'Encre.

La Nulle ! Nous ne te pardonnerons jamais.

— Ursula ? Tu as entendu… ?

C'était Bonnie LeMoyne qui me hélait.

Lorsque je sortis du lycée, je fus étonnée de trouver autant de gens rassemblés près de l'entrée de derrière, en train de discuter à voix basse, l'air surexcité. Que se passait-il ? Bonnie et des filles de l'équipe. Même Mlle Schultz. Des gens qui avaient assisté au match. Et d'autres. Je crus d'abord qu'il y avait eu un accident dans le parking.

Bonnie me fit signe et m'appela comme si de rien n'était.

— Si j'ai entendu quoi ? Qu'y a-t-il ? demandai-je.

— Personne ne sait vraiment, dit Bonnie. Une bombe…

— *Une bombe ?*

— Peut-être.

Le bruit courait qu'il y avait eu une alerte à la bombe au lycée dans l'après-midi. Ou que l'on avait peut-être découvert une vraie bombe dans la cafétéria, ou… dans la bibliothèque. Un garçon déclara qu'il avait entendu dire que la bombe — « une bombe artisanale » — avait été trouvée dans un placard du concierge, près du gymnase.

— Quand ? demandai-je d'un ton sceptique. Dans ce cas, notre match aurait été annulé, non ? On aurait fait évacuer le lycée.

Mais personne ne faisait très attention à moi. Ils parlaient tous en même temps, le visage en feu. Des filles de terminale nous rejoignirent avec cette nouvelle : elles venaient d'apprendre qu'un garçon, un élève de première, était venu au lycée avec un pistolet ou… une 22 long rifle ?… ou peut-être une mitraillette, capable de tirer des centaines de balles en quelques secondes. Quelqu'un affirma avoir entendu dire que le garçon avait été arrêté, que des flics armés étaient venus le chercher en classe. « Des flics armés ? Ici, au lycée ? » Nous étions tous stupéfaits. Et dire que pendant ce temps-là, l'équipe de basket féminine jouait contre Tarrytown, sans rien soupçonner du drame ! Une sorte d'exaltation perverse nous traversait comme un courant électrique. Je parlais avec des gens que je connaissais à peine. Mlle Schultz faisait partie du groupe et elle aussi me parlait, comme si elle ne m'avait pas trouvée au-dessous de tout moins d'une heure plus tôt.

Des garçons disaient que notre proviseur, M. Parrish, avait désarmé l'élève et appelé la police... ou qu'il avait été menacé d'une arme dans son bureau et délivré par la police. Quelqu'un déclara avoir entendu dire que c'était M. Weinberg. Tout le monde parlait en même temps. Une fille racontait qu'elle avait vu Stacey Flynn devant son casier, pâle et en larmes, rentrant chez elle plus tôt que d'habitude : mais elle n'a rien voulu me dire sur ce qui était arrivé. Peut-être le terroriste l'avait-il menacée ? Plus nous faisions d'hypothèses plus notre excitation grandissait. Comme si on avait jeté une allumette enflammée dans de l'herbe sèche.

Quelques garçons de terminale firent leur apparition, dont Trevor Cassity, le joueur de football américain, un type populaire, agressif, dont il se trouvait que le père travaillait pour le mien. Un fait qui provoquait un malaise entre Trevor et moi, un genre de gêne mutuelle, et qui contrariait aussi Trevor parce que la Nulle était une fille qui n'aurait même pas été digne de son mépris en tant qu'objet sexuel... sans ces circonstances atténuantes. Du coup, Trevor Cassity et Ursula Riggs s'évitaient d'instinct quand il arrivait, très peu rarement, qu'ils se rencontrent. À présent, Trevor et ses copains étaient excités, débordants d'indignation : savions-nous que c'était Matt Donaghy, un élève de première, qui avait menacé de faire sauter le lycée et de « massacrer » le plus de gens possible, savions-nous qu'il avait été *arrêté* ?

Matt Donaghy ! Il devait y avoir une erreur.

Je protestai :

— Je ne vous crois pas. Matt ne ferait pas un truc aussi cinglé.

— Eh bien, il l'a fait. Il a *essayé*.

Je ne connaissais pas très bien Matt Donaghy, mais j'avais fait tout le secondaire avec lui. Cette année, nous n'avions qu'un cours commun, celui de M. Weinberg. Il faisait partie d'une bande d'élèves populaires, sans être au centre de la bande, mais plutôt à la périphérie. J'avais l'impression qu'il avait beaucoup d'amis, et que les filles l'aimaient bien. Un « amuseur », un « clown », un type qui « faisait le malin », mais dont l'humour n'était pas méchant ni malveillant. Pour autant que je sache, Matt Donaghy ne cherchait pas à embarrasser les filles par ses plaisanteries et ne disait pas de grossièretés comme le faisaient des tas d'autres garçons. Matt Donaghy, menacer de faire sauter le lycée ! Venir en classe avec une bombe, ou une arme à feu ! C'était carrément incroyable. Matt n'avait jamais répondu à un prof, jamais fait une remarque sarcastique, aussi loin que mes souvenirs remontent.

C'est ce que je dis, et certains élèves furent aussitôt d'accord avec moi, mais d'autres non.

— Matt est un accro d'informatique, il a le profil. Ils se contactent entre eux, sur Internet.

— Matt ne fait pas d'informatique. C'est Skeet.

— Skeet aussi. Ils doivent tous être dans le coup.

— Russ Mercer aussi ? Mais eux n'ont pas été arrêtés… si ?

— Écoutez, aucun de ces types n'a le profil, il doit y avoir une erreur. Ça doit être quelqu'un d'autre…

— Quel est le genre de type qui fait ça ? Mettre des bombes dans les lycées ?

— Le genre timide, renfermé. Vous savez… les refoulés.

— Matt Donaghy n'est pas comme ça. Il a un sens de l'humour terrible. Il est vice-président des premières, bon Dieu.

Un des copains de Trevor annonça qu'il avait appris de « source sûre » que, dans la cafétéria, à l'heure du déjeuner, deux filles de terminale avaient entendu Matt Donaghy dire qu'il allait faire sauter le lycée, et qu'elles l'avaient dénoncé.

— Il voulait tuer le plus de gens possible, y compris des professeurs, parce qu'il n'était pas content d'une note qu'il avait eue à une interrogation… ou à cause de quelque chose qu'il avait écrit et que le journal avait refusé.

— C'est ridicule, dis-je. C'est *faux*.

Trevor Cassity me dévisagea.

— Comment le sais-tu ?

— Parce que j'étais là.

Ils me regardaient tous, les yeux pleins de défi. Et brusquement, je les trouvai répugnants, encore plus qu'après le match de basket.

Je tournai les talons et m'en allai. Vite.

Quelques personnes me crièrent de revenir, mais Trevor Cassity dit de sa voix basse railleuse :

— Évidemment ! On peut compter sur la Grande Ursula pour l'ouvrir quand elle sait que dalle.

J'aurais pu continuer à marcher, faire comme si je n'avais rien entendu, mais je m'arrêtai et lançai avec autant de dignité que j'en étais capable, vu que je tremblais de colère :

— C'est vous qui l'ouvrez sans rien savoir. Moi, je ne crois pas un mot de tout ça.

Je me mis à courir. De l'air frais ! Une neige légère tourbillonnait autour de moi comme une bénédiction. J'avais le visage en feu, et l'adrénaline bouillait dans mes veines. Cela m'écœurait que des gens qui connaissaient Matt Donaghy, ou auraient dû le connaître et lui faire confiance, soient prêts à croire des choses pareilles.

Pire encore, ils en jubilaient presque. Comme une foule lyncheuse.

QUATRE

— Tu sais pourquoi nous sommes ici mon garçon.

— Ah… oui ?

— Tu as quelque chose à nous dire, peut-être ? Quelque chose qui te pèse sur le cœur ?

— Je… ne sais pas.

Il avait peur, son cerveau ne fonctionnait pas correctement. Rien de tout cela n'avait de sens pour lui, mais (apparemment) cela en avait pour les policiers de Rocky River. C'étaient des adultes, des hommes à l'air sévère, pourquoi seraient-ils venus au lycée lui parler s'ils n'avaient pas eu une bonne raison de le faire ? Il voyait (du coin de l'œil, sans vouloir le montrer) que M. Parrish, le proviseur, se tenait à quelques mètres d'eux, dans le couloir. Il attendait, immobile. Pourquoi ?

Matt se mit à bégayer. Son cœur palpitait comme un petit oiseau affolé emprisonné dans sa poitrine.

— Quelque chose est arrivé… chez moi ?… à ma mère ?

Les policiers échangèrent un regard indéchiffrable. Comme si cela leur donnait une idée. Ils parlèrent en même temps :

— Est-ce que quelque chose est arrivé à ta mère, Matt ?

— Oui, mon garçon ? Il est arrivé quelque chose chez toi ?

C'est alors que la panique envahit Matt Donaghy. Quelque chose clochait dans sa respiration. Il eut l'impression que ses poumons se fermaient. Un oiseau aux larges ailes noires, plus grand que le plus grand des aigles, prit son essor derrière lui et l'enveloppa de ses ailes, l'empêchant de voir, arrêtant les battements de son cœur.

CINQ

Non. Non et non.

Je n'ai jamais dit ça, et je n'ai jamais eu l'intention de faire une chose pareille.

Personne ne va-t-il donc me croire ?

Matt Donaghy n'avait pas été arrêté par la police de Rocky River.

Matt Donaghy n'avait pas été menotté, conduit de force par la porte de derrière du lycée jusqu'à un véhicule de police, et emmené au commissariat pour y être inculpé d'un crime.

Personne n'avait été témoin d'une telle scène. Mais on en parlerait comme si elle avait eu lieu. Elle serait racontée, partagée, discutée comme un film qui n'avait pas été vu par tout le monde, mais que quelques-uns avaient vu, ou prétendaient avoir vu, et elle serait commentée avec tant de délectation, d'appréhension et d'enthousiasme que, très vite, il semblerait que quasiment tout le lycée de Rocky River y avait assisté, et avait son opinion sur le sujet.

— Il a été menotté. Matt a été *menotté* ?

— Mais pas les pieds. Pour qu'il puisse marcher.

La police de Rocky River était-elle réellement entrée dans l'établissement ? Pendant l'étude ? Ceux des camarades de classe de Matt qui avaient vu les policiers en civil l'emmener hors de la salle décriraient les deux hommes de différentes façons, en divergeant sur des détails, mais tous s'accorderaient à dire qu'ils portaient des costumes et qu'ils avaient parlé calmement à Matt.

Ce qui s'était passé en dehors de la pièce laissait le champ libre aux suppositions.

On commença à affirmer que les policiers en civil avaient été appuyés par des flics armés en uniforme. On commença à affirmer qu'il y avait eu un groupe d'intervention, équipé de fusils puissants, de gilets et de masques pare-balles. Rares étaient ceux qui pouvaient affirmer sans mentir avoir vu ce groupe d'intervention, bien que l'établissement ne fût pas précisément désert au moment où Matt avait été escorté hors de la salle d'étude.

Où les policiers avaient-ils emmené Matt, exactement ? Certains pensaient qu'ils étaient tous descendus dans le bureau de M. Parrish avant de partir pour le commissariat ; d'autres soutenaient que Matt avait été « arrêté » sur-le-champ et conduit au commissariat.

— S'il avait essayé de filer, ils l'auraient abattu ? Ouaouh.

— Impossible que Matt s'enfuie. Ils le tenaient, et il le savait.

— Ils ont fouillé son casier ? Ils ont confisqué quelque chose ?

— Est-ce qu'il a avoué ?

— Vous aviez déjà vu les armes de Matt ? Dans son casier, peut-être ?

— Je ne savais pas que Matt avait des armes.

— Des trucs pour fabriquer des bombes ? Ou des plans ? Des dessins ?

— Il a dû les télécharger sur Internet. Toutes les merdes de ce genre, on peut les télécharger, si on sait où chercher.

Dans le bureau de M. Parrish, porte étroitement fermée. Les dents de Matt claquaient. Il essayait de parler calmement.

— Écoutez, c'est de la folie. Je n'ai jamais... ce que vous dites.

— Nous avons été avertis. Par deux personnes. Deux témoins. Ils t'ont entendu.

— Ils m'ont entendu... dire quoi ?

— Menacer de « faire sauter le lycée ».

Matt dévisagea les policiers, abasourdi.

— Menacer de « massacrer » le plus de gens possible. Dans la cafétéria du lycée, aujourd'hui, il y a quelques heures à peine. Tu le nies ?

— Ou...oui ! Je le nie.

— Tu le nies.

— Je trouve ça complètement délirant.

— « Complètement délirant ». C'est ta réponse ?

Matt entendit dans la voix du policier une note d'écœurement et d'incrédulité qui lui rappela son père. Il frissonna.

Sur la table, un magnétophone tournait. Les policiers prenaient également des notes. M. Parrish avait ôté ses lunettes et se frottait les yeux comme s'ils lui faisaient mal. Un peu de transpiration brillait sur la lèvre supérieure du proviseur, et de fines lignes s'entrecroisaient sur son visage, pareilles aux griffures d'un stylo vide. Sa jeune assistante était là, penchée sur un bloc-notes, les sourcils froncés. Mme Hale, la conseillère d'orientation, et M. Rainey, le psychologue scolaire, étaient également présents, et regardaient Matt comme s'ils le voyaient pour la première fois.

Ce fut alors que Matt fit quelque chose d'inattendu : il grimaça un sourire.

Sa bouche se tordit comme une sorte de bouche en caoutchouc. Peut-être même qu'il rit. M. Parrish dit d'un ton sec :

— Ce n'est pas drôle, Matthew. On a proféré de très graves accusations contre toi.

— Je ne... Je ne trouve pas ça drôle, dit aussitôt Matt.

Il se sentait fatigué, tout à coup. Comme s'il avait couru des kilomètres sur la piste du stade.

— Revenons à ce qui nous a été dit. As-tu ou n'as-tu pas menacé de « faire sauter le lycée », aujourd'hui, dans la cafétéria ?

— Écoutez, demandez à mes amis ! Ils vous le diront.

— Nous le ferons, bien entendu. Si c'est nécessaire, nous le ferons.

Matt leur avait donné leurs noms : Russ, Skeet, Neil, Cal… Qui d'autre ? Mais Mme Hale dit :

— Nous souhaitons autant que possible éviter de mêler d'autres personnes à cette affaire. Nous aimerions tirer les choses au clair à la source.

— Eh bien, si je suis cette source, fit Matt d'un ton sarcastique, je peux vous dire que je n'ai jamais menacé ni hommes ni choses. Son cœur battait fort. Il se rappelait une histoire d'Edgar Allan Poe qu'il avait lue pour le cours de M. Weinberg, le semestre précédent : *Le démon de la perversité.* Il ajouta, la bouche de nouveau tordue par une grimace :

— Et si je l'avais fait, je ne vous le dirais pas, n'est-ce pas ?

Un silence stupéfait accueillit ses paroles. L'assistante de M. Parrish remua sur sa chaise avec gêne.

— Une simple plaisanterie, messieurs, dit M. Parrish, dont le visage se marbrait de rouge comme sous l'effet d'une crise d'urticaire. Matthew fait de l'humour.

— Tu trouves que c'est « drôle », Matthew ? Notre conversation ?

— Non, monsieur.

— Nous espérions clarifier les choses, Matthew. Sans t'emmener au commissariat.

— O.K., je regrette. Ce n'était pas sérieux.

— Qu'est-ce qui n'était pas sérieux ?

— Ce que… j'ai dit en dernier.

— C'est-à-dire… ?

Ils voulaient que ce soit enregistré, voilà l'explication. Tout ce qu'il dirait serait utilisé contre lui dans un tribunal. La bouche de Matt se tordit. *C'était* drôle !

Non, c'était sérieux. Matt répéta ce qu'il avait dit et ajouta des excuses. Le policier à lunettes commençait à le prendre en grippe, il le voyait. L'autre, plus jeune et plus massif, avait davantage de sympathie pour lui. Matt le pensait, du moins.

— Cette fois-ci, tu es sérieux, tu dis la vérité, n'est-ce pas ? Cette fois-ci, tu ne mens pas.

— Oui, monsieur. Je veux dire… non.

— Cette fois-ci, tu ne *mens pas ?*

— Je ne m… mentais pas. C'était juste une plaisanterie idiote.

— Tu considères que menacer de poser une bombe, de « massacrer » le plus de gens possible, est une « plaisanterie idiote » ? Ou quelque chose de plus sérieux ?

— Écoutez, interrogez les autres ! Ils vous le diront.

— Mais pourquoi le feraient-ils, Matt, si toi tu ne le fais pas ? Si vous êtes tous de mèche dans ce complot ?

— Nous n'avons rien comploté, rien du tout ! C'est complètement délirant ! C'est exagéré ! Je n'ai jamais rien dit de pareil.

M. Rainey remarqua doucement, en s'adressant à M. Parrish, qu'ils feraient peut-être bien d'interroger les autres garçons, à présent ; et M. Parrish dit, à mi-voix, qu'il espérait éviter de monter l'affaire en épingle.

— Vous savez combien les parents sont prompts à s'émouvoir, dans ce district.

Les questions, la « clarification » de la situation, continuèrent. Matt s'était imaginé une sorte de sitcom dont il serait la vedette, où il aurait toutes les bonnes répliques (pourvu qu'elles lui viennent à l'esprit), mais on en était très loin. Les autres, les adultes, avaient le texte ; et lui pataugeait. Il bégayait, refoulait ses larmes. Il n'arrivait pas à empêcher sa bouche de se tordre, comme un enfant de deux ans au bord de piquer une colère. Non, non ! C'était sérieux. Il le savait, c'était très sérieux. Il éclaircirait la situation, bien sûr. Il allait clarifier les choses, bien sûr. Il était intelligent ; M. Weinberg chantait ses louanges. D'autres professeurs aussi. Il allait s'expliquer avec assurance et maturité et tout éclaircir. Peut-être ne dirait-on rien à ses parents. (Matt aurait tellement voulu y croire.) Si tout était réglé assez vite, peut-être pourrait-il retourner dans la salle d'étude, où tout le monde serait soulagé et heureux de le voir. M. Weinberg lancerait une de ses plaisanteries : « Eh bien, Matthew Donaghy ! Je vois que l'on vous a mis en liberté provisoire. » Ou alors… « Il semblerait que la CIA cherche à vous recruter ? » Et Matt rougirait, et trouverait quelque chose de spirituel à répondre. Tout le monde rirait.

Il retournerait à son pupitre, en feignant la nonchalance. Stacey serait si soulagée. Peut-être lui prendrait-elle la main devant les autres. « Oh ! Matt.

Que te voulaient-ils ? » Russ et Skeet mourraient de curiosité, eux aussi. Mais Matt les laisserait mariner ; il sortirait le texte de sa pièce, ouvrirait son portable et dirait, en prenant l'accent britannique : « Où en étions-nous lorsque l'on nous a interrompus... ? »

Il aurait tellement voulu y croire.

Je n'ai jamais dit ça. Je n'ai jamais eu l'intention de faire une chose pareille.

Personne ne va-t-il donc me croire ? S'il vous plaît.

Dans le couloir, une cloche sonnait. L'étude était terminée, pour toujours. C'était comme un avion que l'on aurait raté.

Jamais Matt Donaghy ne pourrait retourner dans cette salle d'étude. Jamais il ne pourrait montrer aux autres élèves que ce n'était qu'une plaisanterie, que ce n'était rien.

Si étrange : d'entendre la cloche, de rester assis. Avec ces adultes. Ces inconnus dont il avait peur et qu'il détestait. Alors que les autres élèves quittaient leurs salles de classe, descendaient bruyamment l'escalier en masse, claquaient les portes de leurs casiers. Il eut une vision fugitive de Stacey, en larmes. Elle avait peur pour lui ! Ou juste honte de le connaître...

— Dites, est-ce que je peux partir, maintenant ? Je vous ai dit tout ce que je pouvais vous dire. Plusieurs fois. Je... dois aller au club de théâtre.

— Pas encore, Matt. Peut-être dans un petit moment.

— Lorsque nous aurons clarifié tout ça, Matt. Nous avons encore quelques détails à éclaircir.

— Mais je vous ai tout dit. Je ne fais que me répéter. S'il vous plaît, vous ne voulez pas parler à mes amis ? Il y a Russ Mercer, et « Skeet »... Frank Curlew. Il y a Neil...

S'il vous plaît. Cela faisait si désespéré, si suppliant et servile dans la bouche de Matt. Il avait mal au cœur.

M. Parrish lui assura qu'ils parleraient à ses amis, bientôt. Si c'était nécessaire. Cela ne le serait peut-être pas.

Matt reprit un peu courage. M. Parrish l'aimait bien, non ? C'était un proviseur amical, un « proviseur bonhomme », comme il disait, résolu à perpétuer et à améliorer la « tradition d'excellence » de Rocky River, mais, bon, juste un chic type, dont les lunettes vous faisaient un clin d'œil dans le hall, dont le grand sourire demandait : Comment ça va ? Un proviseur correct, un homme bien, croyait, ou voulait croire Matt. *Il est de mon côté. Je suis un élève de ce lycée. Il souhaite encore plus que moi que cette affaire soit éclaircie.* La mère de Matt assistait aux réunions de parents d'élèves et ne manquait jamais de parler avec le proviseur, la conseillère d'orientation, le psychologue, l'entraîneur d'athlétisme de Matt et tous ses professeurs. C'étaient des gens qui écriraient des lettres de recommandation lorsque Matt ferait ses demandes d'admission à l'université, l'année suivante. Indispensable de leur faire bonne impression ! *Fais en sorte qu'ils t'aiment. Mets-les de ton côté.*

La conversation continua. La clarification.

Les policiers demandèrent à voir le contenu du sac à dos de Matt, et il le leur montra. Il était renfrogné mais coopératif. *Ingérence dans ma vie privée. Il ne vous faut pas un mandat pour ça ?* Ensuite, comme il l'avait prévu, ils lui demandèrent de les conduire à son casier pour qu'ils puissent l'examiner et, là, Matt se rebiffa. « Non, monsieur. » Brusquement il était têtu, il refusait de coopérer.

M. Parrish insista. Et les autres. Inquiets pour lui. Feignant de ne pas être troublés, soupçonneux.

Mais Matt secoua la tête. Son visage flambait.

Pourquoi ? Parce qu'il avait honte. Il ne voulait pas que quelqu'un voie les policiers fouiller dans ses affaires.

Une grimace de colère lui tordit la bouche.

— Si vous vous attendez à trouver des armes et des bombes, je ne serais pas assez bête pour les cacher dans mon casier, vous ne croyez pas ? Il savait qu'il commettait une erreur. Mais apparemment, c'était plus fort que lui. C'est le premier endroit où on penserait à les chercher, non ?

Les policiers le dévisageaient fixement.

— À toi de nous le dire, mon garçon. C'est toi qui sais.

Naturellement, il savait qu'ils pouvaient ouvrir son casier, légalement, sans son autorisation. C'était au proviseur de Rocky River de donner, ou de refuser, cette permission. M. Parrish aurait pu attendre un mandat de perquisition, mais il ne demandait qu'à coopérer avec la police. « Vous ne trouverez rien », avait envie de railler Matt. Il aurait ri, s'il n'avait eu très peur, tout d'un coup.

Ils ne trouvèrent rien. Ce qui ne prouvait rien.

Ils emmenèrent Matt Donaghy au commissariat de Rocky River dans une voiture de police banalisée. Il n'était pas menotté. Il accompagnait les policiers « de son plein gré ». Ils lui avaient permis de téléphoner à sa mère, et elle devait les rejoindre en ville.

Par bonheur, le père de Matt ne rentrerait que le lendemain.

— Matt, il n'y a... (les yeux de sa mère clignotaient, elle les tamponnait avec un mouchoir)... rien de vrai dans cette accusation, n'est-ce pas ?

— Maman ! Bien sûr que non !

Ils étaient seuls ensemble, un court moment. Dans le commissariat. Dans une pièce sans fenêtre éclairée au néon. Sur une table en Formica traînaient des gobelets en polystyrène où restait un fond de café et un vilain cendrier en plastique noir, bourré de cendres et de mégots. Matt expliqua en hâte à sa mère ce qui s'était passé. Le malentendu dont il s'agissait. Une simple plaisanterie, et il avait été entendu et mal compris. Des « témoins » — il ne savait pas qui — lui attribuaient des paroles qu'il n'avait pas prononcées. Sa mère n'enregistrait pas grand-chose ; les yeux pleins de larmes, elle voulait le serrer dans ses bras.

— Ces… « témoins »… qui sont-ils ? Pourquoi répandraient-ils des mensonges sur ton compte, Matt ?

À cette question, Matt n'avait pas de réponse.

C'était déstabilisant pour lui de voir sa mère aussi bouleversée. Et de savoir que c'était sa faute. Son père ne lui pardonnerait jamais. Il allait devoir la tenir à distance ; la dernière chose qu'il souhaitait, c'était de fondre en larmes comme un bébé.

Sans un mot, il serra la main de M. Leacock, « son » avocat.

Et il serra aussi la main de la personne-du-tribunal-pour-enfants-de-Westchester, une femme entre deux âges au visage bienveillant.

— Matt Donaghy. Je suis ici pour protéger vos droits.

Complètement délirant, comme un rêve. Un de ces rêves épuisants qui durent indéfiniment. Et peut-être (Matt ne voulait pas y penser) n'était-ce que le début.

M. Leacock lui conseilla de dire « tout ce que vous savez » mais de parler avec prudence et de ne jamais « s'incriminer » d'aucune façon. Matt n'était assurément pas en état d'arrestation — pas encore — mais il était capital que tout soit réglé d'ici quelques heures pour que tout le monde puisse rentrer chez soi.

Donc Matt expliqua. Encore une fois.

Il n'avait rien fait de mal. Il n'avait rien dit de mal.

S'il vous plaît demandez à mes amis de confirmer mon histoire ! Russ et Skeet et Cal et… il ne savait plus qui encore avait été là, à l'heure du déjeuner… Denis Wheeler ? Ils laveraient Matt de tout soupçon.

Il s'efforça de ne pas prendre un ton sarcastique. Il s'efforça de cacher la rage qu'il éprouvait. Expliqua à son auditoire silencieux (les policiers, la femme du tribunal, sa mère éplorée et son avocat) : pourquoi quelqu'un comme lui aurait-il voulu faire sauter le lycée de Rocky River ? Il aimait l'école. Beaucoup. Il aimait ses cours et il aimait beaucoup de gens, il avait été élu vice-président de sa promotion. Et il n'avait jamais possédé d'arme, *jamais touché à une arme…*

Matt se mit à bégayer. Il se mit à tousser, et quelqu'un lui tendit un gobelet d'eau. Il but… l'eau était tiède. Sa main tremblait. Il croisa le regard de sa mère. Ils se souvenaient tous les deux que, dans la maison d'été de son oncle Jax, à Jackson Hole dans le Wyoming, il s'était servi d'une carabine calibre 22. Il y avait des années de cela ; Matt devait avoir treize ans. Oncle Jax avait voulu lui apprendre, et Matt était d'accord, il lui avait semblé que c'était le genre de choses qu'un garçon faisait et racontait ensuite à ses amis, une fois rentré chez lui. Le principal souvenir que Matt gardait de cette expérience, c'était le poids surprenant du fusil, et le bruit assourdissant, discordant, quand il avait pressé la détente. Il n'avait jamais touché la moindre cible.

Il détourna le regard. Il ne voulait pas savoir ce que sa mère se rappelait, ni ce qu'elle pouvait penser.

Qui étaient les « témoins » qui étaient allés dans le bureau de M. Parrish dénoncer Matt Donaghy ?

On protégeait leurs identités pour le moment.

M. Leacock objecta que son client avait le droit de savoir qui l'accusait.

Matt répétait, avec patience : qui qu'ils soient, ils avaient mal entendu. Quoi qu'ils pensent avoir entendu, ils s'étaient trompés.

Ou alors quelqu'un répandait délibérément des mensonges pour lui nuire.

Mais pourquoi ? Pourquoi lui vouloir du mal, à lui ?

Alors qu'il n'était que... Matt Donaghy ?

Seize ans. En première à Rocky River. Un élève sérieux, A – de moyenne (sauf en anglais, où il n'avait pratiquement que des A). Il collaborait au journal et à la revue littéraire du lycée, il avait été élu vice-président de sa promotion (par onze voix de majorité), les gens semblaient l'apprécier, il n'était pas le type le plus séduisant du lycée mais avec ses taches de rousseur et son sourire facile, il n'avait pas à se plaindre ; même s'il y avait chez lui, plus profondément, un sérieux, une nervosité, qu'il gardait pour lui. Il n'était pas bizarre. Il n'était pas un solitaire, un toqué d'informatique. Il ne cherchait pas des sites tordus sur Internet comme certains types. Il avait beaucoup d'amis qu'il connaissait depuis l'école élémentaire, et ses amis étaient super. Ses professeurs avaient toujours eu de l'affection pour lui...

M. Weinberg se porterait garant de Matt. M. Drewe, l'entraîneur d'athlétisme, se porterait aussi garant de lui. *Pas un coureur extraordinaire, mais il a le sens de l'équipe.*

Brusquement, on aurait dit que Matt passait en jugement.

Non, Matt ne prenait pas de drogues. Et il ne fumait pas. Il buvait peut-être quelques bières par-ci, par-là. Dans les fêtes.

D'accord, il fumait aussi... de temps en temps. Mais pas pour de bon. Il n'était pas idiot, il savait que c'était mauvais pour la santé. Le tabac, la nicotine, ce n'était pas son truc. En fait, il avait même essayé de chiquer du tabac que lui avait donné un ami, il n'y avait pas très longtemps, et il avait trouvé ça complètement répugnant. Il avait avalé un peu du jus, et ça l'avait rendu malade, il s'était mis à trembler, à vomir. Tout le monde s'était moqué de lui. Il ne prenait pas de drogues non plus. Il avait essayé l'ecstasy, mais cela lui faisait battre le cœur et lui coupait la respiration, il devenait paranoïaque, et c'était angoissant. Non, il ne fréquentait pas de drogués. Le bruit courait que certains des élèves plus âgés prenaient de la coke, de l'héroïne, mais Matt ne faisait pas partie de cette bande-là. Ce dont on pouvait l'accuser, supposait-il, c'était de dire des idioties. Pour faire rire les gens. Il était sûr que, ce jour-là, à l'heure du déjeuner, quand Skeet l'avait asticoté en lui disant qu'il ne serait peut-être pas sélectionné pour le festival artistique, alors que cela comptait énormément pour lui, il avait dit quelque chose comme : « Et qu'est-ce que tu voudrais que je fasse, que je mette une bombe dans le lycée ? » Et parce que cela avait provoqué quelques rires, il avait peut-être ajouté : « Que je massacre quelques centaines de personnes ? » Et Skeet était parti au quart de tour, comme toujours, il avait ri, tapé du poing sur la table, comme si l'idée que Matt Donaghy fasse une chose pareille était hilarante : « Comme à Columbine[1] ! *Viva* Columbine ! » Et Matt avait fait mine de mitrailler la pièce, s'accroupissant, feignant d'ouvrir un manteau : « Vroum-vroum-VROUM », et à ce moment-là tous ses copains, ou presque, étaient de la partie, Skeet, Russ, Cal, pour frimer, pour se faire remarquer. Par les filles des tables voisines, de jolies filles comme Stacey Flynn, qui regardaient dans leur direction, en souriant, l'air de dire *Ah ! vous, les garçons ! De vrais gosses.* Ou : *Qu'est-ce qui vous fait rire ?* Indulgentes pour les garçons comme elles l'étaient depuis l'école primaire. Mais il y avait foule dans la cafétéria, et d'autres élèves passaient près de leur table, dans l'allée centrale, et peut-être quelqu'un avait-il entendu… ou mal entendu. Donc s'il y avait quelque chose dont on pouvait accuser Matt Donaghy, c'était de se conduire bêtement,

1. Nom d'un lycée des États-Unis où, le 20 avril 1999, deux élèves armés de pistolets, de fusils et d'explosifs tuèrent treize personnes et en blessèrent vingt et une autres.

comme un gosse. Très souvent, après des numéros de ce genre, il avait honte. Parce qu'il n'était pas vraiment comme ça. Il était plutôt sérieux, en fait. Il voulait devenir écrivain, auteur dramatique. Il voulait jouer dans ses propres pièces. Et pour cela, il fallait travailler, réfléchir, et pas perdre son temps à faire le zouave. Le problème, c'était que Matt était doué pour ça : amuser les gens. Tout petit déjà, il était bavard et drôle. Il faisait rire les adultes. Si les gens riaient, ils appréciaient votre compagnie, et c'était agréable. Ils avaient tendance à avoir de la sympathie pour vous. Naturellement, Matt admirait les gens qui semblaient se moquer qu'on les aime ou pas — M. Jenkins, qui enseignait les mathématiques, par exemple. Et M. Rainey, le psychologue scolaire, qui devait recevoir des parents contrariés que leurs enfants aient des problèmes « psychologiques ». Et il y avait aussi cette grande fille au regard féroce : Ursula Riggs. Une vedette de l'équipe de basket. Qui semblait se contreficher d'être « appréciée » ou pas. Peut-être parce que son père était une pointure, directeur général d'une boîte... Matt était différent. Il avait besoin qu'on le remarque. D'une façon ou d'une autre. De faire que les gens l'aiment. Du coup, il s'entendait parler sans arrêt, comme si sa bouche avait sa vie propre. Comme s'il était une poupée de ventriloque et qu'il ne sache pas ce qu'il disait, parfois. Des choses qu'il ne pensait pas. Comme à la télé, ces comiques grossiers qui disent des choses qu'on n'est pas censé dire, tard le soir, sur le câble... des blagues sur le sexe, les races, le corps, les besoins naturels… les fusillades dans les écoles, les bombes. À la télé, on sait que ce n'est pas vrai, que c'est juste… pour rire. Un type qui tchatche devant un micro. Des gens qui se tordent de rire. M. Weinberg expliquait : c'est la transgression des tabous qui provoque le rire. Parfois les gens sont choqués, et ils réagissent par le rire. Mais certains vous haïront et se retourneront contre vous. Il faut donc être prudent. Non que Matt soit très grossier. Un peu grande gueule parfois, mais… en quoi était-ce un crime ? Aux États-Unis, il y a une Déclaration des droits qui garantit la liberté d'expression.

Non ?

SIX

— Ursula, qu'est-ce que tu regardes ?

C'étaient les nouvelles régionales, sur WWRR. À six heures. Sur l'écran, on voyait la façade de briques couleur chamois du lycée de Rocky River et, debout devant elle, sur le trottoir, dans un tourbillon de flocons de neige, une journaliste élégante aux yeux écarquillés, un micro à la main. « Les rumeurs d'une alerte à la bombe et d'une éventuelle prise d'otage au lycée de Rocky River, cet après-midi, n'ont pas été confirmées, je répète, *n'ont pas été confirmées* par les autorités scolaires ni par la police. » Puis une brève image de M. Parrish, le visage fermé, secouant la tête : « Pas de commentaire. » La journaliste présenta ce personnage fugitif comme « Harold Parrish, proviseur du lycée de Rocky River, comté de Westchester. M. Parrish se serait entretenu avec la police, cet après-midi, mais nie cependant qu'il y ait eu le moindre incident dans cet établissement de banlieue très réputé... » Écœurée, je passai sur une autre chaîne. Où les informations montraient un vrai bombardement au Proche-Orient.

Malheureusement… ma sœur Lisa avait eu le temps de voir. Elle dit :

— C'était ton lycée ? Qu'est-ce qui se passe ?

— Non. Ce n'est rien.

— Pourquoi tu as changé de chaîne. Remets-la, Ursula, allez !

— Non. J'ai dit que ce n'était rien.

— Elle a parlé du « lycée de Rocky River »… je l'ai entendue.

Lisa essaya de me prendre la télécommande, mais je l'élevai à bout de bras — ce qui était bien trop haut pour ma petite sœur. Lorsqu'elle voulut aller changer de chaîne sur le poste, je la pris par les hanches, comme dans un ballet, et l'emportai hors de la pièce.

Lisa me tapa sur les mains, en protestant. Mais elle aimait bien que sa grande sœur s'occupe d'elle. Tout le monde dans la famille disait que Lisa me « portait aux nues », et que je devais donc lui montrer l'exemple, mais je ne prenais pas ça au sérieux.

Évidemment. La Nulle fait trente centimètres de plus que Lisa, normal que cette demi-portion me voie au ciel.

Je tâchai de toutes mes forces de repousser une Noire d'Encre. Être déprimée est *barbant.* Mon genou me faisait un mal de chien, j'avalai donc trois Tylenol, comme le recommandait Mlle Schultz pour les maux et douleurs « sans gravité ». Le genou était enflé et prenait une jolie couleur pourpre et or, un vrai coucher de soleil tropical. J'avais d'autres bleus sur l'avant-bras et le poignet droits.

La Nulle, femme de guerre.

Et alors ? Il arrive qu'on perde.

La télévision s'était déjà emparée de la « nouvelle ». À la façon alléchante dont la rumeur était présentée, on se demandait vraiment ce qui se passait au lycée de Rocky River. Comme si M. Parrish lui-même tâchait d'étouffer un scandale. J'étais soulagée que l'on n'ait pas mentionné le nom de Matt Donaghy. Mais il y avait apparemment du vrai dans les rumeurs : la police était bel et bien venue au lycée. Tout Rocky River allait se téléphoner, ou s'envoyer des e-mails. Il se passait quelque chose…

Cela avait un bon côté : tout le monde se contreficherait que l'équipe de basket ait perdu un match qu'elle aurait dû gagner. Tout le monde se contreficherait qu'Ursula Riggs ait laissé tomber son équipe. « Ce n'est pas vrai ! Je n'ai pas perdu exprès. »

Je fermai la porte de ma chambre. J'allumai mon ordinateur et, très vite, avant d'avoir le temps de changer d'avis, j'envoyai un e-mail à Mlle Schultz.

Jeu 25/01/01 18h15

chère mlle schultz --
je quitte l'équipe. vous savez pourquoi.

UR

Je m'étais dit que cela ferait peut-être reculer la Noire d'Encre, mais non, cela aggrava plutôt les choses.

Et le fait que Mlle Schultz ne me réponde pas ce soir-là finit de les aggraver.

La Nulle. Scène de famille.

— J'espère que tu comprends, Ursula. Je voulais tellement…

— Bien sûr, maman.

— … Lisa et moi, nous…

— Pas de problème, maman.

— Mais le temps que j'aille la chercher à l'école…

— D'accord, maman. Cool.

Maman me regardait avec ses yeux inquiets/coupables. Nous étions toutes les trois dans la cuisine en train de préparer le dîner. Depuis que j'étais devenue végétarienne, en classe de troisième, je préparais presque tous mes repas, sur le plan de travail. La viande me dégoûtait, surtout quand elle était crue. Des tissus musculaires morts, *qui avaient été vivants !* Mes parents n'étaient pas ravis que Lisa soit devenue végétarienne, elle aussi ; elle est vraiment maigre, un squelette de moineau. Lisa et moi allions manger du tofu avec sauce de soja, haricots verts, champignons, tranches de tomates et riz complet sans sel. Maman préparait quelque chose de repoussant pour papa et elle, mais ils ne mangeraient que plus tard, après que Lisa et moi aurions fini.

Pendant quelque temps, j'avais refusé de m'asseoir à la même table que des gens mangeant des matières animales. Jusqu'à ce que mon père dise que ça lui faisait de la peine : il n'était pas souvent à la maison à l'heure du dîner, et quand ça lui arrivait, où était Ursula ?... en haut, dans sa chambre. J'avais donc lâché du lest. Lorsque maman servait du poisson ou des crustacés, je mangeais avec eux. Mais au lycée je faisais table à part quand Bonnie ou Eveann prenaient des plats contenant de la viande.

Parce que c'étaient des légumes, du riz, et cetera, j'en mangeais beaucoup. Et des yaourts, et des fruits secs. Et du pain noir. Je buvais beaucoup de jus de fruit, surtout de pamplemousse. Je ne faisais pas de régime, ça c'est sûr. Pas la Nulle.

J'avais des muscles, et ça ne s'obtient pas en faisant un régime.

Ce soir-là dans la cuisine maman disait, de son ton innocent : « Ça a l'air bon, Ursula. Tu veux bien en préparer un peu plus pour moi ? » Je n'étais pas dupe mais je dis que oui. J'étais une végétarienne convaincue et je comptais bien convertir toute la famille, mais je n'en parlais jamais beaucoup parce que, si vous le faites, les gens se braquent et sortent un tas de clichés imbéciles. Mon propre père, par exemple, qui est un homme intelligent, m'a déclaré, comme si c'était une vérité profonde, qu'il est dans la nature des carnivores de manger de la viande : « C'est pour ça que nous avons les dents que nous avons. »

Du tac au tac, j'avais répondu : « Des dents, papa ? Un homme de ton âge n'aurait plus de dents à l'heure qu'il est. Dans l'"état de nature", tu ne pourrais plus mâchonner que des trucs mous, genre tofu. »

Ce qui avait fait grimacer papa. De tout ce qui se mange sur terre, c'est le tofu qui le dégoûte le plus.

J'ajoutai : « La vérité, papa, c'est qu'il y a cent ans à peine un homme de ton âge n'aurait peut-être même pas été en vie. L'autre jour, au cours de biologie, j'ai appris que l'espérance de vie des hommes dépassait à peine les quarante ans. Et avec le cholestérol, les graisses animales, tu aurais les artères bouchées, sans avoir la moindre idée de ce qui t'arrive. »

Papa frissonna et reconnut que, bon, je n'avais pas tort.

Je l'entendis dire à maman, comme s'il était impressionné malgré lui : « Notre fille aînée est une sacrée idéaliste, hein ? » Et maman répondit, de ce ton que je ne réussis pas à interpréter : « Elle en a besoin, Clay. Espérons que ça dure. »

Une réflexion qui m'horripila ! Je ne la comprenais pas, mais elle m'horripila.

Parfois, je détestais ma mère. Je détestais sa façon de me regarder, en pensant ses pensées à elle sur mon compte. La Nulle n'avait que dédain pour les regards d'autrui, mais quand c'est votre propre mère qui vous regarde de près, c'est dur de rester indifférente.

Et maintenant, maman me faisait son petit sourire crispé coupable.

— Tu ne m'as pas dit un mot du match, Ursula. J'espère…

— Nous avons perdu. Ça fait trois mots.

— Oh ! Ursula. Mais c'était… un bon match ?

Je haussai les épaules. Je servais le riz dans les assiettes. D'habitude, à cette heure-là, après un match ou un entraînement, je mourais de faim, mais ce soir-là, avec cette humeur Noire d'Encre qui s'insinuait en moi comme une nappe de pétrole, je me sentais toute chose. Pas seulement parce j'étais honteuse et furieuse à cause du match ; cette rumeur sur Matt Donaghy avait quelque chose de perturbant, elle aussi. Et le fait que, en parlant avec ces gens au lycée, la Nulle, qui aurait dû être supérieure à une foule lyncheuse, avait d'abord trouvé ça excitant, comme les autres.

Elle s'était réjouie que quelqu'un d'autre ait des ennuis.

— Moi, je voulais te voir jouer, Ursula, dit Lisa.

Je haussai les épaules. J'en avais aussi contre Lisa. Évidemment.

Ma mère et ma sœur échangèrent un regard. En croyant que je ne remarquerais rien.

Lisa avait onze ans, moi seize. À sa naissance, j'avais cinq ans et j'avais toujours été le Bébé de la famille Riggs. Ce fut un choc pour moi de découvrir que cette place ne pouvait être occupée que par une seule personne dans une famille. À partir de ce jour-là, Lisa avait été le Bébé, et ce qu'était Ursula, je ne le savais pas.

Ou plutôt, j'avais fini par le savoir. Mais cela avait pris du temps.

Maman recommença à se trouver des excuses, comme si elle n'avait pas manqué quasiment tous mes matchs de la saison, et je dis :

— Tu n'as rien raté, maman. N'en fais pas une obsession.

— J'espère au moins que tu as passé un bon moment.

— « Un bon moment ? » Alors que nous avons perdu ?

— Tu sais ce que je veux dire, chérie. Il n'y a pas que gagner qui compte dans le sport, n'est-ce pas ?

Je savais qu'elle avait raison. C'était aussi ma philosophie. Mais je gardai le silence.

Maman conduisait systématiquement Lisa à ses cours de danse. Et souvent, elle restait à la regarder. Pendant les vacances scolaires, elle l'avait emmenée deux fois voir le New York City Ballet. Naturellement, j'avais été invitée à les accompagner.

Est-ce que cela me dérangeait que Lisa soit la préférée de tout le monde ? Franchement, non. Je ne supportais pas les petites ballerines chichiteuses — le mot de « ballerine » me retroussait les lèvres — et les musiques chichiteuses du genre *Casse-noisettes* et *Lac des cygnes* me donnaient envie de vomir, mais s'il y avait des gens pour adorer ça, très bien. Des filles dont les clavicules et les os du bassin saillent à travers les collants, qui glissent, tournoient et sautent, qui tâchent de ne pas grimacer de douleur quand elles s'écrasent les orteils à faire des pointes sur un sol dur… très bien. Des filles anorexiques de onze ans… très bien. Maman aimait nous raconter qu'elle aussi avait fait de la danse quand elle était petite. Elle a de petits os, le genre de femme qui aime qu'on la dise menue. Comme si c'était un compliment. Mes gènes de géante, je les tiens manifestement de papa.

Nous étions en train d'emporter les plats dans la salle à manger. Je dus boiter un peu parce que maman me fondit dessus comme un épervier.

— Tu t'es fait mal pendant ce match, Ursula ?

— Je vais parfaitement bien, maman.

— C'est ton genou ?

— Non.

— Oh ! Ursula. Maman m'effleura les cheveux, et je me reculai. Elle remonta ma manche, et je faillis la repousser. Ce sont des bleus, Ursula ?

— Non.

— Qu'est-ce que c'est, alors ?

— De la crasse.

Lisa pouffa. Je ris, moi aussi. La Nulle avait un gros rire âpre qui n'avait rien de communicatif.

Maman commença à m'entourer d'attentions. Je dis :

— Je vais manger dans ma chambre. J'ai beaucoup de travail pour demain.

— Tu ne vas pas manger dans ta chambre, Ursula. Tu vas manger avec nous.

— Tu ne manges pas, que je sache.

— Si. Je vais m'attabler avec vous. S'il te plaît.

— S'il te plaît... quoi ?

— Ne sois pas malpolie, Ursula. Je suis très fatiguée, et...

— Qu'y a-t-il de « malpoli » à avoir des devoirs à faire, maman ? C'est de l'histoire. La guerre de Sécession. Ce n'est pas moi qui ai choisi.

Lisa pouffa de nouveau. Maman me regardait avec des yeux tragiques, qui faisaient humides et pas-jeunes.

— Je t'ai dit que je regrettais d'avoir manqué ton match, Ursula, mais j'ai un emploi du temps si… compliqué. Avec ton père qui est absent si souvent, et la maison à entretenir, ma vie…

Je détestais que maman parle comme cela. Surtout devant Lisa. On n'a pas envie d'entendre sa mère supplier. Je me rappelais lui avoir entendu cette voix d'oiseau blessé l'été précédent, dans l'île de Nantucket. Nous avons une grande et vieille maison de bardeaux blancs là-bas, sur l'eau, et, au mois d'août, papa vient nous rejoindre en avion le jeudi et reste jusqu'au dimanche soir. Ce jour auquel je pense, papa venait juste d'arriver de l'aéroport, maman et lui étaient ensemble dans leur chambre et la porte était fermée. *Je n'écoutais pas* mais j'entendais leurs voix, quelque chose dans la voix de maman, un ton implorant, qui mendiait et exigeait à la fois, et la voix plus grave de papa, cherchant à rassurer. J'avais eu si peur, tout d'un coup. *Ne nous quitte pas, papa. Pas encore. S'il te plaît, papa.*

Le père de Bonnie LeMoyne était parti, deux ans plus tôt. Bonnie avait avalé vingt des barbituriques de sa mère puis m'avait téléphoné et j'étais allée chez elle et lui avais fait vomir ces saletés dans les toilettes. Une bouillie blanche comme de la craie et du Pepsi light qui, je le jure, pétillait encore. C'était le secret de Bonnie et de la Nulle… personne d'autre n'était au courant.

La Nulle n'abuserait jamais des barbituriques. Ni du Pepsi light.

Si ça lui arrivait, vous pouvez être sûrs qu'elle n'irait pas flancher au dernier moment et téléphoner à une amie.

Je cédai et mangeai en bas. Lisa alluma des bougies sur la table de la salle à manger. Maman s'attabla avec nous, et picora son tofu et son riz en disant que c'était absolument délicieux. Elle s'était servi un verre de vin et le buvait lentement. Papa devait rentrer vers huit heures, dit-elle… ou huit heures et demie… mais qui pouvait savoir ? Il téléphonerait peut-être, ou peut-être pas. C'était l'emploi du temps, la vie de papa qui étaient compliqués ; la vie de maman était juste remplie.

J'avais fait promettre à Lisa de ne pas parler à maman des informations à la télévision et, à mon grand étonnement… Lisa tint parole. À moins qu'elle ait simplement oublié ? Je savais que maman serait vite au courant, et je n'avais pas envie d'en discuter avec elle. À table, je dis en passant que j'allais peut-être laisser tomber l'équipe de basket, et maman comme Lisa se montrèrent déçues.

— Oh ! Ursula, dit Lisa. Tu es trop bonne, ne fais pas ça !

Les yeux de ma petite sœur étaient si beaux, chauds et noirs, avec de longs cils fins de poupée, qu'il était parfois difficile à la Nulle d'être jalouse d'elle.

— Ursula ! Descends !

Maman m'appelait. C'étaient les informations de 22 heures, sur une autre chaîne. Cette fois, un journaliste, qui avait sur le crâne une moumoute ressemblant à une grosse crêpe noire, disait avec gravité que la police de Rocky River « n'avait pas encore communiqué l'identité de l'élève du lycée de Rocky River qui aurait menacé de faire sauter l'établissement et de massacrer ses professeurs et des centaines de ses camarades ». Puis l'on vit, sous des rafales de neige, M. Parrish, l'air harassé, reculer devant un journaliste agressif qui lui brandissait un micro sous le nez. M. Parrish déclarait, avec autant de dignité qu'il en était capable : « J'ai dit : pas de commentaire pour le moment. » Vint ensuite un policier en civil, qui regarda la caméra en fronçant les sourcils. « Une enquête est en cours. Non, non, nous n'avons procédé à aucune arrestation. » Retour au journaliste dans son studio avec, en vignette dans le coin inférieur gauche de l'écran, la façade du lycée. « Un élève de quinze ans aurait été temporairement exclu du lycée dans l'attente d'une enquête approfondie. À l'heure où nous parlons, l'on ignore si ce garçon a des antécédents, s'il souffrait de troubles psychiques ou même s'il avait des complices dans le présumé complot. Et maintenant... » On passe à Manhattan, et à la façade de l'hôtel de ville.

— Quelle horreur, mon Dieu ! C'est tellement insensé, et tellement horrible.

Maman était dans tous ses états, comme je m'y étais attendue. Elle me demanda si j'étais au courant. Si le lycée avait été « évacué ». Je lui dis que ce n'était qu'une rumeur.

— Alors, tu es au courant, Ursula ?

— Non ! C'est-à-dire… je suis au courant de la rumeur.

— Comment sais-tu que ce n'est qu'une rumeur ?

Parce que j'étais là, j'étais témoin.

Je me passai la main dans les cheveux, qui restèrent tout droits sur ma tête. Lisa était encore debout, en pyjama ; elle me regardait avec des yeux écarquillés. Papa n'était toujours pas rentré, manifestement. J'espérais, pour maman, qu'il avait appelé, mais je ne me souvenais pas avoir entendu le téléphone sonner. Je remontai l'escalier, et maman me cria :

— Ursula ! Que sais-tu de cette histoire ? Tu connais ce garçon ?

C'était trop compliqué à expliquer à maman. Elle avait bu, ça se voyait. La peau empourprée et le bas du visage flasque, comme de la pâte molle.

Je m'enfermai à clé dans ma chambre. Maman me suivit et frappa à la porte. « Ursula ? Que fais-tu ? S'il te plaît… » Je savais qu'elle se découragerait au bout de quelques minutes, si je ne tombais pas dans le piège en me mettant à hurler à mon tour de mon côté de la porte.

Les informations à la télévision m'avaient tellement énervée que je tremblais. Rien n'était vrai… j'avais entendu très exactement ce que Matt Donaghy avait dit dans la cafétéria, et j'avais vu ce qu'il avait fait. Cette histoire devait être un vrai cauchemar pour lui.

Je voulais l'appeler mais j'eus du mal à trouver les bons Donaghy dans l'annuaire. Je ne connaissais pas le nom de son père ni leur adresse. Le premier numéro que je composai sonna occupé. Le téléphone devait être décroché. Au numéro suivant, un type revêche répondit : « Si c'est encore un putain de journaliste, *vous vous trompez de numéro.* » Et il raccrocha violemment.

J'essayai les deux derniers Donaghy et tombai sur des répondeurs. Je raccrochai.

D'accord, je savais que c'était une conduite « impulsive ». Ma mère — et mon père — me reprochait toujours d'être trop « impulsive ». Mais je savais ce que j'avais à faire, et j'allais le faire, la Nulle était comme ça. Je cherchai donc le numéro de Russ Mercer dans l'annuaire, et je l'appelai. Le téléphone sonna dans le vide ; je cherchai alors le numéro de Cal Carter, et encore un bide. On aurait dit que tous les amis de Matt Donaghy avaient disparu. Je détestais Skeet, un petit salopard suffisant, agité comme un ver, qui regardait les filles en roulant les yeux quand il pensait qu'elles ne le voyaient pas et qui, derrière le dos de la Nulle (croyait cet enfoiré), dessinait des formes obscènes de femmes dans les airs. Donc, pas question que j'appelle Skeet. Mais je m'entendais vraiment bien avec Denis Wheeler, qui était dans le même cours que moi en biologie, alors je fis son numéro et Dieu merci il répondit, l'air un peu nerveux, et il refusa de parler de Matt (comme si on le lui avait déconseillé, ses parents peut-être ?) mais il fut assez sympa pour me donner l'adresse électronique de Matt à qui j'envoyai donc ce message :

Jeu 25/01/01 22h23

cher matt --
appelle-moi STP, c'est urgent

Ta camarade de classe URSULA RIGGS

Je laissai mon numéro de téléphone et à 22 h 47 le téléphone sonna.

SEPT

Ursula Riggs ! C'était forcément une blague.

Un ami de Matt, qui se faisait passer pour URSULA RIGGS.

Pas un des copains à qui il avait envoyé des e-mails n'avait encore répondu. Pas un seul.

Peut-être était-ce un coup de Skeet ? Skeet avait un sens de l'humour bizarre, parfois cruel... Cette journée était tellement cauchemardesque que Matt avait l'impression que tout pouvait arriver. On avait refusé de lui dire qui l'accusait. Il avait été exclu du lycée pour « au moins trois jours, dans l'attente d'une enquête approfondie ».

À croire que Matt avait le sida. Un genre de sida transmissible par voie aérienne, que l'on pouvait attraper rien qu'en se trouvant dans la même pièce que la personne atteinte.

La mère de Matt et M. Leacock avaient protesté. Mais la décision de M. Parrish était sans appel. Trois jours d'exclusion... minimum. *Mais mon fils n'a rien fait de mal. Absolument rien !* Dans l'attente d'une enquête approfondie. *Mais c'est à*

Matthew que l'on a fait du tort, c'est totalement injuste !

En entendant qu'il était exclu, Matt avait failli fondre en larmes.

La police allait examiner les « preuves ». Le dossier scolaire et personnel de Matt Donaghy au lycée de Rocky River. Ses résultats aux tests d'intelligence. (Quel était le Q.I. de Matt ? Autour de 135. Il y avait des élèves brillants au lycée qui avaient largement plus que cela.) Son profil « psychologique ». Ils interrogeraient ses professeurs et ses amis. Ils interrogeraient des camarades de classe qui n'étaient pas ses amis. Ils étudieraient les articles satiriques qu'il avait écrits pour le journal du lycée, et ils avaient en leur possession (Matt leur en avait donné un exemplaire, à contrecœur) le texte de la pièce *William Wilson : un cas d'erreur d'identité.* Matt grimaçait à l'idée que des inconnus allaient lire son sketch idiot et prétentieux en surlignant au marqueur les passages « violents ».

Et s'ils lisaient l'histoire d'Edgar Allan Poe… que penseraient-ils ? Ce gosse est psychotique. Il est vraiment, vraiment tordu.

Au commissariat, Matt en était venu à comprendre pourquoi une personne en garde à vue, bien qu'innocente, passe brusquement aux « aveux ».

Il avait compris pourquoi une personne en garde à vue, en présence de policiers qu'elle sait armés, est brusquement prise de folie et se jette sur eux.

Ou cherche à s'échapper. Comme un animal affolé, qui ne pense qu'à fuir.

Malgré la présence de sa mère, et de son avocat, et de la femme bien intentionnée du tribunal pour enfants, Matt avait bien failli s'effondrer pendant l'interrogatoire. Leur crier au visage : « Oui ! J'ai envie de vous tuer tous. » Bondir sur le policier qui posait presque toutes les questions, et essayer de l'étrangler, de lui arracher son arme. Ça ce serait passé comme dans un film, très vite, et Matt aurait réussi à abattre ce salopard avant d'être lui-même abattu, criblé de balles. Et de mourir dans une mare de sang chaud sur le sol crasseux.

N'importe quoi pour échapper à leurs questions. Pour que ça s'arrête !

Au lieu de quoi, il s'était plaqué la main sur la bouche pour ne pas pleurer.

Il avait un peu pensé, au début, quand ils étaient encore au lycée, que c'était une aventure comique complètement délirante dont il pourrait tirer un article pour le journal et amuser ses amis. Les filles seraient impressionnées, elles ouvriraient de grands yeux. Mais maintenant il savait : jamais ils ne comprendraient.

Il n'arriverait jamais à expliquer à quelqu'un d'autre le sentiment d'impuissance qu'il éprouvait, et la rage.

Chez lui, il avait tout de suite envoyé un e-mail à Russ, Skeet, Cal et Neil. Et pas un d'entre eux n'avait répondu.

Il avait envoyé un deuxième e-mail à Russ et à Skeet.

Eh, les gars : vous vous cachez où ?
Vous pouvez sortir. La voie est libre.

Et un troisième à Russ.

Russ, tout est OK. Je crois, en tout cas.
Tu pourrais m'appeler ? Merci !

Mais Russ n'avait pas répondu.

(Du moins, pas encore.)

Et voilà que luisait maintenant sur l'écran de son ordinateur ce message d'URSULA RIGGS qui était peut-être une blague.

Si cela venait de Skeet, le numéro de téléphone serait vraiment celui d'Ursula. On pouvait compter sur Skeet pour veiller à ce genre de détails.

Impossible de prendre ce risque, pourtant. Impossible d'appeler.

Ursula Riggs. Quelle ironie si, de tout le lycée, de tous ses nombreux amis, connaissances et camarades de classe, Ursula Riggs, qu'il connaissait à peine, était la seule à se manifester.

Mais non : c'était Skeet.

C'était forcément Skeet… « Va te faire voir, Skeet. »

Il trouvait injuste que Skeet, lui, n'ait pas d'ennuis. C'était Skeet qui l'avait poussé à faire l'idiot. S'il n'avait pas été dans la cafétéria, si les autres n'avaient pas compté sur Matt pour les faire rire, toutes ces emmerdes ne seraient pas arrivées.

Comme ce jour, quand il avait douze ans, où il avait plongé du plus haut plongeoir de la piscine communale sans avoir la moindre idée de ce qu'il faisait, uniquement parce que ses copains le regardaient en riant et que, comme d'habitude, il faisait le clown pour les amuser. Résultat : un plat magnifique qui lui avait laissé le torse et le ventre rouge vif, et pour une raison ou une autre son nez s'était mis à saigner. Parce qu'il se l'était cogné contre les genoux ?

Même quand ils avaient vu son nez en sang, ses copains avaient continué à rire.

Une autre fois, en quatrième, il avait fait l'équilibre sur une marche, une marche en marbre de l'escalier du musée d'histoire naturelle de Manhattan, où sa classe avait été emmenée pour une sortie éducative. Complètement dingue ! Matt aurait pu se briser le cou, ou le dos. Passer le reste de sa vie dans un fauteuil roulant.

Est-ce que ses copains déjeuneraient avec lui à la cafétéria s'il était dans un fauteuil roulant ? Est-ce qu'ils viendraient le voir chez lui ?

Et cet été où il était devenu un accro de skateboard. Il avait slalomé entre les voitures près du centre commercial, jusqu'au jour où un flic l'avait interpellé, engueulé et ramené chez lui. Il avait quatorze ans, l'âge de savoir ce qu'il faisait. Et il ne pouvait pas prétendre que c'était la faute de ses copains.

— Tu pourrais te tuer, Matt ! s'était écrié sa mère d'un ton de reproche. Ça a si peu d'importance pour toi ?

C'était peut-être ça. Ou peut-être le besoin d'impressionner ses amis.

À présent, sa chienne Citrouille, un golden retriever, poussait sa tête, sa truffe humide et froide, contre ses mains. Elle savait que quelque chose n'allait pas. Elle s'inquiétait quand Matt ne rentrait pas directement à la maison après l'école, et ce jour-là il avait eu des heures de retard. Elle l'avait entendu parler une heure et quarante minutes au téléphone avec son père. Avant cela, elle avait entendu des éclats de voix, quand Matt et sa mère étaient rentrés, en passant par le garage.

Citrouille avait aussi entendu le frère de Matt, Alex, demander d'un ton apeuré ce qui se passait. Il avait regardé les informations à la télé pendant qu'il était seul. « Qu'est-il arrivé dans ton lycée, Matt ? Tu connais ce type ? » Alex avait l'air à la fois effrayé et excité, et Matt lui avait crié : « Non ! Occupe-toi de tes oignons, bordel ! »

Sa mère lui avait aussitôt passé un savon, pour avoir été grossier en sa présence.

Et pour avoir engueulé son frère. « Tu devrais avoir honte, Matt. Surtout toi. »

Qu'est-ce que ça voulait dire ?

Surtout toi. Nous attendons mieux de toi, Matt.

Ensuite, Matt avait dû parler au téléphone avec son père. Impossible d'y couper. Son père se trouvait dans un hôtel d'Atlanta ; il devait rentrer dans la soirée, mais son vol avait été annulé en raison du mauvais temps. Il s'était efforcé de parler calmement, mais Matt sentait bien qu'il était perturbé, inquiet.

Et, exactement comme sa mère, il avait commencé par lui demander, la voix tendue comme une corde de raquette : « Y a-t-il... quoi que ce soit de vrai dans cette accusation, Matt ? »

Matt répondit d'un ton morne que non.

Il fallait qu'ils posent la question, évidemment. C'était instinctif.

Assis sur son lit, les épaules voûtées, Matt écoutait la voix de son père et essayait de répondre au feu roulant de ses questions. Heureusement que Citrouille était là : il pouvait enfouir son visage brûlant dans sa fourrure. Papa voulait absolument savoir si son nom — « notre nom » — avait été divulgué, et Matt dit que non, il ne pensait pas. « Tu es mineur. Il y a une loi, je suppose. Ils ne peuvent pas divulguer le nom d'un mineur. Je ne crois pas. » Papa semblait penser à voix haute. « ... ça tombe vraiment mal ! Je ne vous ai rien dit à Alex et à toi mais... je suis dans une sorte de phase transitoire. Ils réduisent le personnel dans mon service, et... »

Matt eut envie d'écarter le combiné de son oreille. Non ! Il ne voulait pas entendre ça. Il ne suivit qu'à moitié les propos décousus, incohérents, de son père. (Est-ce qu'il avait bu ? Peut-être.) Là-bas, dans l'hôtel Four Seasons d'Atlanta, il passait de la stupeur à la fureur, de l'incrédulité à l'optimisme. « Ne t'inquiète pas, Matt. C'est à toi que l'on fait du tort dans cette affaire. Nous veillerons à ce que justice soit faite. »

Bien sûr, papa.

Il y eut un silence embarrassé avant qu'ils raccrochent. Matt pensait que son père allait lui redemander s'il y avait « quoi que ce soit de vrai » dans l'accusation mais, finalement, son père dit, d'un ton gêné : « Hé. Je t'aime. Toi et Alex, mes grands garçons. Tu le sais, hein ? »

Matt marmonna : « Ouais. Merci, papa. »

— Hé Citrouille. Toi, tu sais que je ne suis pas un psychopathe, pas vrai ?

Sauvée d'un refuge pour animaux à l'âge de six semaines, Citrouille avait maintenant sept ans, le torse épais, mais une belle fourrure bouclée, roux doré, et de bons yeux de chien, marron foncé et brillants ; elle se blottit contre Matt et lui assura que oui, elle savait.

Même si Matt était un psychopathe, elle l'aimerait quand même.

Citrouille avait été le chien de Matt dès le début. Il avait promis à ses parents qu'il lui apprendrait à être propre et la dresserait, et il avait tenu parole. (Ses parents avaient été impressionnés.) Pour Matt, Citrouille serait toujours le chiot qui roulait sur le dos de plaisir, sous les chatouilles de Matt, et de lui seul.

— À ton avis, Citrouille ? Cette histoire d'« URSULA RIGGS » c'est une blague, ou c'est vrai ?

Citrouille battit timidement de la queue. Elle, elle essaierait, c'est sûr ! Ce que Matt aimait chez Citrouille, c'est qu'elle était optimiste.

Appelle-moi STP, c'est urgent.

Il s'agissait forcément des ennuis de Matt. Peut-être Ursula Riggs était-elle l'un des « témoins » anonymes qui l'avaient dénoncé à M. Parrish ? Mais non, pas Ursula. Cette grande fille hardie avec ses cheveux blond foncé rebelles, ses clous d'oreilles pareils à des éclats de verre brisé, sa casquette sale des Mets et ses yeux bleus, francs et insolents. Quand on regardait la Grande Ursula, elle soutenait votre regard. Elle faisait baisser les yeux à tous les garçons, seuls ou en groupe. Matt ne pouvait qu'admirer une fille comme Ursula, bien qu'elle le mette mal à l'aise, qu'elle le rende timide.

Non. Ursula ne dénoncerait jamais qui que ce soit aux autorités ; c'était une anarchiste de nature. Matt le savait : c'est ce qu'il aurait aimé être, lui aussi.

Au lieu de quoi, il avait été un bon garçon. Obéissant, poli, posant juste en rebelle avec son « humour ». Son instinct le poussait à lécher les bottes de tout adulte investi d'un pouvoir. Et où cela l'avait-il mené ? Trois jours d'exclusion. Minimum.

À deux reprises Matt composa le numéro qu'Ursula lui avait donné et à deux reprises il raccrocha très vite, avant que le téléphone sonne. Sa satanée timidité. La troisième fois, il laissa sonner, et l'on répondit aussitôt. « Allô ? » Une voix rauque, réservée.

— Bonjour, c'est... Matt. C'est Ursula ?

— Oui.

— Je... j'ai eu ton message.

Matt parlait d'une voix basse et tremblante. Il éprouvait une bouffée d'espoir irrationnel.

Ursula dit, toujours d'un ton réservé :

— Tu me connais, je crois. Du lycée.

— Bien sûr, Ursula. Bien sûr que je te connais.

Comme s'ils n'avaient pas fréquenté les mêmes écoles la majeure partie de leur vie.

Ursula dit :

— Ça n'a pas été... une très bonne journée pour toi, je suppose.

— Non. Mais...

Matt s'interrompit. Il s'apprêtait à dire : *Au moins, je suis à la maison, pas en prison.* Mais puisqu'il n'avait rien fait de mal, il n'y avait pas vraiment de quoi s'en féliciter.

— ... je suis en vie, en tout cas.

Était-ce censé être drôle ? Matt rit, mais Ursula garda le silence.

Matt s'était mis à transpirer : la conversation était si laborieuse. Il détestait appeler des filles au téléphone s'il ne les connaissait pas vraiment très bien et s'il n'avait pas été convenu, plus ou moins, qu'il appellerait, et qu'elles attendent son coup de fil. Il avait même du mal à téléphoner à ses amis, parfois. Raison pour laquelle il aimait les e-mails. Peut-être qu'Ursula était comme lui ? Sa voix de téléphone était bizarrement hésitante, empruntée.

Ou peut-être qu'elle n'aimait pas Matt Donaghy. Mais qu'elle était obligée de lui parler pour des raisons mystérieuses.

Ursula se mit à parler rapidement, comme si elle avait préparé ce qu'elle dirait.

— Écoute Matt. J'ai entendu ce que tu as dit dans la cafétéria, aujourd'hui. Je passais devant votre table, et j'ai entendu. Je sais que tu plaisantais, et il était impossible à quelqu'un d'intelligent d'interpréter autrement tes paroles ou tes gestes. Hors de contexte, peut-être, mais il y avait un contexte. Et je peux te servir de témoin. J'irai voir M. Parrish demain matin et je lui parlerai. Ou à la police, si nécessaire.

À la fin de ce discours, Ursula parlait avec véhémence. Matt n'était pas sûr d'avoir bien entendu. Témoin ? Il se sentait comme un nageur en train de se noyer, dont quelqu'un, un inconnu dont il ne peut voir le visage, empoigne la main.

Il dit, en bégayant :

— Tu… m'as entendu ? Tu sais que je ne… que je n'étais pas…

— Une de mes amies, Eveann McDowd, était avec moi. Elle aussi t'a entendu. Je lui parlerai.

— Tu… accepterais de témoigner pour moi, Ursula ? Ça alors !

Ursula dit, très vite :

— On t'accuse à tort. Je le ferais pour n'importe qui. Elle ajouta : Je veux dire… même pour quelqu'un que je n'aimerais pas.

Matt était trop abasourdi pour enregistrer ce qu'Ursula Riggs semblait dire. Que, lui, elle l'aimait bien ? Il réussit simplement à répéter :

— Merci, Ursula. Je… ça me touche beaucoup. Tu es la seule personne qui m'ait appelé, Ursula, ajouta-t-il sur une impulsion. Je suis un paria, on dirait… c'est bien le mot ? Un genre de lépreux. Un pestiféré.

Comme Ursula gardait le silence, il dit encore :

— On m'a exclu pour « au moins trois jours ». Le temps qu'ils enquêtent sur moi.

— Enquêter sur toi ? C'est eux qui devraient faire l'objet d'une enquête.

Ursula Riggs parlait avec une telle chaleur que c'était comme si, brusquement, elle était dans la chambre de Matt avec Citrouille et lui.

HUIT

Vendredi matin, je voulais à tout prix partir pour le lycée le plus tôt possible, avant que maman puisse m'en empêcher et se lancer dans une de ses Grandes Supplications maternelles. Mais elle était là, me barrant le passage.

Et ça donne :

— Ursula ! Tu ne *dois pas* intervenir dans cette… situation au lycée. Juste parce que tu as entendu par hasard quelques mots que tu as peut-être mal compris. Ton père et moi pensons tous les deux…

C'était la technique de maman. Essayer de me faire douter de ce que je savais absolument vrai.

« … ce serait une terrible erreur.

La Nulle demanda poliment :

— L'erreur de qui, maman ? La tienne, ou la mienne ?

— Ce n'est pas drôle, Ursula.

La Nulle était grave et attentive.

— C'est bien de toi de t'intéresser à un garçon publiquement accusé d'avoir comploté de faire sauter le lycée, un garçon que nous ne connaissons même pas…

La Nulle ne releva pas. Que nous ne connaissons même pas ?

« … cela te portera préjudice ».

(Et à *toi* aussi ?)

— Tu m'écoutes, Ursula ? Je me suis fait tellement de souci que je n'en ai pas dormi de la nuit… Et si on t'interrogeait, toi aussi ? En qualité de… complice ? Cela pourrait tourner au cauchemar. Les journaux pourraient en parler. Et si c'est noté dans ton dossier…

Ah ! c'était donc ça. Bien sûr. Tout était risqué, ça pouvait finir dans votre dossier.

— … cela compromettra tes chances d'admission à l'université. Tu sais à quel point il est difficile d'entrer dans les grandes universités. Une conduite imprudente aujourd'hui risque de ruiner ta vie entière.

D'accord, la Nulle avait fait une erreur. J'avais dit à maman ce que j'avais entendu dans la cafétéria, et elle l'avait répété à papa. Manifestement. J'étais persuadée qu'ils tiendraient à ce que je défende la vérité.

Mais maman avait réussi à se mettre dans tous ses états, à présent. C'était son genre de se focaliser sur un détail et de l'exagérer en négligeant tout le reste. La Nulle avait envie de hurler mais elle se contenta de se mordre les lèvres. Un de ses principes était : « Ne-jamais-se-quereller-avec-l'ennemi-à-moins-d'y-être-acculée ». Maman concluait en disant que papa et elle ne « voulaient que mon bien, chérie ». En fait, papa et elle « en avaient discuté une bonne partie de la nuit ». Ils ne voulaient pas que je parle à M. Parrish.

— Dans ton intérêt, Ursula. Tu es beaucoup trop impétueuse et imprudente. Il s'agit de ta vie, et pas seulement d'un simple… caprice.

Caprice ! Comme si les principes de la Nulle étaient fondés sur des *caprices.*

Calmement, la Nulle dit :

— Très juste. Il s'agit de ma vie, maman. Pas de la tienne ni de celle de papa.

Vendredi matin, une heure plus tard, au lycée :

Incroyable ! Devant la Nulle, M. Parrish se tortillait de gêne. Ses lunettes clignotaient de nervosité, et le sang montait à son visage terreux.

C'était un matin très différent de l'après-midi précédent, dans le gymnase. La Nulle était au maximum de ses capacités. Irrésistible et éloquente. On n'aurait jamais deviné qu'elle avait raté deux lancers francs et fait perdre un match à son équipe devant une foule en colère. Naturellement, son adversaire, un proviseur de lycée entre deux âges, était loin d'être aussi redoutable que les joueuses rusées de Tarrytown.

La Nulle faisait face à M. Parrish de l'autre côté de son grand bureau à plateau de verre (comme si être proviseur de Rocky River était une si grande affaire), le dos droit comme un I, ce qui la faisait paraître un peu plus grande qu'elle n'était en réalité, et la Nulle n'était pas une demi-portion. Elle portait ses clous d'oreilles scintillants, son blouson de satin bordeaux orné du monogramme du lycée, son pantalon kaki et ses bottes en faux cuir de palomino ; elle avait enlevé sa casquette sale des Mets, bien sûr, par politesse. Sans ciller, elle fixait de ses yeux bleu acier le visage tiré du proviseur.

La Nulle expliquait à M. Parrish qu'elle était passée près de la table de Matt Donaghy la veille, à l'heure du déjeuner, qu'elle avait entendu tout ce qu'il avait dit ainsi que les réponses de ses amis, et qu'il était évident — « Même un débile l'aurait compris, monsieur » — que Matt plaisantait.

— Mais comment pouvez-vous en être sûre, Ursula ? Si...

— M. Parrish, cet ami de Matt, Skeet Curlew, a demandé à Matt ce qu'il ferait si sa pièce n'était pas sélectionnée pour le Festival, et Matt a répondu : « Qu'est-ce que tu voudrais que je fasse, que je mette une bombe dans le lycée ? Que je massacre quelques personnes ? » Ce qui signifiait que Matt *ne pouvait pas, ne voulait pas* faire une chose pareille. Personne, absolument personne, ne pourrait interpréter cela autrement.

M. Parrish poussa un soupir, le regard posé sur la Nulle.

Elle dit, avec patience :

— Si vous analysez la remarque de Matt, il disait en fait le contraire de ce dont ces « témoins » l'ont accusé. Ces garçons faisaient les clowns, c'est sûr, ils faisaient semblant de tirer à la mitraillette ; vous savez comment sont les garçons de cet âge : immatures. Mais tout le monde riait. C'était une plaisanterie.

Parrish ôta ses lunettes, frotta ses yeux fatigués, et remit ses lunettes. La Nulle sentit qu'il la croyait.

— Je n'ai pas ri, poursuivit-elle, parce que ce genre d'humour ne me branche pas. C'est grossier, c'est idiot, mais il n'y a pas de quoi en faire une affaire d'État.

— Vous êtes absolument certaine que vous avez entendu ce que vous venez de me dire, Ursula ? *Absolument certaine* ?

— Absolument, monsieur.

— J'espérais que quelqu'un… qui n'ait aucun lien avec ces garçons se présenterait avant que cette histoire dégénère.

— J'étais avec une amie, Eveann McDowd, qui confirmera ce que j'ai dit.

Je n'en étais pas très sûre. Mais la Nulle pouvait tenter le coup.

— Eveann McDowd. M. Parrish inscrivit son nom sur un bloc-notes. Très bien. Entendre ce que vous m'avez dit est un grand soulagement. Je tiens à vous remercier d'être venue. L'enquête devra néanmoins se poursuivre…

— Non !

M. Parrish regarda la Nulle avec une légère incrédulité. Cette fille avait-elle vraiment dit *Non*, à lui, le proviseur du lycée de Rocky River ?

La Nulle dit :

— Je me ferais du souci, monsieur, si j'étais à votre place. On pourrait vous accuser d'avoir exclu Matt Donaghy sans raison valable, et de l'avoir diffamé.

Le visage terreux de Parrish s'assombrit encore un peu plus.

— Personne n'a diffamé ce garçon. Son nom n'a pas été divulgué. Nous avons été très prudents.

— Mais tout le monde est au courant, monsieur. C'est un secret de polichinelle.

— Les gens bavardent, bien entendu. Et les médias sont à la hauteur de leur mauvaise réputation. Nous n'y pouvons rien. Mais...

— Mais vous me croyez ? Vous, vous me croyez ?

Parrish dit, d'un air pensif :

— Oui, Ursula. Personnellement, je vous crois. Votre témoignage est... convaincant. C'est presque mot pour mot ce que Matt soutient avoir dit. Nous avons interrogé ses amis, et c'est à peu près ce qu'ils racontent, eux aussi. Les professeurs de Matt disent qu'il plaisante beaucoup, qu'il est parfois immature pour son âge. Mais c'est un très bon élève et tout le monde l'aime.

M. Parrish marqua une pause, et la Nulle sentit venir la Grande Supplication du Proviseur :

— Néanmoins, ce qui m'a été rapporté était sérieux. Très sérieux. J'ai eu le sentiment que je devais avertir la police, et ne pas essayer d'affronter seul la situation.

La Nulle dit, écœurée :

— Rien n'a été fait comme il fallait ! Des tas de gens pensent — et disent — que Matt Donaghy a vraiment fait quelque chose de mal. Ils disent qu'il a été arrêté et interrogé par la police. La télé et les journaux racontent qu'une enquête est en cours, comme si la police cherchait à élucider un véritable crime. Tout cela parce que vous avez eu une réaction excessive, monsieur.

M. Parrish dit d'un ton sarcastique :

— Vous êtes une amie de ce garçon, je présume ?

— Pas du tout. Je ne le connais que de nom.

— Écoutez, nous étions responsables de la sécurité de tous les élèves et professeurs de cet établissement. Il nous fallait agir vite. Avec les fusillades qui ont eu lieu dans le Colorado, le Kentucky, l'État de Washington, et les alertes à la bombe, les menaces, nous n'avions aucun moyen de savoir…

— Ces « témoins » qui ont accusé Matt… qui sont-ils ?

M. Parrish fronça les sourcils. On voyait que la question lui avait été posée à plusieurs reprises et qu'il avait du mal à répéter la même réponse.

— Ils ont souhaité que leurs identités ne soient pas révélées. Par mesure de protection.

— En cas de procès, elles seront révélées, dit finement la Nulle. Et très vite.

— Un… procès ?

La Nulle touchait un point sensible. Elle le savait.

Elle dit :

— Si cela dure plus longtemps. Si Matt Donaghy n'est pas réintégré et cette affaire réglée. Et expliquée publiquement.

Des gouttes de sueur brillaient sur la lèvre molle de M. Parrish, et son front se creusait de rides comme un champ labouré au petit bonheur. Il perdait enfin son sang-froid.

— Ursula. Mademoiselle Riggs. Même si ce que vous dites est parfaitement vrai, et qu'une autre élève le confirme, nous n'avions aucun moyen de savoir, hier après-midi, que…

— Mais maintenant, vous savez, monsieur.

La Nulle se leva avec dignité. Elle quitta le bureau du proviseur sans jeter un regard en arrière pour voir comment il la regardait.

Vendredi matin, plus tard :

Eveann McDowd disait d'un ton d'excuse :

— J'aimerais l'aider, Ursula, je t'assure. Mais je ne peux pas. Maman ne veut pas que je m'en mêle, tu sais ? Je lui ai raconté ce qui s'est passé hier, et que la télé exagère, que Matt Donaghy est innocent, et elle dit qu'on me traitera de « terroriste », moi aussi. À la télé, ce matin, ils parlaient d'un « complot », d'une « bande d'élèves » projetant de faire sauter…

La Nulle dit d'un ton sévère :

— Ce ne sont que des idioties, Eveann. Et tu le sais.

— Bien sûr, mais…

— Tu le sais. Qu'est-ce que tu fais de ta conscience ?

Eveann jeta un regard timide à la Nulle. C'était une fille étrange, imprévisible : tantôt aussi directe que la Nulle elle-même, tantôt indécise, hésitante. La Nulle passait son temps à ne plus vouloir d'elle pour amie, puis à changer d'avis. Et cela durait depuis la sixième.

— Je te l'ai déjà dit, Ursula. Je parlerais à M. Parrish… s'il n'y avait pas ma mère.

La Nulle dit :

— Je vais téléphoner à ta mère. Tout de suite.

— Oh ! Ursula. Ce n'est peut-être pas une très bonne idée…

Il était onze heures. Mme McDowd avait toutes les chances d'être chez elle. Malgré les faibles protestations d'Eveann, la Nulle entra d'un pas décidé dans les bureaux administratifs, en déclarant qu'elle avait absolument besoin de téléphoner, c'était urgent, en rapport avec l'enquête sur Matt Donaghy. Elle appela la mère d'Eveann et lui expliqua la situation, avec politesse mais vigueur. La Nulle savait que Mme McDowd était une catholique fervente et se disait donc qu'elle aussi devait avoir une conscience.

— Si Matt a de graves ennuis, cela risque de gâcher sa vie entière. Et quiconque sait qu'il est innocent, qu'on l'accuse injustement, et ne prend pas sa défense, sera moralement coupable. Nous devons « témoigner » les uns pour les autres, madame McDowd. C'est notre devoir de chrétien.

Après quelques minutes de conversation, la Nulle fit signe à Eveann, qui se rongeait les ongles à côté d'elle, de prendre le combiné. La Nulle souriait et, presque aussitôt, Eveann se mit à sourire, elle aussi.

— Maman ? Oh ! merci. Je le ferai !

Je me sentais si bien à la fin des cours, ce vendredi-là, que la Noire d'Encre se dissipa comme l'air pollué quand le vent souffle de l'Atlantique. À peine si j'avais eu le temps de penser que Mlle Schultz n'avait pas répondu à mon e-mail en me demandant de ne pas quitter l'équipe.

NEUF

« Matt ! Bonnes nouvelles ! Décroche le téléphone. »

Lundi, le deuxième jour d'exclusion de Matt Donaghy, sa mère l'appela, tout excitée, quand Citrouille et lui rentrèrent chez eux vers trois heures et demie de l'après-midi.

Matt s'était promené deux heures sous la neige dans la réserve naturelle de Rocky River, Citrouille trottant et haletant sur ses talons. C'était bizarre — un peu enivrant, mais surtout bizarre — de marcher seul dans la réserve alors que tout le monde était au lycée. Mais Matt avait éprouvé le besoin de sortir de la maison, un besoin pressant. Il n'avait pas beaucoup dormi depuis le jeudi précédent, et des pensées confuses se bousculaient dans son esprit, comme ces pensées étranges qui vous viennent parfois, au bord du sommeil ; il secouait la tête pour se réveiller, et du coup il était trop réveillé. *Exclu pour trois jours. Minimum. Dans l'attente d'une enquête.* Il ne voulait pas penser à ce qui se passait, ou ne se passait pas, au lycée. Ne voulait pas demander si Ursula Riggs et son amie avaient témoigné en sa faveur. (Il était sûr que oui, puisque Ursula l'avait dit.) Si ses copains avaient témoigné en sa faveur. (Il était sûr que oui, même si, de tout ce long week-end, aucun d'eux ne lui avait téléphoné ni envoyé d'e-mail.) On ne lui avait toujours pas dit qui étaient ses accusateurs. (On pensait généralement qu'ils étaient deux et qu'il y avait un genre de « lien » entre eux. Ce qui voulait dire quoi ?) M. Weinberg lui avait envoyé un bref e-mail plein d'attention, dès le vendredi matin :

Tout va s'arranger, Matt.
Profitez de ces loisirs inattendus pour LIRE ÉCRIRE MÉDITER RÊVER.

Ursula Riggs lui avait elle aussi envoyé un mot bref, plein d'espoir, le vendredi après-midi :

cher matt,
j'ai parlé au proviseur perish ce matin
eveann lui a parlé cet aprèm
LA JUSTICE VAINCRA !

UR

« Mes deux amis. Avec toi, Citrouille. »

Matt câlinait beaucoup Citrouille depuis quelques jours. Il n'avait pas eu autant de temps à lui consacrer depuis qu'il avait eu la grippe, deux ans plus tôt.

Le week-end fut long.

Le lundi matin aussi, à attendre un coup de téléphone qui ne viendrait peut-être pas. (M. Leacock « négociait ». Les parents de Matt avaient souhaité que Matt fût tenu à l'écart dans toute la mesure du possible.)

Matt avait bien essayé d'employer utilement ses « loisirs ». Il avait essayé de s'avancer dans son travail, et de remanier *William Wilson : un cas d'erreur d'identité*, mais sa pièce lui semblait puérile, à présent, comme s'il l'avait écrite au collège. Matt n'était même plus très sûr de comprendre l'histoire d'Edgar Allan Poe, qu'il avait relue. (Il y avait deux William Wilson. Sauf qu'ils ne faisaient qu'un. Mouraient-ils tous les deux à la fin ?) De toute manière, ce qui se passait dans sa propre vie ressemblait à une pièce. Une comédie noire, déplaisante, où le malheur des gens était tourné en ridicule.

Les parents de Matt tâchaient d'éviter que lui et Alex lisent ce que publiaient les journaux régionaux. Mais Matt était trop malin… il avait vu les gros titres :

UN JEUNE DU COMTÉ DE WESTCHESTER
EXCLU DE SON LYCÉE
La police enquêterait sur des menaces de violence

Westchester Journal

UN LYCÉEN DE ROCKY RIVER EXCLU
DANS L'ATTENTE D'UNE ENQUÊTE
Aucune menace de violence ne sera tolérée
déclare le proviseur Parrish

Rocky River Gazette

ACTE DE VIOLENCE ÉVITÉ DE PEU
OU « HYSTÉRIE SUBURBAINE » ?
La police enquête sur une menace de bombe
à Rocky River

The New York Times (pages Metro)

Le seul point positif, disait le père de Matt, c'était que jusqu'à présent le nom de « Donaghy » n'avait pas été imprimé ni prononcé à la télévision ni à la radio.

Matt s'abstenait de lui faire remarquer que tous les gens que lui, Matt, connaissait, savaient. Et, pour lui, c'étaient les seuls qui comptaient.

Dans la réserve, il avait marché, marché, marché… jusqu'à ce que Citrouille donne des signes de fatigue. Il avait bien dû faire quatre ou cinq kilomètres dans une direction, puis était rentré en décrivant une boucle. Un ciel de janvier morne, couleur de métal terni. Le genre de journée où l'on n'arrive pas à croire qu'il peut y avoir un printemps. Matt pensait : *je pourrais m'enfuir ! C'est si facile.* Il avait vu un documentaire à la télé sur des fugueurs, à San Francisco. Des milliers de fugueurs par an, et leurs parents qui les cherchaient. (Peut-être que tous ne cherchaient pas très énergiquement.) En descendant, puis remontant les versants d'un ravin semé de rochers verglacés, il avait glissé et failli tomber. *Si facile. Me briser le crâne. Plus de problème.*

Quand il était en troisième, un garçon appelé Tim était mort brutalement un week-end. À cause de ce qu'on appelait une rupture d'anévrisme. Du sang qui se répandait dans le cerveau et gonflait le crâne.

Facile. Rapide.

Mais, non : Matt ne serait pas morbide. Ursula Riggs était son amie, et elle l'aidait. M. Weinberg aussi. Et d'autres. Il le savait. « Hystérie suburbaine » : jusqu'à présent, le journaliste du *Times* était le seul à avoir été assez fin pour saisir ce qui se passait. Il n'empêche que ce court article d'un paragraphe était paru à la une des pages Metro, où tous les habitants de Rocky River qui lisaient *The New York Times*, c'est-à-dire quasiment tout le monde à Rocky River, le verrait.

Stacey Flynn ne lui avait pas téléphoné ni envoyé de message, elle non plus. Ni aucune des quatre ou cinq filles que Matt aurait qualifiées de « bonnes amies ». Le lundi matin, il avait cessé d'attendre de leurs nouvelles, et cessé (se persuadait-il) de s'en faire à ce sujet.

Elles avaient leurs raisons, supposait-il.

Puis, finalement, lundi en fin de matinée, trois de ses copains lui envoyèrent un e-mail. (Une conspiration ?)

Salut Matt,

Quel tas de conneries, cette histoire.

Mais mon père (qui va relire ça derrière moi [salut P'pa !] bien qu'il n'y ait pas de censure dans cette maison Démocrate pur jus) dit qu'il vaut mieux que je me « tienne à l'écart » de ce merdier pendant quelque temps. « Conseil » de notre avocat. Donc je ne peux pas répondre à tes e-mails etc. pour l'instant.

On se parle plus tard, OK ?

neil

SALUT MATT

JE LEUR AI TOUT RACONTÉ. QUE C'ÉTAIT UNE PLAISANTERIE. JE PENSE QU'ILS ME CROIENT. (JE NE SUIS PAS SÛR.) MAIS JE NE PEUX PAS « COMMUNIQUER » AVEC TOI POUR LE MOMENT. DÉSOLÉ MATT. J'ESPÈRE QUE TU COMPRENDS.

SKEET

Salut Matt,

Désolé de ne pas te répondre. Ça m'embête beaucoup. Mais tout va s'arranger bientôt. Je ne peux pas t'écrire grand-chose maintenant. Tous les e-mails existent dans le cyberespace, tu sais. Ils sont éternels.

Rien à reprocher à la police. Elle essaie juste d'éclaircir tout ça.

Russ

Matt relut ces messages une dizaine de fois. Comme ces petits poèmes difficiles d'Emily Dickinson dans leur anthologie de littérature américaine. Il y avait un sens caché dans les mots et entre les mots. Pas besoin de sortir de Polytechnique pour le découvrir.

Matt envoya un e-mail à M. Weinberg :

Lundi/Quarantaine/Isolement cellulaire

Monsieur Weinberg,

Je suis une sorte de lépreux, on dirait ? Personne ne peut « communiquer » avec moi ? Parce qu'on penserait que c'est une « conspiration » ?

QUE DISENT LES GENS ?

Matt « Terroriste » Donaghy

Matt hésita avant d'appuyer sur ENVOYER. Peut-être n'était-ce pas une bonne idée ? Les flics lisaient sûrement les e-mails. Ils liraient tous ceux de Matt Donaghy. Sans M. Leacock, ils lui auraient confisqué son ordinateur. Et si l'enquête se poursuivait, peut-être le feraient-ils.

Matt envoya tout de même son message à M. Weinberg. Et M. Weinberg ne répondit pas.

Il entendit son père parler au téléphone d'un ton véhément et furieux.

Avec M. Leacock, probablement.

« … Les attaquer, eux ! Voilà ce que nous allons faire ! Parrish, le district scolaire, et… les “témoins”. Et tous ceux qui y sont pour quelque chose ! Ils ne peuvent pas faire une chose pareille à mon fils, aux Donaghy... »

Ah non ? Ils ne peuvent pas ?

Dans la réserve naturelle. Chaussé de bottes, sur les rochers verglacés du torrent de Rocky River. Citrouille haletait derrière lui, en geignant de temps à autre parce qu'elle n'arrivait pas à le suivre. De la neige et de la glace s'incrustaient dans ses grosses pattes maladroites. Sa queue battait sans conviction. Le ciel ressemblait toujours à du métal terni, usé par les frottements. Mais le cœur de Matt battait fort et il se sentait bien. Que lui avait écrit Ursula Riggs ? LA JUSTICE VAINCRA !

Elle, elle le croyait, c'était sûr. Et elle devait avoir de l'affection pour lui. Même si elle était la seule.

À l'intonation surexcitée de sa mère, Matt devina tout de suite :

« Matt ! Bonne nouvelle ! Décroche le téléphone. »

Il n'avait même pas eu le temps de se moucher. Il souleva le combiné, la main tremblante.

C'était M. Leacock, lui annonçant la nouvelle qu'il avait espérée tout le week-end. « Matt ? C'est réglé. Tu n'es plus exclu. Ils vont appeler ça, officiellement, un "malentendu". Ils vont s'excuser. Retourne au lycée demain, comme si rien ne s'était passé. »

Matt souriait aux anges, comme s'il avait gagné à la loterie.

Avant le dîner, ce soir-là, il envoya un e-mail à Ursula Riggs pour lui apprendre la bonne nouvelle :

Chère Ursula,

C'est OFFICIEL. Matt Donaghy N'EST PAS UN TERRORISTE.

MERCI MERCI MERCI.

Ton ami Matt

FÉVRIER

DIX

« Salut, Ursula ! »

Avant, j'étais timide à l'école, mais la Nulle n'était jamais timide.

Avant, je marchais les yeux baissés, en espérant que si je ne voyais personne, personne ne me verrait ; mais la Nulle ne baissait jamais les yeux.

Avant, j'espérais que personne ne me bousculerait, mais maintenant ce sont les autres qui passent au large pour éviter que la Nulle ne les bouscule. La Nulle avance à grands pas dans l'univers.

Maintenant, pourtant, même la Nulle, chaque fois qu'elle voyait Matt Donaghy, avait envie de rentrer sous terre.

— Salut, Ursula…

La voix tombait des airs. C'était une voix amicale, pleine d'espoir.

— Ursula ? Salut. Tu viens par ici… ?

C'était Matt Donaghy, tout sourire. Depuis qu'il avait été exclu du lycée, puis « réintégré », Matt souriait beaucoup. Ce matin-là, il attendait dans l'escalier qui menait à la salle de Mme Carlisle ;

des élèves montaient et le dépassaient, et j'allais moi aussi dans cette direction. Évidemment. Où aurais-je pu aller ? Matt et moi étions tous les deux dans la même salle pour l'appel.

— Ursula… ?

Une étrange bouffée de chaleur me monta au visage ; j'étais cramoisie. C'était comme si, dans le match contre Tarrytown, j'avais su qu'on allait me faire un croche-pied une fraction de seconde avant de tomber. Je me dis : *Je vais trébucher dans l'escalier.*

Parce que Matt Donaghy était là, en train de me regarder.

Matt Donaghy, en train de me sourire.

Matt Donaghy. Qui avait signé son e-mail *Ton ami Matt.*

Mon visage se ferma comme un poing. Mes yeux devinrent d'acier et j'eus le genre de petit sourire contraint que j'aurais adressé à M. Parrish, juste pour être polie. *La Nulle est polie !*

Sans vraiment savoir ce que je faisais, je pivotai et partis à l'aveuglette dans une autre direction. Vers l'aile des terminales où tout le monde ouvrait ses casiers, bavardait et riait. Et la Nulle au milieu, grande et marchant vite, avec son blouson en satin, sa casquette des Mets, son pantalon kaki et ses bottes. *Que fait-elle ici ? Ouaouh. La grande Ursula Riggs.*

Je remarquai, mais sans le montrer, les visages de Trevor Cassity et de ses copains sportifs. Je remarquai aussi, mais sans le montrer, le visage étonné-puis-inexpressif de Courtney Levao, une des filles de l'équipe de basket.

Si on racontait dans le lycée que j'avais laissé tomber l'équipe sans avertissement, je n'y faisais pas attention.

Si on racontait que mes coéquipières et Mlle Schultz étaient contentes d'être débarrassées de la Nulle, je n'y faisais pas attention.

La Nulle, femme de guerre. Suit son propre chemin.

Je pris un autre escalier pour me rendre dans la salle de classe. La cloche sonnait quand j'entrai et m'assis. Laissai tomber mon sac à dos par terre. Si Matt Donaghy était à sa place (troisième rangée à gauche de la mienne, deux pupitres derrière) en train de parler et de rire avec ses copains, ce n'était pas la Nulle qui allait vérifier.

ONZE

Mer 07/02/01 22:31

Chère Ursula,

Je me demande ce qui ne va pas. Au lycée, tu n'es pas très amicale. (Personne ne l'est beaucoup, remarque. Sauf devant moi, quand ils sont obligés.) Tu as dû recevoir l'e-mail où je te REMERCIAIS, je pense. Je l'ai envoyé tout de suite. Dès que j'ai su.

J'ai écrit MERCI MERCI MERCI.

Ça fait 14 jours maintenant. Depuis qu'on m'a mis « en état d'arrestation » etc. Non, je ne compte pas (pas consciemment). Comme si j'étais mort et qu'on m'ait ramené à la vie. Sauf que cette « vie » n'est pas comme avant. Je ne sais pas expliquer.

Je me demande si tu reçois mes messages. J'en ai envoyé trois.

Je ne devrais pas me plaindre, je suppose, c'est fini maintenant. Les journaux et la télé sont passés à autre chose. Tout ce qui est nouvelles régionales, c'est forcément exagéré, je suppose. Il n'arrive jamais grand-chose à Rocky River, à part que les gens vivent et meurent, et que certains trahissent leurs meilleurs amis.

M. Weinberg me dit d'essayer d'oublier et de pardonner. Bien sûr !

(Tu n'es pas en colère contre moi, Ursula, si ? Ou peut-être que tes parents t'ont demandé de ne plus « communiquer » avec moi... ?)

Quel sujet vas-tu choisir pour le devoir d'histoire ? Je pensais écrire quelque chose sur la haine que beaucoup de Nordistes avaient pour Lincoln, au point de dessiner des caricatures qui le représentaient comme un singe/un singe-« nègre » ; et ses ennemis ont fait la fête quand il a été assassiné. Bien que, aujourd'hui, on considère Abraham Lincoln comme un grand héros, il était haï et insulté à son époque. Et cette époque était celle où il vivait.

Février est à chier ! Même la neige est moche et criblée de trous. Tous les jours sont des Jours Nuls. J'ai séché la réunion de classe, je n'avais pas le courage d'y aller. (Tu l'as probablement séchée aussi. Mais je suis le vice-président.)

J'appelle ça du TEMPS-NUL. Aujourd'hui est un JOUR-NUL. Cette heure, une HEURE-NULLE. Tout a un goût de toast brûlé et une odeur de chaussettes de sport.

Ton ami Matt-le-Moulin-à-paroles

Matt hésita longtemps. S'il appuyait sur ENVOYER, le temps d'un battement de cœur, et le message partirait. Sans qu'il puisse ni le rattraper ni l'effacer.

Tous les e-mails existent dans le cyberespace. Ils sont éternels.

(Qui avait dit cela ? L'ami d'enfance de Matt, Russ Mercer. Sauf qu'ils n'étaient plus très amis. Difficile de dire pourquoi.)

Au lieu de cliquer sur ENVOYER, Matt cliqua sur SUPPRIMER.

C'était plus facile comme ça.

DOUZE

La Nulle, chouchoute du proviseur !

Un truc vraiment bizarroïde.

Mon professeur principal, Mme Carlisle, me demanda de bien vouloir passer voir M. Parrish avant d'aller à mon cours suivant, et je lui répondis que je serais en retard en biologie s'il fallait que je descende jusqu'aux bureaux administratifs, mais Mme Carlisle me dit de ne pas m'inquiéter, on me donnerait un mot d'excuse.

Donc, en me demandant ce que ce vieux Parrish me voulait, j'allai le voir.

La Nulle avait-elle des ennuis dont je ne savais rien ? Je me tenais à carreau pendant les cours de Schultz et ne prononçais pas une seule remarque sarcastique sauf, quelquefois, à voix basse. Je m'entraînais à faire des paniers toute seule lorsque le gymnase était ouvert et qu'il n'y avait pas trop de monde. Schultz s'était-elle plainte de ma conduite à Parrish ? Était-il interdit de quitter une équipe scolaire ?

Mais… quelle surprise ! M. Parrish était debout et s'avança pour me serrer la main.

Il était embarrassé, mais on voyait qu'il était sincère.

Quel vieux type bizarre.

Il me dit, de la voix qu'il prenait pour faire ses discours devant tous les élèves, que je m'étais conduite avec « beaucoup de maturité » et de « sens des responsabilités » quelques semaines plus tôt. Pendant « la crise ». Il s'excusait de n'avoir pas eu le temps de me le dire personnellement, mais il tenait à ce que je le sache.

— Bien sûr, monsieur. O.K.

— C'est une histoire enterrée, à présent. Il s'agissait d'un malentendu, purement et simplement.

— Oui. Je suppose.

— Mme Hale et moi avons rédigé un rapport très positif sur votre participation, Ursula. Vous vous êtes conduite en vraie citoyenne de notre petite communauté, ici, au lycée de Rocky River. (Parrish marqua une pause.) Je pense que ce que j'ai écrit sur vous fera bonne impression sur les responsables des admissions aux universités, le moment venu. Je prépare aussi une lettre pour vos parents. Où je les félicite de la conduite exemplaire de leur fille à un moment où d'autres se montraient…

Hystériques. Tu l'as dit !

Parrish rumina un instant, en remontant ses lunettes sur son nez grassouillet.

— Naturellement, il nous fallait être… prudents.

— Bien sûr, monsieur.

Le proviseur poursuivit, avec un peu moins d'assurance :

— Avez-vous le sentiment, Ursula, que cette crise est à peu près oubliée ?

Je hochai la tête. Je pensais que oui.

— Personne… n'en parle plus ?

Je haussai les épaules. Je pensais que non.

— Vous arrive-t-il… de bavarder avec Matt Donaghy ?

— Non.

— Non ! Jamais… ?

— Non.

Je ne suis pas une amie de Matt Donaghy. Je l'ai défendu uniquement pour le principe.

Pendant « la crise », comme disait Parrish, le lycée de Rocky River s'était attiré plus de publicité que jamais auparavant dans son histoire. Mais pas le genre de publicité que l'on souhaite, évidemment.

On estimait dans l'ensemble que Parrish et son équipe s'étaient conduits avec intelligence, et le conseil scolaire avait rédigé un communiqué officiel les soutenant. Le nom de Matt Donaghy n'avait pas été divulgué aux médias. Mais, naturellement, tout le monde savait.

Malgré tout, je ne pensais pas que l'on en parle encore. C'était devenu Barbant. Les gens avaient d'autres sujets de préoccupation.

M. Parrish souriait de ce sourire crispé et plein d'espoir qu'ont les adultes quand ils veulent que vous croyiez quelque chose dont eux-mêmes ne sont pas sûrs à cent pour cent. Parce que si vous finissez par y croire, eux aussi pourront y croire. Peut-être.

— Merci encore, Ursula. Ma secrétaire va vous donner un mot pour expliquer votre retard.

Étais-je censée le remercier, moi aussi ? Je ne le fis pas.

Alors que je descendais à la cafétéria, j'entendis un coup de sifflet grossier, aussi perçant que le coup de sifflet d'un arbitre : « Hé Ursula : tu me fais la gueule ou quoi ? »

C'était Bonnie LeMoyne. L'imprévisible Bonnie, maigre, nerveuse, marrante, que j'évitais depuis le match contre Tarrytown. Bonnie qui (pensais-je vaguement) me faisait la gueule *à moi.*

— Non. Qu'est-ce qui te fait croire ça ?

Bonnie s'étrangla de rire.

— Ah ! d'accord ! On dirait que je suis transparente, Urs. À la cafétéria, je te fais de grands signes, et tu ne me vois pas. Hein ?

La Nulle fut forcée de rire, elle aussi. Bonnie avait le chic pour se moquer des conduites idiotes. On voyait la façon dont on lui apparaissait, et pourquoi c'était drôle, mais sans que ça blesse votre amour-propre, bizarrement.

Elle m'avait appelée Urs. C'était le nom qu'elle me donnait depuis l'école primaire et elle le prononçait comme un grondement : Urrrrs ! Ça me réchauffait le cœur de l'entendre. Mais nous ne parlerions pas de l'équipe, pas question.

Je savais que Rocky River ne marchait pas très bien depuis mon départ. J'étais incapable de dire si j'étais contente que les filles perdent sans moi, ou plutôt triste. En fait, j'essayais surtout de ne pas y penser.

La Nulle était douée pour ça. Évacuer les trucs auxquels elle ne voulait pas penser.

Nous déjeunâmes ensemble. C'était comme avant. Ou presque. Eveann McDowd passa. Depuis qu'elle m'avait aidée en parlant à Parrish, Eveann était la meilleure amie de la Nulle. Je l'aimais vraiment, maintenant. J'aimais même sa toquée de mère.

Nous parlions et riions plutôt fort, et je vis Matt Donaghy prendre la queue au self-service de la cafétéria. Mon cerveau cessa de fonctionner.

Je ne réussis même pas à voir s'il était seul ou avec ses amis.

Ma gorge se serra. C'était vraiment bizarre, comme si brusquement mes poumons s'étaient vidés. Comme ce jour, sur le terrain de basket, où quelqu'un m'avait envoyé son coude dans la poitrine. En me coupant la respiration d'un coup.

Qu'arrivait-il à la Nulle ? Il y avait presque de quoi avoir peur.

Bonnie nous racontait une histoire comique, et j'étais là, paniquée, à me dire : Et si Matt me voit, et s'il vient me dire bonjour, et s'il demande s'il peut s'asseoir à notre table… J'espérais qu'il avait renoncé à essayer de devenir mon ami. Il m'avait envoyé deux ou trois e-mails et avait même téléphoné et laissé des messages sur ma boîte vocale mais je n'avais pas rappelé. Je détestais le téléphone. Même appeler des amis, la Nulle n'aimait pas ça.

— Ursula ? Qu'est-ce que tu as ?

— Quoi ? Rien du tout.

Je pris un air renfrogné pour que Bonnie et Eveann n'insistent pas.

Matt ne m'avait pas vue. Il emporta son plateau à l'autre bout de la cafétéria. Pour manger avec ses amis, sans doute. Sa bande. Des garçons BCBG et des sportifs BCBG. Je ne regardai pas, ça ne m'intéressait pas.

Vers la fin du déjeuner, Bonnie se pencha vers moi et dit : « C'est plutôt la cata sans toi dans l'équipe, Urs. Sleepy Hollow n'a fait qu'une bouchée de nous la semaine dernière, tu es au courant ? Schultz était quasiment en larmes. »

Évidemment, que j'étais au courant. Il aurait été difficile de rater la manchette de notre journal scolaire : SLEEPY HOLLOW ÉCRASE L'ÉQUIPE FÉMININE DE BASKET DE RR, 36-22.

Je me penchai moi aussi au-dessus de la table. « Tu veux le reste de ce yaourt, Bonnie ? Sinon… »

C'était un yaourt aux fruits, aigre-sucrailleux, pas ce que je préférais. Mais la Nulle avait faim.

TREIZE

C'était un vendredi après-midi de février, après les cours. Deux semaines et un jour après « l'arrestation » de Matt Donaghy.

Un autre Jour-Nul. Qui sentait les chaussettes sales, et pire.

Matt avait pris sa décision. Rien ne l'en détournerait. La grimace, à peine perceptible, de M. Bernhardt n'y changerait rien. « Je ne pense vraiment pas que ce soit nécessaire, Matt. »

Mais le conseiller pédagogique des premières parlait si lentement, avec tant de gêne, que Matt enregistra le message contraire.

Pas nécessaire, mais une bonne idée.

Matt démissionnait de la vice-présidence des classes de premières. Cette fonction dont il avait été si ridiculement, si lamentablement, fier.

— Personne ne t'a rien dit, Matt, si ?

— Non.

Il rit. *Personne ne me dit grand-chose. C'est bien le problème.*

— Alors, pourquoi démissionner ?

— Je ne l'ai emporté que par onze voix, monsieur. Si l'élection avait lieu maintenant, je la perdrais.

M. Bernhardt le regardait avec perplexité. (Avec pitié ?) Matt suivait un cours d'introduction à l'allemand avec lui et, au premier semestre, ses notes tournaient autour de A–/B+ ; elles étaient tombées à C/C–, ces dernières semaines. *Nicht sehr gut.* Non, pas très bien. Mais l'allemand n'était pas le sujet de ce bref entretien.

Peut-être M. Bernhardt était-il étonné qu'un élève « moyen » de seize ans fasse preuve d'autant de logique ? Car c'était vrai, bien sûr. Sauf qu'à présent Matt Donaghy ne serait même pas proposé comme candidat.

M. Bernhardt commença à parler, puis se tut. Par la fenêtre du premier étage, on entendait monter des bruits de voix. Des voix étouffées, des rires. Matt se sentit le cœur léger, tout à coup.

— Bon. Je pense que ma démission est officielle, maintenant ?

— Mieux vaut mettre ça par écrit, Matt, dit M. Bernhardt, visiblement aussi soulagé qu'embarrassé. Juste pour mémoire.

QUATORZE

C'était un lundi après-midi de février, après les cours. Deux semaines et quatre jours après « l'arrestation » de Matt Donaghy.

Un autre Jour-Nul. Qui sentait les chaussettes sales, et pire.

— Matt, c'est impossible.

— Qu'est-ce qui est impossible ?

— Que nous publiions ça dans le journal.

— Pourquoi, monsieur Steiner ?

— C'est trop… accusateur. Et ce n'est pas très drôle.

Matt sentit sa mâchoire se contracter. Il serrait et grinçait beaucoup des dents, ces derniers temps. La nuit, dans son sommeil agité. Mais là, il souriait. Il essayait. Était-ce un vilain sourire hargneux ? Il tâchait d'avoir le sourire de gentil garçon BCBG qui avait toujours été le sien.

Il ne s'était pas rendu compte qu'il tremblait. Il serra les poings, enfonça les ongles dans ses paumes.

Il vit M. Steiner jeter un coup d'œil à ses poings. Juste un rapide regard étonné.

— Vous voulez dire que si c'était plus « drôle », ça passerait ?

— Ce n'est pas exactement ce que j'ai dit.

— Pourquoi n'est-ce pas drôle, monsieur ? La vérité, ce n'est pas « drôle » ?

L'article de Matt était censé être humoristique. « Juste pour mémoire... »

Une lettre de démission comique, écrite par quelqu'un qui, comprend-on peu à peu, « démissionne » de la vie : il va être exécuté par injection létale parce qu'on le prend par erreur pour un « tueur en série célèbre et fascinant ». Mais le technicien de laboratoire chargé de l'injection n'arrive pas à trouver de veine utilisable. Et l'aiguille doit finalement être enfoncée dans l'œil du condamné...

— Il arrive que la vérité soit drôle ou que l'on puisse la rendre drôle, dit lentement M. Steiner. Mais parfois... l'humour tombe à plat, parce qu'il est trop cru.

— Ce n'est pas trop long, si ?

— Ce n'est pas *drôle*, Matt.

— Parce que tout est drôle dans le journal ? Tous les articles, toutes les photos ? Je ne m'en étais jamais rendu compte.

— Ne t'énerve pas, Matt. C'est...

— Je ne m'énerve pas, monsieur. Je suis juste... perplexe. La censure vient-elle uniquement de vous, ou de toute la rédaction ?

Un silence pénible suivit. M. Steiner, conseiller du journal scolaire, le plus jeune professeur de Rocky River et l'un des plus aimés, regardait Matt en fronçant les sourcils. Matt, pour qui il avait toujours eu de l'affection. Dont il avait loué le « sens de l'humour débridé ». Et dont il tenait maintenant l'article du bout des doigts comme s'il dégageait une odeur particulière.

— Les rédacteurs et moi en avons discuté, oui. C'est pour cela que je t'en parle. Ils ont trouvé...

— Donc, vous me censurez tous ?

Ses amis. Le rédacteur en chef, le chef de rubrique. Les douze membres de la rédaction. Ils avaient dû se rencontrer secrètement. Pour discuter de Matt Donaghy. Derrière son dos.

M. Steiner fit la grimace. Le mot « censure » était politiquement incorrect. On voyait que l'accusation le blessait, presque physiquement.

— Il ne s'agit pas de... « censure », Matt, mais plutôt de... bon goût. Étant donné les circonstances.

— Quelles circonstances ? Le fait que j'ai été accusé d'être un « terroriste psychopathe », et que je devrais m'estimer heureux de ne pas être en prison ? Et plus heureux encore d'avoir été autorisé à revenir au lycée ?

Le cœur de Matt battait à grands coups. Il n'arrivait pas à croire que sa bouche prononçait de telles paroles. Et il aimait ça ! Cela lui faisait plaisir que la vérité soit enfin dite et non dissimulée derrière des marmonnements vagues, des regards fuyants. Cela lui faisait plaisir que M. Steiner soit debout, face à lui ; que M. Steiner, un professeur de maths admiré parce qu'il était un grand sportif, un marathonien respectable, 1,75 m contre le 1,80 m de Matt, montre des signes évidents de nervosité.

— Tu devrais peut-être prendre rendez-vous… parler avec M. Rainey, Matt ?

Matt secoua la tête, un sourire méprisant aux lèvres. Rainey ! Le psy du lycée.

— Je comprends que tu sois amer, Matt, et désorienté…

— Je ne suis pas désorienté, monsieur. Pas du tout.

— C'était un incident pénible. Tout le monde le regrette. Mais c'est fini, à présent, et le meilleur remède, c'est…

— « De pardonner et d'oublier ? » Ou vice-versa, peut-être ?

Matt éclata d'un rire si grinçant que M. Steiner le regarda fixement.

Cette étrange colère chez Matt Donaghy ! Son sourire était devenu ironique, soupçonneux. Il paraissait plus grand, plus maigre, une vraie lame de couteau. Même ses taches de rousseur semblaient avoir pâli. Ses cheveux roux clair étaient plus longs ; il avait pris le tic de les écarter de son visage d'un geste impatient. Sa peau semblait plus rude, comme s'il l'avait frottée au papier de verre. Il avait entendu sa mère dire à son père : « *Ce n'est plus un enfant. Il a changé.* »

Matt espérait que c'était vrai. Il en avait assez d'être un bon petit Américain.

Lorsqu'il était revenu au lycée après son exclusion, il s'était senti comme un petit garçon le jour de Noël. Surexcité et plein d'espoir. Il s'était attendu à… quoi ? Un genre de comité de bienvenue ? Avec poignées de mains, étreintes, embrassades ? Et des excuses ? Stacey Flynn, les larmes aux yeux, l'embrassant sur la joue et disant : « Oh ! Matt. Nous regrettons tous ce qui s'est passé. Nous n'avons jamais douté de toi. *Nous t'aimons.* »

Mais il n'avait même pas vu Stacey, ce premier matin.

Peut-être que ce n'était pas réaliste ? Peut-être qu'il en demandait trop ? Quand il avait ouvert son casier ce jour-là dans le couloir bruyant des premières, il avait regardé autour de lui avec un sourire timide, et attendu qu'on s'aperçoive de sa présence… Skeet, Neil, Carl, Russ et d'autres s'étaient montrés amicaux, d'accord. En apparence. Les élèves qui avaient les casiers voisins du sien, et qui étaient assis à côté de lui en classe. Mais ils étaient gênés. Ils ne savaient pas quoi dire. Russ, qui n'était jamais à court de mots, bégayait : « C'était vraiment bizarre, hein… Ça a dû te faire… bizarre. » Même M. Weinberg, dissimulant son embarras sous des plaisanteries, avait changé. Et quand Matt avait fini par rencontrer Stacey, après les cours, elle courait à la répétition de la chorale et lui avait dit, le visage empourpré : « Oh ! Matt. Je t'appellerai… bientôt ! »

Elle n'avait jamais appelé, bien entendu.

On aurait dit que Matt avait sur le corps une plaie invisible pour lui, mais visible pour les autres, horrible, à vif. Quand ils le regardaient, ils ne voyaient qu'elle. Ils ne voyaient plus *Matt Donaghy.*

Même Ursula Riggs, qui avait témoigné en sa faveur, l'évitait. Pourquoi ?

Matt avait écrit « Juste pour mémoire » afin d'exprimer ce qu'il ressentait, mais aussi pour s'en moquer. Et voilà que M. Steiner et la rédaction du journal, des gens qu'il croyait ses amis, lui disaient que ce n'était pas drôle. Que ce n'était pas « de bon goût ».

La vie ressemblait à un gros ballon percé, qui se dégonflait lentement.

« Matt ? Tu peux comprendre notre point de vue, non ? »

M. Steiner regardait Matt avec un air plein de « sincérité », comme tous ses professeurs ces derniers temps. Ils étaient « graves »... peut-être se croyaient-ils « profonds ». Bien sûr, Matt savait que la plupart d'entre eux, ceux qui le connaissaient, l'avaient défendu. Mais ça ne suffisait pas.

Matt avait cru que M. Steiner était un des amis, mais il voyait maintenant que lui non plus ne l'était pas.

Il reprit son texte et le déchira en longues bandes. Steiner tiqua.

— Voyons, Matt. Ne fais pas l'enfant. Tu prends cela trop au sérieux. En tant que rédacteur, tu as refusé des textes, toi aussi.

— Bien sûr. À des gens qui ne savaient pas écrire. À des gens qui n'avaient rien à dire et aucune idée de la façon de le dire.

— Ce n'est pas ce que tu as écrit de meilleur, Matt. D'ici quelques semaines…

— Parce que le journal ne publie que ça : « le meilleur » ? Je ne savais pas que tout le monde au *Rocky River Run* était un lauréat du prix Pulitzer.

— … dans quelques semaines, tu seras heureux qu'on ne l'ait pas publié. Crois-moi, Matt.

— Certainement. Merci, monsieur Steiner.

Le ton de Matt était si chargé de sarcasme qu'il avait un goût de poison dans sa bouche.

Tâchant de prendre un air enjoué, Steiner raccompagna Matt jusqu'à la porte de son bureau. S'il posait une main sur l'épaule de Matt, s'il lui faisait le coup du grand frère, Matt se dégagerait d'un mouvement d'épaules.

Mais Steiner ne s'y risqua pas.

Cher monsieur Steiner,

« Juste pour mémoire… », je démissionne de la rédaction du Rocky River Run.

Le Terroriste psychopathe de Rocky River

Matt rit, en tapant ce message. Mais non, mieux valait ne pas l'envoyer. Grande Gueule avait eu suffisamment d'ennuis comme ça, ce trimestre.

Cher monsieur Steiner,

C'est avec regret mais par nécessité que je démissionne de la rédaction du Rocky River Run.

Matthew Donaghy

Matt cliqua sur ENVOYER. Et hop !... le message partit.

— Ça devient de plus en plus facile, Citrouille. C'est agréable comme impression.

Se méprenant sur l'humeur de Matt, Citrouille remua la queue avec enthousiasme et poussa sa tête contre lui pour se faire caresser.

— Hé ! Matt ? Quelque chose ne va pas ?

— « Quelque chose ne va pas » ? Chez qui ?

Matt vit Alex faire la grimace. Il se radoucit.

— J'ai du travail, dit-il. Des maths, une vraie corvée.

Matt referma doucement la porte au nez d'Alex.

Lorsqu'on éprouve un si profond dégoût pour le monde, mieux vaut ne pas infecter d'autres personnes, surtout innocentes.

Une chose que tu ne dois pas faire, Grande Gueule. Abaisser Alex à ton niveau d'existence.

MATT DONAGHY AYANT DÉMISSIONNÉ, GORDON KIM ASSUMERA LA VICE-PRÉSIDENCE DES CLASSES DE PREMIÈRE. GORDON ÉTAIT ARRIVÉ EN SECONDE POSITION AUX ÉLECTIONS DE L'AUTOMNE DERNIER.

Ce bref article parut dans le journal du lycée, le *Rocky River Run,* le vendredi suivant la démission de Matt. Il était enfoui en quatrième page, sans même un titre.

En le voyant, Matt rit tout haut.

À quoi s'était-il attendu, à avoir sa photo à la une ?

Les gens avaient maintenant une raison supplémentaire de le dévisager lorsqu'ils croyaient qu'il ne les voyait pas, et de détourner très vite le regard quand le contraire devenait évident. Chez Tower Records, dans le centre commercial, Matt tomba sur trois filles de première, et l'une d'elles, Wendy Diehl, qui était avec Matt en histoire, dit, avec une drôle de moue : « Salut, Matt Donaghy. Moi, j'ai voté pour toi. » Les trois filles pouffèrent, et Matt rougit, bégaya : « Merci », et s'éloigna.

Qu'est-ce que cela voulait dire ? Qu'elles le soutenaient ?

La présidente des premières, Sandra Friedman, qui s'était démenée pour se faire élire, était une fille très énergique, politisée, qui parlait déjà de ses espoirs de se faire admettre à la faculté de droit de Harvard d'ici cinq ans. Elle dit à Matt qu'elle avait été désolée d'apprendre qu'il avait démissionné, mais… « Vice-président, c'est un boulot plutôt nul, hein ? ajouta-t-elle sans beaucoup de tact. Ce n'est pas comme si tu avais vraiment eu des choses à *faire.* »

La seule autre personne qui parla à Matt de sa démission fut le garçon qui l'avait remplacé, Gordon Kim, un Américain d'origine coréenne qui venait de Berkeley. Il s'était présenté aux élections pour rire. Gordon, un génie mathématique, se conduisait comme s'il trouvait comique quasiment tout ce qui se passait à Rocky River ; il ne semblait pas avoir compris la raison de la démission de Matt. « Dès que tu veux redevenir vice-président, tu me le dis, Matt. C'est toi qui as gagné les élections. »

Aucun des amis de Matt, qui l'avaient aidé à faire campagne, n'aborda le sujet. Pas devant lui, en tout cas.

Mon cœur est une pierre.
Je le sens durcir.

En sortant de la bibliothèque du lycée, vendredi après-midi. Zut ! Il était obligé de passer devant quelques-uns de ses amis, qui traînaient près de l'escalier. Ils parlaient d'une fête, prévue pour le week-end. Russ Mercer vit Matt, rougit, et le rattrapa dans l'escalier. « Hé ! Matt ? Comment ça va ? » Matt haussa les épaules, sans regarder Russ, qui était l'un de ses meilleurs amis depuis la sixième, et Russ dit, l'air coupable : « On se mettait d'accord pour se voir ce week-end… tu veux venir ? » Matt répondit avec un petit sourire figé : « Merci, mais je suis pris. Merci, Russ. »

Merci, Russ.
Merci à vous tous.
Mon cœur est une pierre… on ne le brisera plus.

Matt Donaghy aimait ses parents. Vraiment ! Mais maintenant il commençait à les détester.

Voici ce qu'ils lui disaient, ce qu'ils osaient lui dire :

Tout va bien, Matt !
Il n'y aura rien sur ton dossier scolaire,
M. Parrish l'a promis.
Essaie de ne plus y penser, Matt.
Arrête de broyer du noir !
Laisse Evita nettoyer ta chambre, *s'il te plaît !*
Tu te sentiras mieux quand…
C'est juste le mauvais temps…
Dans quelques semaines…

Et quand ils croyaient que Matt n'écoutait pas, voici ce qu'ils disaient à voix basse, sur un ton anxieux :

Je n'arrive plus à lui parler.
Il refuse de me parler.
Il n'est pas lui-même. Il a changé.
Il est sarcastique, agressif.
Sa chambre sent *mauvais.*
Il est déprimé. Je sais ce qu'est une dépression.
Je n'en peux plus, moi non plus.
Je n'arrive pas à dormir et je n'en peux plus.
Il est grossier avec Alex. Alex l'aime.
Je déteste cette ville. Je l'aimais, pourtant.
Je sais ce qu'est une dépression, et c'est la faute de Parrish et du district scolaire.
Il refuse que je lui prenne un rendez-vous chez un…

Il refuse de laisser Evita entrer dans sa chambre pour la nettoyer, et sa chambre *sent mauvais.*

Je sais ce qu'est une dépression, et elle enveloppe cette maison comme un brouillard.

Matt Donaghy aimait ses parents. Mais maintenant il commençait à les détester.

QUINZE

Ven 16/02/01 02:11

Chère Ursula,

Je t'ai vue au lycée, hier. Ne *pas* me voir. Ou alors, comme si j'étais transparent. (Je suis peut-être un fantôme ?)

D'accord... je comprends. (Je crois.) Grande Gueule Donaghy n'est pas cool et Ursula Riggs est une des filles les plus cool de Rocky River.

(Je ne vais pas te harceler comme un malade, promis. C'est la dernière fois que je t'écris.)

(C'est juste que... je me sens si seul.)

Je crois que les gens voulaient un terroriste psychopathe — moi ou quelqu'un d'autre. Comme ils ne l'ont pas eu... ils sont déçus.

Qui étaient les « témoins » qui m'ont dénoncé, Ursula, tu le sais ? Je me demande sans arrêt s'ils me haïssaient à ce point ? s'ils ME HAÏSSAIENT vraiment à ce point ? Ou... s'ils croyaient dire la vérité ?

Ursula Riggs est cool parce que : 1) Tu te fiches pas mal d'eux. Leurs yeux menteurs et leurs masques souriants. 2) Tu es toi. Tout le monde respecte ça.

Avant, je ne me sentais jamais seul à la maison, mais maintenant je déteste que mes parents me parlent. Ils se conduisent comme si j'étais malade. Ils veulent que j'aille voir un psy. (Évidemment ! « Pour le dossier ».) Je pourrai peut-être me faire prescrire du Prozac, comme maman. Elle dit que ça l'« aide à faire face ».

Mon père est souvent en voyage et, quand il est à la maison, il est fatigué et distrait. Il m'en veut (je le sais) de compromettre sa carrière. Sa société est très sensible aux questions d'« image ». J'ai sali le nom de DONAGHY. Je sais que papa et maman ont honte de moi, même s'ils évitent soigneusement de le dire devant moi.

C'est vrai. Sans Grande Gueule, rien de tout cela ne serait arrivé.

Mon cœur est une pierre, et ça me plaît. Je crois.

Ils pensent que je suis « déprimé ». Ce n'est pas le cas. Simplement, maintenant, je vois la VÉRITÉ.

J'aimerais que tu puisses être mon amie, Ursula. Les filles que je connaissais, je ne leur fais plus confiance. Toi, tu es différente... tu n'es pas une « fille »... comme elles.

Même ton nom : URSULA. Il est spécial.

(O.K., j'ai fini. Je promets de ne plus écrire.)

Ton ami Matt Donaghy

Il était 2h47 du matin. Matt était courbé sur son ordinateur, en sueur et anxieux. Il n'avait pas réussi à se concentrer sur ses devoirs, qui lui semblaient si insignifiants maintenant, il avait évité de dîner avec sa mère et Alex, il avait perdu des heures à naviguer sur Internet à la recherche de gens plus malheureux que lui, et maintenant cette lettre tordue débile à Ursula Riggs… ce qu'il avait fait de plus bizarre jusqu'à présent.

Il imaginait la réaction de Skeet, si Skeet savait.

Matt en pince pour la Grande Ursula ?

Il imaginait la réaction de Stacey…

Mais personne ne connaissait vraiment Ursula Riggs. Elle n'était d'aucune bande. Elle était vraiment à part.

C'était la seule à l'avoir défendu.

Comme si ça ne suffisait pas que Matt se soit attiré des ennuis, maintenant, en plus, il traîne avec Ursula Riggs. Bizarre !

Grande Gueule est au bout du rouleau, voilà l'explication.

Matt relut son e-mail et décida de ne pas cliquer sur ENVOYER mais sur SUPPRIMER.

Êtes-vous sûr ? Oui/Non.

Oui. Matt était sûr.

Si ses copains avaient su, ils auraient approuvé.

SEIZE

La Nulle, femme de guerre

La Nulle, en vol libre dans Manhattan.

Ça n'était pas le plan de départ, c'est sûr. Pauvre maman !

Le début de l'aventure, c'est maman qui lance : « Nous ne te voyons presque plus jamais, Ursula. Tu manques à Lisa. » Comme je ne réponds rien, mais que je me sens un peu coupable, maman ajoute : « Lisa te porte aux nues, chérie. Tu es sa grande sœur. » (Comme si j'étais Frankenstein, ou un truc du même style. GRANDE.) « Je vais prendre des billets pour nous trois, ce n'est pas un ballet mais de la danse moderne, et je pense que tu aimeras. Nous irons déjeuner chez Fiorello avant la représentation, allez, chérie, dis *oui.* »

Il fallait voir la scène pour y croire. Raison pour laquelle la Nulle céda, en haussant les épaules. O.K., maman. Elle était carrément en train de me caresser les cheveux — qui avaient besoin d'un shampooing — et de me chatouiller la nuque comme si j'étais un gros chat, et je trouvais ça agréable, je crois. J'aimais bien maman, quelquefois. Elle avait été si fière de moi quand Parrish avait envoyé sa lettre, encore plus que papa. Elle avait reconnu que c'était une erreur — une « lâcheté » de sa part — de m'avoir demandé de rester à l'écart ; elle regrettait « sincèrement » d'avoir essayé de m'influencer. Papa avait davantage de doutes, je suppose.

Bref, j'acceptai. Et maman acheta trois billets pour le dimanche en matinée au Lincoln Center. La plaisanterie courut alors dans la famille qu'Ursula avait accepté d'aller en ville voir un spectacle de danse avec maman et Lisa essentiellement pour pouvoir déjeuner chez Fiorello. Papa dit : « Voilà une fille selon mon estomac. »

Depuis que j'avais quitté l'équipe, je courais davantage, et je marchais dans la réserve naturelle de Rocky River. Je faisais des paniers dans le gymnase quand il n'y avait personne. À la maison, je soulevais des haltères de dix kilos, les poids auxquels papa ne touchait plus depuis des années, pour éviter que les muscles de mes bras et de mes épaules ne deviennent flasques. En fait, je pensais avoir perdu quelques kilos, parce que mes vêtements me serraient moins qu'à certains moments. La Nulle ne se pesait jamais. Il y avait des filles au lycée, et ma propre petite sœur, et ma mère aussi, qui se pesaient tous les matins comme des fanatiques. Je ne connaissais mon poids que lorsque je devais me faire examiner par un médecin ou une infirmière. Quel intérêt, franchement ? C'est un Fait Très Barbant.

Quand j'étais petite, à partir de neuf ans, ce qui me plaisait le plus c'était nager. Nager et plonger. Plonger et nager ! L'entraîneur de l'équipe, au collège, nous disait : « Bon vol, les filles ! » Quand c'était dans une piscine en plein air, on volait dans le ciel. Et on fendait l'eau aussi impeccablement que la lame d'un couteau. Mais je grandissais vite. La plupart des autres filles restaient maigres, pas moi. Mes cuisses, mes hanches et mes seins prenaient forme comme si toutes les nuits pendant mon sommeil un sculpteur me rajoutait de la chair au lieu d'argile.

Un jour, quand j'étais en quatrième, j'entendis mon père dire à maman : « Elle devient costaud, hein ? » Ils étaient dans une autre pièce ; je n'étais pas censée entendre.

Un autre jour, papa me dit : « Tu deviens une grande fille, Ursula. » On aurait dit qu'il avait davantage à dire, mais s'arrêta. Il avait les yeux fixés sur mon visage, comme s'il ne voulait surtout pas les poser ailleurs.

À l'entraînement suivant, je me regardai dans une glace des vestiaires et je vis une grosse fille mastoc. Différente des autres. J'eus beaucoup de mal à quitter les vestiaires et à entrer dans la piscine. *Un sacré morceau* disaient parfois les garçons plus âgés en parlant d'une fille ; j'avais entendu l'expression sans vraiment comprendre ce qu'ils voulaient dire. Maintenant, je savais.

À la compétition suivante, je me figeai sur le plongeoir, les genoux tremblants. Je courus me réfugier dans les vestiaires en essayant de ne pas pleurer, mais plus question d'équipe de natation pour moi. Par chance, dans d'autres sports comme le foot, le hockey sur gazon, le basket, les tenues pouvaient être assez larges. Il était presque possible de se cacher à l'intérieur.

En février, quand maman nous emmena à New York voir la troupe de danse, j'étais dans une période un peu bizarre et renfermée. Je n'avais jamais dit à mes parents pourquoi exactement j'avais quitté l'équipe qui avait tant compté pour moi. Peut-être parce que je ne le savais pas moi-même. Je ne leur avais pas dit que je trouvais la plupart des élèves du lycée écœurants, à cause de la façon dont ils avaient réagi au moment de l'« arrestation » de Matt Donaghy et de l'« alerte à la bombe ». Comme s'ils avaient voulu croire que c'était vrai. Comme s'il y avait longtemps qu'ils n'avaient pas vécu quelque chose d'aussi excitant. Et naturellement, je ne leur avais jamais dit non plus combien je me sentais coupable de m'être conduite comme tous les autres, d'avoir tourné le dos à Matt quand il était revenu au lycée.

Depuis quelque temps, je ne supportais pas qu'on me touche. Même les contacts, les frôlements accidentels. Cela me rappelait les croche-pieds sur le terrain de basket, les coups de coude dans la poitrine, et l'équipe de Tarrytown autour de moi comme une bande de hyènes se préparant à la curée.

C'était comme si la couche la plus superficielle de ma peau s'était détachée et que tout ce qui me touchait, même légèrement, risquait de me blesser.

Il y avait des élèves au lycée qui aimaient bousculer les autres comme par « accident ». Ce genre d'individus, presque toujours des garçons, ça existait depuis l'école primaire. Un peu comme des pervers sexuels. Évidemment, aucun type n'aurait osé frôler la Nulle pour une raison pareille ! Parfois c'était pour faire mal, ou par provocation. Parfois... qui sait pourquoi ? Comme les jumelles Brewer, Muriel et Miriam, des filles de terminale, malveillantes, suffisantes, que personne n'aimait. Elles portaient des jupes bleu marine, des chemises et des vestes trop grandes qui avaient l'air d'uniformes. Leur père était une personnalité controversée de la région, le révérend Ike Brewer, qui avait sa propre petite église, les Apôtres de Jésus, où il prêchait contre l'éducation sexuelle dans les écoles publiques, contre l'aide publique à la recherche contre le sida, contre la discrimination positive et les « cadeaux » faits aux féministes, aux gays, aux Noirs, aux minorités ethniques. Brewer avait lancé une pétition pour faire interdire une longue liste de livres de la bibliothèque du collège (dont *Black Beauty*, qu'il devait croire écrit par les Black Muslims). L'année précédente, il avait mené une sale campagne pour obtenir le renvoi de l'un de nos jeunes professeurs, M. Steiner, sous prétexte qu'il avait défilé à Manhattan lors de la Gay Pride et que « l'on ne pouvait pas lui confier » de jeunes personnes. (Les deux campagnes avaient échoué. Mais en provoquant beaucoup de remous et de rancune, et en attirant l'attention des médias de façon écœurante.) Les jumelles Brewer avaient des têtes de puddings aigres. Leurs notes tournaient autour de C–, et elles ne pratiquaient ni sports ni activités parce que leurs parents ne souhaitaient pas qu'elles se « mêlent » à nous. Tous les matins le révérend Brewer amenait Muriel et Miriam au lycée, et tous les après-midi il venait les chercher, dans un minivan fatigué avec un autocollant JÉSUS SAUVE sur le pare-chocs avant, et derrière BIENVENUE EN AMÉRIQUE, MAINTENANT PARLEZ ANGLAIS OU PARTEZ.

Je suppose que les gens « religieux » comme le révérend Brewer n'ont pas la moindre idée de ce qu'Amérique veut dire.

Un matin de février, les jumelles Brewer montèrent l'escalier avec moi, en me collant et en me bousculant un peu, et lorsque je me retournai, je les vis toutes les deux en train de ricaner, le visage tout rouge. « Hé ! Qu'est-ce que vous faites ? » demandai-je. Je serrai les poings comme si j'allais les attaquer, et l'une d'elles dit d'une voix haletante : « Tu n'oserais pas, espèce de grand cheval ! Tu serais arrêtée pour coups et blessures. » L'autre dit : « On te ferait un *procès*. Nous savons qui tu es. » Laquelle était Muriel Brewer et laquelle Miriam ? Personne n'arrivait à le savoir. Elles avaient toutes les deux des cheveux bruns et la raie à gauche, et toutes les deux une voix nasillarde et aiguë. « Tu n'oserais pas nous faire mal, grande brute. Tu te prends pour qui ! » L'autre reprit, en avançant la lèvre du bas, ce qui me donna envie de la boxer : « Je parie que tu es fière de toi, hein ? Parce que t'as défendu quelqu'un qui voulait faire sauter l'école. Que t'as fait de la lèche au proviseur. Juive ! »

Des gens nous regardaient et s'éloignaient en vitesse de peur d'une bagarre. Les jumelles Brewer faisaient bien dix centimètres de moins que moi, et ça n'étaient pas des athlètes, loin de là. La Nulle aurait pu les soulever de terre et les précipiter dans l'escalier la tête la première.

Et ne croyez pas que ce n'était pas exactement ce que j'avais envie de faire.

Mon cœur battait comme un fou. « Allez-vous-en ! Allez au diable », dis-je. Muriel et Miriam dégringolèrent l'escalier en pouffant. L'une d'elles cria par-dessus son épaule : « C'est *toi* qui iras chez le diable, la Juive ! »

Évidemment, je ne parlai pas à mes parents de ces cinglées de jumelles.

Papa disait toujours que des gens comme le révérend Brewer étaient très dangereux dans notre société. Les États-Unis étaient une société multiculturelle, mais il y avait encore beaucoup de préjugés contre les minorités ethniques. Manifestement. Il y avait encore beaucoup d'antisémitisme, même si la plupart des gens s'en cachaient. Le révérend Brewer ressemblait à un homme qui enflamme une allumette dans une forêt desséchée. Il savait exactement ce qu'il faisait. Mais il pouvait toujours prétendre prêcher la « parole de Dieu ».

C'était tellement bizarre. Je n'étais même pas juive !

Dans la bouche malveillante des Brewer, on aurait dit une obscénité. Ça l'était sans doute pour elles. Quelque chose qu'elles entendaient à la maison.

Ce qui m'étonnait davantage, c'est qu'elles m'aient accusée d'avoir « défendu quelqu'un qui voulait faire sauter le lycée ». Comment le savaient-elles ?

Apparemment, il était maintenant de notoriété publique que j'avais parlé à M. Parrish. Peut-être Matt Donaghy l'avait-il dit à ses amis. Je n'étais pas tellement fière de moi, en fait. Chaque fois que l'attention se porte sur moi, même quand il s'agit de compliments, je suis vraiment mal à l'aise.

Tu parles d'un événement ! Harold Parrish, proviseur, avait envoyé une lettre à M. et Mme Clayton Riggs pour les féliciter de la « conduite citoyenne » de leur fille. C'était sûrement une lettre standard que ce vieux rusé avait déjà envoyée à des dizaines de gens importants du district, en changeant les noms et les coordonnées, bien entendu. Je m'étais sentie plutôt honteuse quand mes parents me l'avaient montrée, comme si je n'étais allée voir Parrish que pour l'impressionner.

Je vous prie de comprendre qu'en tant que proviseur du lycée de Rocky River j'avais à mettre en balance d'un côté la sécurité et les droits de la majorité... de l'autre ceux de l'individu. Jamais ni moi ni mes collègues n'avons sérieusement cru aux allégations portées contre Matt Donaghy, un des élèves remarquables de cet établissement. Compte tenu des violences de ces dernières années en milieu scolaire, et du souci qu'ont les parents de la sécurité de leurs enfants, j'ai cru nécessaire d'agir avec la plus extrême prudence.

Bien sûr : en appelant les flics. En invitant quasiment les journalistes et les équipes télé.

Mon équipe et moi regrettons sincèrement les désagréments et l'émotion que cette affaire a pu occasionner. Mais grâce à la conduite citoyenne de votre fille Ursula, ainsi qu'à la minutie de notre enquête, cet épisode pénible a connu une issue satisfaisante.

Allez dire ça à Matt Donaghy.

Papa m'avait donné une photocopie de la lettre pour « mes archives ». Dès que j'avais été seule, je l'avais déchirée en petits morceaux.

Je pensais à la lettre bidon de Parrish, aux antipathiques jumelles Brewer et à Matt Donaghy, quand maman, Lisa et moi entrâmes dans le luxueux théâtre du Lincoln Center. Quel endroit chichiteux ! Des lustres, et les spectateurs, des femmes d'un certain âge en majorité, qui murmuraient comme s'ils étaient à l'église. Je portais mon blouson de satin de Rocky River, mon pantalon kaki et mes bottes en faux palomino, plutôt amochées par l'hiver et qui avaient de la gueule. Maman m'avait demandé d'enlever ma casquette des Mets. Je l'avais fourrée dans ma poche. Histoire de faire habillée, j'avais mis tous mes clous d'oreilles — neuf de chaque côté. (Mais pas appareillés pour autant.) Je me sentais aussi énorme et gauche qu'un cheval enfermé dans une jolie boîte à bonbons. Même au restaurant j'avais été distraite et plutôt renfrognée. En pensant à la façon dont des gens comme les Brewer pouvaient vous empoisonner la vie avec leur méchanceté. La Nulle était dure mais jamais méchante… du moins, je l'espérais. Maman me reprocha de faire ma « tête de bouledogue » mais ça ne me fit pas rire. Lisa bavardait, parlait de la troupe de danse ; elle touchait à peine son assiette. De succulents *linguine* aux épinards, garnis de champignons. Lisa mangeait toujours du bout des dents, ces derniers temps. Même ma spécialité, le riz complet au tofu avec brocolis et noix, qu'elle aimait pourtant beaucoup. Le serveur aurait remporté l'assiette de Lisa, si je ne l'en avais pas empêché. « Je vais le manger, moi. » Maman était gênée : une jeune demoiselle bien élevée de la banlieue chic de Rocky River n'avait pas ce genre de comportement.

Très juste. Elle n'avait pas.

Cinq minutes d'une danse appelée *Crépuscule sylvestre* et je sus que j'allais étouffer si je ne m'enfuyais pas en vitesse. Mes genoux cognaient sans arrêt contre le siège de devant, et la femme qui l'occupait se retournait pour me fusiller du regard — je m'attendais à l'entendre siffler : « Grand cheval ! » La danse était peut-être belle et gracieuse, et cetera, mais ça n'était pas le genre de la Nulle. Je chuchotai à l'oreille de maman : « J'ai besoin d'air. Je sors. » Maman m'attrapa par le poignet et me lança un regard noir. Comme si maman pouvait retenir la Nulle par le poignet. « Ursula, murmura-t-elle, j'ai dépensé quarante-cinq dollars pour ces billets. Tu *restes ici.* » Il y avait une inquiétante bande de blanc au-dessus de ses iris, mais la Nulle était déjà en mouvement.

— Je vous retrouve à la sortie, maman. Promis.

— *Ursula !*

— Je m'en vais !

Lisa était gênée pour sa grande sœur, ou avait peut-être honte d'elle. Elle était assise de l'autre côté de maman et continua à regarder fixement la scène lorsque je me frayai tant bien que mal un chemin jusqu'à l'allée en marmonnant : « Pardon ! »

Dans le foyer, je me sentis aussitôt merveilleusement *libre.* Comme un cheval à qui l'on ôte une bride ajustée. Enfin libre de rejeter la tête en arrière et de *galoper.*

Je me fis confirmer l'heure de la fin du spectacle au guichet et, dehors, sur la place ventée du Lincoln Center, je me mis bel et bien à courir en direction de Central Park. Mes bottes n'étaient pas l'idéal pour ce genre d'exercice, mais elles feraient l'affaire. Dès que je fus dans le parc, sur l'herbe couverte de neige, je courus plus facilement. Je trottais, l'haleine fumante dans l'air froid. Il ne faisait pas si froid que ça, d'ailleurs, juste un peu moins de zéro. Une journée d'hiver flamboyante. Je regardai un moment les patineurs. Je fis le tour du grand étang. Je *respirais.* Maman n'aimait pas que je me promène seule en ville, mais je ne me sentais jamais en danger, c'était l'avantage d'être la Nulle et de mesurer 1,79 m. (En fait, avec mes bottes, 1,80 m.) Dans le parc en particulier, un samedi après-midi ensoleillé, je me sentais en sécurité. J'avais beaucoup de temps devant moi. J'allai voir une exposition à la National Academy of Design. Les affiches à l'entrée avaient attiré mon attention : LES MAÎTRES DU DESSIN À LA PLUME. Je n'avais pas beaucoup dessiné ces derniers temps, pas depuis que j'avais arrêté le basket, que j'étais écœurée par le lycée et que mes humeurs Noires d'Encre ne me lâchaient pas, alors c'était passionnant de voir cette exposition de dessins d'artistes anciens comme Rembrandt, Matisse, Degas, Picasso et Dürer (que je ne connaissais pas mais qui était le meilleur, des dessins fantastiques de lapins et d'oiseaux plus vrais que « vrais » devant lesquels je restai plantée de longues minutes) et d'artistes plus récents, comme R. B. Kitaj, Alice Neel, Anne Dunn, Joan Mitchell, Jane Freilicher… Passionnant aussi de voir des artistes femmes mêlées aux hommes, même si leurs noms ne me disaient pas grand-chose. Ce qu'elles faisaient était *bon.* Je me sentais de nouveau inspirée, impatiente de reprendre mon bloc à dessins. Et dans la librairie, je feuilletai *The Obstacle Race : The Fortunes of Women Painters and Their Work*[1] de Germaine Greer, dont j'avais vaguement entendu parler, et voici ce qui me sauta aux yeux :

Plus traîtres que le mépris des professeurs étaient leurs louanges. Dans toutes les écoles des beaux-arts, les femmes étaient régulièrement distinguées... Elles confondaient aisément succès de ce genre et authentiques dons artistiques. Dans de telles conditions, il est fort vraisemblable que l'on n'ait pas encouragé les femmes qui convenaient, car le véritable talent artistique présente souvent une virulence qui n'obtient pas l'approbation de professeurs paternalistes.

Ces lignes me firent vraiment de l'effet. On aurait cru que l'auteur parlait directement à la Nulle. Cela valait la peine d'être venue à New York rien que pour lire ça.

Virulence : j'étais quasiment sûre de savoir ce que le mot voulait dire, et il voulait dire la Nulle.

Puis, en traversant le parc pour revenir au Lincoln Center, ce fut le choc.

Une sensation qui me traversa avec la rapidité d'un courant électrique. Je m'arrêtai de nouveau pour regarder les patineurs et je vis — je crus voir — un grand garçon dégingandé, aux cheveux roux pâle et à la peau parsemée de taches de rous-

1. *La course d'obstacle : Le Sort des femmes artistes et de leur œuvre.*

seur, qui dessinait des huit frimeurs sur la glace. C'était pour épater une fille, et ils portaient tous les deux des gants rouges.

Je me figeai sur place et regardai, les yeux écarquillés.

Matt Donaghy ? Matt Donaghy ici à Central Park, en train de patiner avec une fille ?

J'avais la bouche sèche. Mon cœur s'était mis à battre bizarrement. J'avais envie de disparaître avant que Matt me voie mais, en même temps (c'était absurde, bien sûr), j'avais envie de m'avancer et d'attirer son attention.

Hé. Je suis ton amie. Ursula Riggs. Moi.

Le garçon roux et son amie se donnèrent la main et s'éloignèrent en patinant, comme pour me narguer. D'autres patineurs les cachèrent à ma vue. Mes yeux s'embuèrent et je dus les essuyer un grand coup pour voir, lorsque le couple reparut dans mon champ de vision… que non, bien sûr, ce n'était pas Matt Donaghy.

C'était un parfait inconnu, plus âgé que Matt. Pas aussi beau que lui, le visage dur.

La Nulle s'éloigna en hâte, toute rouge.

Ça n'allait pas du tout.

Il fallait que je me presse maintenant, j'étais presque en retard pour la sortie du spectacle. Et je savais que maman était vraiment en pétard.

Dans Broadway, il y avait ces filles, l'air de dures un peu plus âgées que moi, en pantalons de cuir sexy et petites vestes extra, les cheveux hérissés et teints de mèches vertes, bordeaux, orange, et les oreilles percées et étincelantes comme les miennes. Sauf qu'en plus elles portaient des anneaux au nez. Sacrément cool ! En me voyant, elles sifflèrent. « Hé ! Sexy ! » Elles me souriaient et me faisaient signe de la main. Je leur rendis leur sourire mais ne répondis rien, par timidité. Je continuai à marcher.

Tout de même, ça faisait plaisir. C'étaient des Nulles, elles aussi.

DIX-SEPT

Tristesse hivernale. Solitude hivernale.

Tu pourrais marcher au hasard dans les bois vallonnés, semés de rochers, et sentir ton corps perdre peu à peu sa chaleur et se muer en pierre. Là, tu n'aurais plus à entendre ton père et ta mère parler, murmurer dans la nuit, la voix parfois forte et furieuse.

Tu n'aurais plus à entendre les gens baisser la voix sur ton passage. Tu n'aurais plus à voir leurs regards furtifs.

Pauvre Matt. Il a tellement changé…

Il n'est plus vraiment amusant, hein ?

M. Rainey voulait que Matt prenne rendez-vous avec lui. Juste pour parler. Mais Matt n'avait rien à dire à M. Rainey, alors à quoi bon prendre un rendez-vous « juste pour parler ».

De plus en plus souvent Matt allait se promener dans la réserve sans emmener Citrouille. Pourquoi ? Le golden retriever geignait à la porte, le suppliant quasiment de l'emmener, mais Matt avait ses raisons. « Non. C'est une affaire privée. La prochaine fois, Citrouille. »

Si Matt avait jamais envie de se changer en pierre, pour faire cesser le tourbillon de ses pensées et cette sensation d'énervement, comme si des tiques lui rampaient sur la peau, Citrouille ne ferait que le gêner.

En rentrant d'une promenade, Matt trouva Alex dans la cuisine, l'air effrayé. « Où est maman ? » demanda-t-il. C'était un samedi de la fin février, un peu avant midi. Le père de Matt était à Houston, ou peut-être à Dallas. San Diego ?

Quand papa n'était pas à la maison, la tension diminuait. Généralement.

Alex dit : « Maman était en train de regarder le courrier, elle a ouvert quelque chose… Elle est dans la salle de bains. » Matt colla son oreille contre la porte de la salle de bains, entendit le ronronnement du ventilateur et des sanglots. « Hé, maman ? » Matt frappa timidement. « Ça va… ? »

Question stupide. Comment maman aurait-elle pu aller bien, enfermée en train de pleurer dans une salle de bains ?

Alex dit encore : « C'est arrivé là-dedans, je crois. » Sur une petite pile de lettres, il y avait une enveloppe blanche ordinaire sans mention de l'expéditeur. Dessus, griffonné en lettres énormes, à l'encre rouge : M. & MME DONAGHY, 377 GLENDALE DR, ROCKY RIVER, NY.

Matt trouvait agaçant que son frère reste planté là, la bouche ouverte. « Va-t'en, Alex. Maman a besoin d'être seule. » Son ton était si dur qu'une expression étonnée se peignit sur le visage d'Alex, mais il obéit tout de même.

— Et emmène Citrouille avec toi, tu veux ? Elle me tape sur les nerfs.

— C'est ton chien, Matt.

Alex emmena Citrouille et monta en courant dans sa chambre.

Lorsque sa mère sortit finalement de la salle de bains, Matt fut choqué par son aspect. Elle avait le visage marbré, les yeux injectés de sang. Ses mains tremblaient. « Je n'en peux plus, dit-elle. Je suis épuisée. » Matt n'était pas habitué à voir sa mère dans cet état, à la voir pleurer ouvertement. C'était plus effrayant que tout le reste.

— Qu'y a-t-il, maman ? Est-ce que quelqu'un…

— Ça.

Elle lui tendit une coupure de journal. C'était un article que Matt avait déjà vu, découpé dans un journal de Westchester du mois précédent. UN JEUNE DE LA RÉGION INTERROGÉ DANS UNE AFFAIRE D'ALERTE À LA BOMBE, disait le titre. À côté, des points d'interrogation à l'encre rouge et, griffonné en lettres capitales :

VOS VOISINS NE SONT PAS EN SÉCURITÉ
NOUS N'OUBLIERONS PAS

La mère de Matt disait, d'une voix lasse et atone que Matt ne lui avait encore jamais entendue, qu'elle voulait quitter Rocky River. Elle n'y était plus heureuse. Elle ne se sentait pas en sécurité. Aucun d'eux n'était en sécurité. « Je vais au supermarché, au drugstore, et je sens que les gens me regardent. Je le sais. Les caissières me dévisagent. Certaines me connaissent… d'avant. Elles essaient de se montrer gentilles. Quelques-unes m'ont même exprimé leur sympathie. Pareil pour nos voisins. Nos soi-disant amis. Mais malgré tout, je suis « Mme Donaghy, la mère du garçon que l'on a arrêté… vous savez, le garçon de l'alerte à la bombe ». La mère de Matt parlait avec amertume, en imitant la voix de quelqu'un d'autre. Sa bouche se tordait d'une manière hideuse à voir. « Nous ne pouvons pas rester ici. J'aimais cette maison, maintenant je la hais ! Il y a trop de vitres, ici. Regarde… ces fenêtres. » Matt regarda, et ne vit que l'allée et le jardin de derrière recouvert de neige. Il n'y avait que la nuit, quand les lumières étaient allumées, que l'on apercevait les maisons voisines. « Je vais en parler à ton père dès ce soir. Nous ne sommes pas en sécurité ! »

Grand, gauche, dégingandé, Matt ne savait que faire. Il aurait voulu prendre sa mère dans ses bras pour la réconforter, mais ça lui faisait bizarre… c'était elle qui le prenait dans ses bras quand quelque chose n'allait pas.

C'était elle qui ne pleurait jamais. Un jour, elle s'était fait mal en jouant au tennis, elle s'était tordu la cheville, et elle avait pleuré, mais en riant en même temps pour assurer à sa famille que ce n'était rien. Elle allait bien ! Si Matt ou Alex était en colère, ou boudeur, ou triste, c'était maman qui le cajolait pour le faire changer d'humeur. Elle employait la compassion ou l'humour. Toujours, elle savait quoi faire. C'était un choc pour Matt de l'entendre lui parler aussi franchement, comme à un adulte. C'était un choc de voir son visage : nu, vulnérable. Et ses yeux accusateurs.

Matt aurait déchiré la coupure de journal en petits morceaux si sa mère ne l'en avait pas empêché.

— Je veux que ton père la voie. Il faut qu'il sache.

— Maman, je...

— Il faut qu'il sache ! Il est toujours absent... ce qui se passe ici n'est pas assez réel à ses yeux. Nous ne sommes pas réels à ses yeux... pas assez.

Matt essaya de plaisanter :

— Il trouve peut-être que nous le sommes trop, maman. Surtout moi.

Mais la mère de Matt n'était pas d'humeur à rire. Elle s'éloigna en frottant ses yeux rougis du bout des doigts. Une fraction de seconde, elle vacilla sur ses jambes comme si elle perdait l'équilibre.

— Je vais m'étendre, Matt. Je suis épuisée. Il n'est que midi ! J'ai l'impression d'être au milieu de la nuit.

— Maman, je... je regrette.

— Oui. Tu l'as déjà dit.

— D'avoir perdu une occasion de me taire...

— Nous avons assez parlé de tout ça, Matt. Je suis fatiguée. Je vais m'étendre.

— Maman, je…

Désemparé, Matt suivit sa mère des yeux. Le sang lui battait les tempes. Sa mère n'allait-elle pas lui assurer, comme elle l'avait fait tant de fois, que ce n'était pas sa faute ?

N'allait-elle pas lui assurer que son père et elle l'aimaient, le croyaient, et veilleraient à ce qu'il ne lui arrive aucun mal ?

DIX-HUIT

Virulence. Je cherchai le mot dans le dictionnaire et il voulait bien dire ce que j'avais pensé qu'il voulait dire.

Je trouvais qu'il sonnait bien, en plus.

La Nulle, femme de guerre virulente.

Je voyais Matt Donaghy à l'appel et en classe. Il ne lançait plus, avec un sourire : « Salut, Ursula ! » Il n'avait plus l'air de parler à grand monde. Il ne souriait plus beaucoup. Lorsque M. Weinberg posait ses questions énigmatiques, Matt ne levait pas aussitôt la main pour répondre, comme il avait l'habitude de le faire. Cela me tracassait, et je voyais que cela tracassait aussi M. Weinberg. On aurait dit que Matt s'effaçait lentement, sous nos yeux. J'avais entendu dire qu'il avait démissionné de son poste de vice-président et quitté le journal scolaire, et il ne déjeunait plus avec son ancienne bande, mais seul, ou ne déjeunait carrément pas au lycée. J'aurais voulu lui parler mais je ne savais pas comment faire. J'avais la bouche sèche et le cœur qui battait comme un tambour, rien qu'à cette idée. *Salut Matt. Comment ça va... ?* C'était si banal et prévisible, je ne pouvais pas. La Nulle méprisait les papotages idiots.

Surtout avec un garçon.

J'avais envoyé un e-mail à Matt, ce fameux jour. Je pouvais peut-être lui en envoyer un autre ?

J'essayais, j'essayais... Mon cerveau se vidait. Je n'y arrivais pas.

Depuis qu'elles m'avaient bousculée dans l'escalier, je n'arrêtais pas de voir les sœurs Brewer. Sur les centaines d'élèves de Rocky River, s'il y en avait un qu'on ne voulait pas voir, c'était sur lui qu'on tombait. Sur elles, en l'occurrence.

C'était le fait du hasard, apparemment, parce que Muriel et Miriam n'avaient jamais l'air contentes de me voir. On aurait presque dit qu'elles avaient peur, ou qu'elles faisaient semblant. Comme si elles craignaient que la Nulle ne leur saute dessus et n'écrase son poing sur leurs visages ricaneurs.

Généralement, je les ignorais. J'étais douée pour ignorer les insultes.

Juive. Sale Juive !

Je savais que c'était ce qu'elles marmonnaient sous cape. J'avais envie de rire et de leur crier : « Bien sûr, je suis juive ! Et j'en suis fière. »

Mais un jour, j'eus une illumination : c'étaient *elles.*

Évidemment ! Muriel et Miriam Brewer.

Je les suivis dans le couloir des terminales et dis d'un ton accusateur : « C'est vous, hein ? Vous deux. Vous avez dénoncé Matt Donaghy à M. Parrish, *et vous avez menti.* »

Je vis à leur expression coupable que je ne me trompais pas. Mais elles étaient si lâches qu'elles nièrent. L'une d'elles secoua la tête, en reculant. « Ce n'est pas nous. C'est toi qui mens. » L'autre dit d'un ton de défi : « Dénoncé qui ? Nous ne savons pas de quoi tu parles. »

— Vous avez accusé Matt Donaghy. Vous avez menti et vous lui avez attiré des ennuis.

Je m'énervais de plus en plus, maintenant que je savais que j'avais raison.

— C'étaient vous, hein ? Les « témoins ».

L'une des jumelles dit :

— Non ! Ce n'est pas vrai. Nous n'avons pas à te parler.

L'autre ajouta, en avançant de nouveau sa lèvre inférieure de cette façon qui me donnait envie de la frapper :

— Notre père dit que nous n'avons pas à répondre aux questions. Nous sommes protégées par la loi.

— Quelle loi ? Une loi qui protège les menteurs ?

D'un seul coup, elles se mirent à crier ensemble :

— Il a vraiment dit ça ! Nous l'avons entendu ! Nous sommes rentrées tout droit à la maison pour le dire à notre père, et il a appelé l'administration… et il a appelé la police. C'était notre devoir de citoyennes.

Je dis :

— Vous mentiez ! Vous n'avez jamais entendu ce que vous dites avoir entendu.

— Si. *Bien sûr que si.*

C'était juste après le dernier cours de la journée. Des groupes d'élèves quittaient le lycée, et cette conversation ne passait pas inaperçue. Je vis Mlle Zwilich, debout à quelques mètres, la bouche quasiment béante d'étonnement. Les jumelles Brewer ! Comment quelqu'un avait-il pu les croire ? Elles disaient, d'un ton moqueur : « Tu ne peux pas le prouver, tu ne peux rien prouver. Nous ne mentions pas, nous avons dit la vérité. » Je marchai sur elles comme si elles étaient les arrières arrogantes de l'équipe adverse, que j'aie le ballon et dribble aussi vite qu'une rafale de mitrailleuse. Si elles restaient entre moi et mon but, je leur passerais sur le corps.

Mais elles ne restèrent pas. Elles s'enfuirent.

DIX-NEUF

Tout le lycée de Rocky River était en ébullition. Deux faits nouveaux stupéfiants.

Le premier fut accueilli avec stupeur et incrédulité, parfois même avec écœurement.

— Les jumelles Brewer ? C'étaient elles ?

— Ça alors ! Et on les a crues ?

On savait maintenant que Muriel et Miriam Brewer étaient les témoins mystérieux qui avaient dénoncé Matt Donaghy.

— Muriel et Miriam ! C'est vraiment bizarre.

— Tout le monde sait qu'elles sont folles.

— Elles ne sont pas folles, mais méchantes.

— Ce n'est pas elles, d'après ma mère. C'est leur père. Le révérend « Ike ».

— Mais qui peut croire ce qu'elles racontent ? Aussi bien l'une que l'autre.

— M. Parrish, apparemment. Il a appelé les flics.

En l'espace de quelques heures, on s'était mis à raconter que Muriel Brewer — ou Miriam — ou peut-être les deux ? — étaient « raides amoureuses » de Matt Donaghy et que Matt la ou les avait snobées. « C'est pour ça qu'elles se sont vengées. Si une jumelle veut faire quelque chose, l'autre l'aide toujours. »

Le lendemain matin, l'histoire s'était encore compliquée. Ursula Riggs y jouait maintenant un rôle.

— Ouaouh ! La Grande Ursula.

— Elle a pris la défense de Matt Donaghy face à Parrish et aux flics. Elle a quasiment assommé les Brewer.

— Ursula Riggs ! Elle est bizarre.

— Ursula est cool.

— Je ne savais pas qu'Ursula et Matt Donaghy étaient amis…

— Depuis quand ? C'est vrai ?

— Personne ne les a jamais vus ensemble… si ?

— Matt est assez *grand.*

— Il n'est pas assez *costaud.*

Ils baissèrent la voix, en riant. Toute cette histoire était tellement bizarre qu'elle avait quelque chose de merveilleux.

— … sauf que vous oubliez un truc.

— Quoi ?

— La Grande Ursula déteste les hommes.

Le second fait était tout aussi ahurissant.

— Ils font un *procès* ? Les Donaghy ?

— Ils font un procès à Parrish, au lycée, au district scolaire et aux Brewer. Ils demandent vingt ou trente millions de dollars, il paraît.

— Moi, j'ai entendu dire que c'étaient cinquante millions. Au minimum.

— Ils portent plainte pour « diffamation ». « Cruauté mentale »… quelque chose comme ça.

— « Dommage moral ».

— Ça ne me dérangerait pas, moi, des « dommages moraux », pour une somme pareille.

En l'espace de quelques heures, on s'était mis à raconter que les Donaghy prétendaient avoir reçu des « menaces de mort » et que Matt Donaghy « voyait un psy » — « un psy chic de New York, spécialisé dans les "adolescents à problèmes" ». Ils réclamaient cent millions de dollars de dommages-intérêts !

— Je les comprends, dans un sens. Matt est un type bien et on lui en a drôlement fait voir dans cette histoire.

— Mais ça ne vaut pas cent millions !

— C'est fini maintenant, les Donaghy devraient oublier tout ça.

— « Oublier et pardonner ». Exactement.

Ils parlaient fort, avec indignation. Dans le couloir des premières du premier étage, devant la salle d'appel de M. Weinberg. (En espérant être entendus par Matt Donaghy, qui, à l'autre bout du couloir, refermait doucement son casier, enfilait son sac à dos et se dirigeait d'un pas rapide vers l'escalier du fond.)

M. Weinberg apparut, portant une serviette qui lui tirait le bras comme si elle était lestée de briques. Le professeur d'anglais et d'art dramatique ne souriait pas et avait l'air fatigué ; même sa moustache avait triste mine.

— Monsieur Weinberg ? Qu'est-ce que vous pensez du procès que nous font les Donaghy ?

M. Weinberg, qui répondait d'habitude aux questions en lançant une plaisanterie, fronça les sourcils et dit, avec un haussement d'épaules.

— Pas de commentaires, les enfants.

— C'est nul, non ? Ça ne va faire qu'aggraver les choses.

M. Weinberg poursuivit son chemin. Par-dessus son épaule, il jeta :

— J'ai dit pas de commentaires, les enfants.

— Est-ce qu'ils vous font un procès à vous aussi, monsieur ?

— Vous feriez bien de prendre un avocat, monsieur !

Mais M. Weinberg avait disparu.

— Il est contre, ça se voit.

— C'est une terrible erreur. Matt ne devrait pas laisser ses parents faire ça.

— Les journaux vont en parler, et la télé. On va encore avoir des journalistes sur le dos.

— Les Donaghy devraient enterrer cette sale histoire, comme nous tous. « Oublier et pardonner. »

— « Pardonner et oublier. »

— Comme tu voudras.

Ursula Riggs fermait son casier. En se retournant, elle vit trois ou quatre élèves de première debout à quelques mètres, l'air hésitant, comme s'ils avaient quelque chose à lui demander et rassemblaient leur courage.

Ursula grogna :

— Oui ? Quoi ?

— Qu'est-ce que tu penses de…

— … du procès que les Donaghy font au lycée ?

Le sang monta au visage carré d'Ursula, et ses yeux se rétrécirent. Elle enfonça la casquette sale des Mets sur sa tête.

— C'est leur affaire.

— Mais… tu trouves que c'est une bonne idée, ou… pas ?

— J'ai dit que c'était leur affaire.

Ils la regardèrent s'éloigner à grands pas. Elle, c'était un phénomène. Ce jour-là, elle portait une chemise d'homme en coton blanc, boutonnée aux poignets, et flottant sur son pantalon kaki fripé, des joggeurs tout tachés et des clous d'oreilles étincelants. La fille de Clayton Riggs, qui l'eût cru ? Alors que sa mère était une épouse normale, séduisante, et sa petite sœur Lisa, une fille normale, mignonne. Comment expliquer la Grande Ursula ?

Cette nouvelle rumeur concernant Ursula Riggs et Matt Donaghy était si ridicule qu'on espérait presque qu'elle soit vraie.

VINGT

Il était là : le pupitre vide de Matt Donaghy, dans la salle d'appel. Trois rangs sur ma gauche, deux pupitres derrière. Du coin de l'œil, je vis qu'il était vide. Et au cours de M. Weinberg, il resta vide.

Je fus distraite en cours. Je me demandais...

Non. J'étais soulagée que Matt ne soit pas là. Je n'aurais pas à le voir.

Les gens faisaient des remarques déplaisantes, bien sûr. Même ses amis. (Ex-amis ?) Ils étaient désolés pour lui, évidemment, mais... Et les sportifs — qui prétendaient aimer ce vieux bahut de Rocky River — traitaient Matt Donaghy de « traître »... et pis encore.

(Dans la bouche d'un sportif, il n'y a pas pire insulte que « pédé ». On entend ça à tout bout de champ. À croire qu'il y a quelque chose dans ces syllabes qui excite ces types pour de bon, non ?)

Matt Donaghy me manquait. Ce siège vide. Comme s'il avait déménagé... ou qu'il soit mort.

Ce qui était bizarre parce que, si Matt avait été au lycée, la Nulle aurait de toute façon fait comme s'il n'était pas là.

Je crois.

— Encore des ennuis dans ton lycée, Ursula ! Il y a des avocats dans le coup, cette fois. Ouille !

C'était papa, en train de lire la une du *Westchester Journal*. LE DISTRICT SCOLAIRE DE ROCKY RIVER, CIBLE D'UN PROCÈS EN DIFFAMATION DE $ 50 MILLIONS. C'était un peu choquant de voir le nom *Donaghy* imprimé pour la première fois. *Claire et William Donaghy*, plaignants. *Matthew Donaghy*, seize ans, leur fils. Maintenant, le nom de Matt était dans le journal, on l'entendrait bientôt à la télé et à la radio, et ce serait encore pire pour lui qu'avant.

Je ne trouvais pas que l'idée soit fantastique. Demander de l'argent donnait un côté mesquin à toute cette histoire. M. Parrish avait peut-être eu une réaction excessive, mais ce n'était pas un méchant type, pour un proviseur. Les Brewer le méritaient peut-être, en revanche. Personne n'avait jamais porté plainte contre le révérend « Ike » jusque-là. Papa riait mais en secouant la tête. Il avait de très mauvais souvenirs de procès portant sur des millions de dollars, pas personnellement, mais dans son travail.

— On aurait imaginé que les Donaghy souhaiteraient enterrer cette histoire, non ?

Je dis :

— Ce qu'ils souhaitent faire les regarde, papa.

— Qu'en pense ce garçon ?

Là, je m'énervai pour de bon. Une Rouge Feu m'embrasa le sang.

— Je ne suis pas une amie de Matt Donaghy, papa, tu le sais.

— Dis à ton ami Matt, conseil gratuit de Clay Riggs, que c'est une énorme erreur. Quelle que soit la décision du district scolaire et l'issue du procès, les types qui en profiteront, ce sera tu sais qui.

Papa voulait parler des avocats. Mais je ne l'écoutais pas. J'avais le visage en feu, et j'étais déjà quasiment à la porte.

VINGT ET UN

— Hé ! Donaghy !

— Hé ! pédé !

— Tu nous entends, Donaghy ! Fais pas semblant que non.

Matt entendait. Matt les avait vus approcher, du coin de l'œil. Il avait entendu leurs voix. Leurs ricanements. Il ne se retourna pas et il ne leur répondit pas. Ça ne servirait probablement à rien, mais il se mit à marcher plus vite.

— T'es pressé, pédé ?

— Où tu vas si vite, pédé ?

Avait-il intérêt à courir ? Il était bon au sprint, moins bon sur les longues distances. Deux des types qui le suivaient étaient des joueurs de football américain, c'est-à-dire qu'ils seraient bons sur les distances moyennes et musclés quand ils le frapperaient. Le cœur de Matt commençait à battre fort, accéléré par un flot d'adrénaline. Cours !

Il se dirige vers l'escalier au bout de la ruelle. Une volée de marches de béton descendant vers un parking goudronné, en contrebas de Main Street.

Cette ruelle étroite s'ouvrait entre la Cordonnerie Rocky River et l'épicerie fine Bon Appetite, un raccourci pour se rendre au parking. Matt faisait des courses pour sa mère, qui était souffrante. C'était quelques jours après que la presse locale eut parlé du procès, et, dès qu'il avait vu ces garçons de Rocky River se mettre à le suivre, Matt avait su qu'il y aurait du grabuge.

C'étaient presque tous des terminales, qui pesaient une bonne dizaine de kilos de plus que lui. Trevor Cassity, Duane Stanton, Rod Booth, et deux ou trois autres. Matt les connaissait de vue, ils l'avaient déjà harcelé dans la cafétéria.

Ils faisaient des bruits de succion.

— Sss ! Sss ! fais-moi un procès, pédé ! Allez…

Matt allait courir vers l'escalier, quand Duane Stanton lui bloqua le passage. Il hésita et sentit une main se refermer brutalement sur son épaule et sur son sac à dos. Il ferma le poing, frappa à l'aveuglette. Tout se passait si vite qu'il était impossible de voir. Sa main se rétracta sous la douleur. Il avait atteint Cassity sur le côté de la tête. Cassity poussa un grognement de surprise et riposta. Un autre lui envoya un coup terrible à la mâchoire. Les plus vieux, les plus costauds, dansaient autour de lui en le huant, en ricanant. Comme une bande de hyènes. Matt haletait, il avait peur ; après coup, pourtant, il se rappellerait le calme étrange qui avait été le sien. *C'est ce que tu mérites. Grande Gueule. Tu le sais.* Son nez s'était mis à saigner. Le devant de son coupevent serait taché. D'autres coups de poing volèrent, sans toujours rencontrer leur cible. La bagarre n'avait rien de gracieux ni de coordonné, elle ne ressemblait pas à un match de boxe ni à une scène de rixe dans un film. Matt esquivait, donnait des coups de pied à ses adversaires, qui riaient de colère, vociféraient, lui crachaient même au visage. Ils l'injuriaient, criaient des obscénités. Matt ne savait pas pourquoi ils le haïssaient autant… à moins qu'ils ne le haïssent pas du tout et ne l'attaquent que pour s'amuser.

— Qu'est-ce que tu vas faire, hein ? Un procès ? Tu vas nous faire un procès, pédé ?

L'un d'eux lui arracha son sac à dos et le jeta au bas des marches de béton, Matt perdit l'équilibre en voulant le rattraper, ou on lui fit un croche-pied… et l'instant d'après il tombait de biais dans l'escalier. Ses bras battirent l'air. Il essaya de se rattraper à la rambarde, mais elle était rouillée, branlante et incapable de le soutenir. Il tomba de tout son poids. Dégringola jusqu'au pied des marches, une hauteur d'environ quatre mètres cinquante, et atterrit sur des morceaux de glace et une neige granuleuse.

Les garçons s'enfuirent en riant. Mais leurs paroles railleuses continuèrent de résonner dans la tête de Matt. *Un procès — procès — procès !*

VINGT-DEUX

J'avais été d'une humeur Rouge Feu toute la semaine, quasiment. Au moins, j'étais de nouveau contente de mes dessins : des croquis au charbon et à la plume. Et d'une très bonne note (99 sur 100) en laboratoire de biologie. Mlle Schultz ne me faisait plus la tête, et je ne lui faisais plus la tête (pensais-je). Certaines des filles de l'équipe, dont Bonnie, qui était mon amie de toute façon, se montraient à peu près amicales avec la Nulle.

Je devais reconnaître que les matchs me manquaient. Sans sport d'équipe, il y a un trou dans votre vie.

Ce moment bizarre : Mlle Schultz et une des basketteuses bavardaient ensemble dans le hall, et je me dis brusquement que lorsqu'elles me verraient, elles souriraient et me lanceraient : « Salut, Ursula ! » et qu'elles me feraient peut-être signe de les rejoindre, et je me dis que je ne pouvais pas être certaine de ne pas fondre, alors je tournai la tête dans une autre direction en faisant semblant de ne pas les avoir vues et me carapatai de là en vitesse.

À croire que chez la Nulle la tour de contrôle ne répondait plus.

À la maison, c'était bizarre aussi. J'avais droit au régime silence et froideur blessée de la part de maman, comme si ce genre de tactique pouvait impressionner la Nulle. Maman attendait de moi que je m'excuse de ma « conduite abominable » au Lincoln Center, je suppose.

Eh bien, elle pouvait attendre. J'étais décidée à ne plus jamais m'excuser de quelque chose qui, quand je l'avais fait, m'avait paru bien.

Ce qui m'étonnait, tout de même, c'était la façon dont Lisa commençait à se comporter.

Ma sœur n'avait même pas douze ans, et on aurait presque dit qu'elle se mettait à être agressive envers *moi.*

J'essayais de la taquiner comme je faisais toujours. En disant des trucs comme : « Alors, Lisa, toujours sur les pointes ? » mais elle se raidissait comme si je l'avais chahutée un peu trop fort, en refusant de me regarder, ou alors elle murmurait : « Laisse-moi tranquille. Je te déteste. »

Bon. Je savais qu'elle ne le pensait pas.

Je te déteste. Ça me faisait quand même quelque chose.

Au début, quand Lisa avait commencé les cours de danse, c'était une petite fille de quatre ans. Toutes les petites filles qui prenaient des cours étaient vraiment adorables, et cela paraissait assez innocent de les « former » comme de vraies danseuses. Mais depuis deux ans j'avais remarqué un vrai changement chez Lisa. La compétition comptait autant que la danse dans ces cours. Vous aviez beau être bonne, il pouvait toujours y avoir quelqu'un de meilleur. Le cauchemar, c'était que, dans une troupe de filles en concurrence, il fallait qu'une fille soit la moins douée. Il fallait qu'une fille soit juste un petit peu « trop grosse ».

Cela m'effrayait que Lisa en passe par ce que j'avais moi-même dû endurer dans l'équipe de natation.

Tous les deux ou trois mois, apparemment, des filles abandonnaient le cours de Lisa, en se considérant comme des ratées à l'âge de onze ou douze ans. J'avais entendu maman et Lisa discuter avec animation des élèves qui étaient ou non à la hauteur. Je détestais voir l'état de nervosité et d'anxiété dans lequel ça les mettait, et je le leur dis.

Ma petite sœur était là, à pignocher dans son assiette comme si elle allait s'empoisonner. Comme si elle avait peur d'alourdir de cinq cents grammes ses os fluets de moineau. Et maman ne s'apercevait de rien ? Je dis : « Bon Dieu, Lisa, tu fais un régime ou quoi ? » en prononçant le mot « régime » comme si c'était quelque chose de vraiment idiot, et Lisa marmonna sans me regarder : « Non, pas du tout. Toi, tu devrais. » (C'était la première fois que Lisa me faisait une réflexion de ce genre.) Et maman intervint aussitôt, en disant : « Laisse ta sœur tranquille, Ursula. Tu es toujours sur son dos. » Et je ripostai :

« Si Lisa devient anorexique, maman, ce sera *ta faute.* » Et toutes les deux tombèrent alors sur la Nulle à bras raccourcis.

Je compris qu'elles étaient alliées dans cette affaire. Comme si c'étaient elles deux contre moi.

Je me contentai de rire. Montai mon repas dans ma chambre sur un plateau, pour manger seule.

Papa était à Tokyo, ou peut-être à Bangkok, et ne rentrerait pas dîner de toute façon.

Dans ma chambre je lus ce livre d'art de Germaine Greer sur les femmes artistes que j'avais découvert à New York. Un exemplaire que j'avais emprunté à la bibliothèque de Rocky River. Et je décidai de m'acheter le mien.

La « course d'obstacle », l'auteur appelait ça : essayer de conserver son intégrité et son talent propre, quelle que soit l'influence que d'autres essaient d'exercer sur vous. Germaine Greer parlait surtout de la façon dont les hommes opprimaient les femmes, mais les femmes et les filles le faisaient aussi entre elles, je m'en rendais compte.

Pourquoi ?

Je pensais aussi à Matt Donaghy, bien sûr.

Le lendemain, un samedi, j'éprouvai un besoin impératif de sortir de chez moi.

La réserve naturelle était à un petit kilomètre de la maison. Quelque chose m'y attirait... c'était presque palpable.

La réserve s'étendait sur une quinzaine d'hectares très vallonnés. La plupart des gens prenaient les circuits les plus courts et les plus proches des routes. Il y avait des sentiers de randonnée de 0,8 km, 3 km, etc. Mon préféré était celui de Windy Point, long de 8 km, presque trop accidenté et rocailleux en hiver, quand la glace recouvrait les affleurements de schiste et rendait la marche dangereuse. Mais on pouvait le suivre sur 2 ou 3 km, le long de la rivière de Rocky River.

Je trouvais la rivière vraiment très belle. Gelée et dentelée de glace sur ses bords mais claire et rapide au milieu.

C'est vraiment par hasard que je choisis le sentier de Windy Point. À moins que j'aie eu une prémonition.

VINGT-TROIS

Personne ne saurait ! Personne ne devinerait.
Devenir pierre... et personne ne peut vous blesser.

— Non, Citrouille. Désolée, ma fille... tu restes à la maison, aujourd'hui.

Le golden retriever leva vers Matt des yeux humides suppliants. Je t'aime ! Pourquoi est-ce que je ne peux pas venir avec toi ? Qu'y a-t-il ? Qu'est-ce que tu as ?

Matt caressa la tête poilue-osseuse de la chienne, lissa et gratta ses oreilles soyeuses. Il se sentait coupable, ce qui était ridicule. Citrouille l'aimait quoi qu'il arrive. « Je ne suis pas de très bonne humeur, tu comprends, Citrouille. Tu es trop optimiste pour moi. »

Si quelque chose arrivait à Matt Donaghy, ils fouilleraient la réserve. Ils enverraient Citrouille à sa recherche. Elle courrait sur le sentier, le nez au sol. En poussant des aboiements, des gémissements. Comme dans un film sentimental à la télé. Matt ne voulait pas y penser et il effaça la scène de son esprit comme il effaçait tant de choses, à présent.

Les sanglots de sa mère dans la salle de bains, par exemple. La voix furieuse de papa au téléphone. Alex se détournant de Matt, le regard blessé.

Les articles qui faisaient la une des journaux locaux. DIFFAMATION. 50 MILLIONS DE DOLLARS. DES RÉSIDENTS DE ROCKY RIVER INTENTENT UN PROCÈS. Les amis de Matt — ses anciens amis — qui l'évitaient, et ceux qui ne l'évitaient pas, Denis Wheeler par exemple, se donnant tellement de peine pour se montrer gentil avec lui que c'était Matt qui avait dû se débarrasser de lui, en disant sèchement : « Merci, Denis. Mais je n'ai pas besoin de ta charité. Elle m'insulte. » (Matt tremblait d'une émotion bizarre qu'il ne reconnaissait pas. Pour un peu il aurait ri de l'expression étonnée et blessée de Denis. Savoir que Denis allait le répéter à ses amis lui faisait plaisir. *Matt Donaghy ne veut pas de notre charité.*)

Par-dessus tout, Matt voulait effacer le souvenir de Cassity, Stanton, Booth et des autres sportifs de Rocky River, leurs injures, leurs railleries, leurs coups... « Pédé ! Alors ? Tu vas nous dénoncer, pédé ? » Personne n'avait jamais frappé Matt comme cela. Si délibérément, si résolument. En voulant lui faire mal. Vraiment mal. Comme s'ils avaient oublié que Matt n'avait pas comploté de faire sauter le lycée et de tuer des gens, qu'il était innocent de cette accusation. *Tu le mérites, Grande Gueule.* Ils l'avaient fait tomber dans l'escalier et s'étaient enfuis en riant. Ces choses-là n'arrivaient pas à Rocky River. Au bas des marches de béton, étendu le nez en sang dans la neige, Matt avait essayé de ne pas pleurer. Une femme qui garait sa voiture l'avait découvert et aidé à se relever, elle lui avait essuyé le visage avec des mouchoirs en papier et proposé de le conduire au centre médical, mais Matt avait soutenu qu'il avait simplement glissé. Il n'était pas tombé de très haut, et il n'était pas blessé. « Vous êtes sûr ? » avait demandé la femme d'un ton sceptique. Elle avait l'âge de la mère de Matt ; par chance, elle ne le connaissait pas.

Tout cela, Matt comptait l'effacer rien qu'en marchant dans la réserve par cette belle journée venteuse.

Effacer. Supprimer. Quitter.

Êtes-vous sûr ? Oui/Non.

Oui.

« J'aime cet endroit. Je pourrais mourir ici... et être heureux. »

La commune de Rocky River était mal nommée, parce que le cours d'eau qui la traversait tenait plus du torrent que du fleuve. Il devait faire un centième de la largeur de l'Hudson et sa profondeur ne dépassait jamais le mètre quatre-vingts. Descendant des collines du Parc national Rockefeller, il allait se jeter dans l'Hudson, à l'ouest, après un parcours tortueux dans un lit semé de gros rochers. Il était souvent presque à sec, l'été, et débordait pendant les périodes pluvieuses. Dans les années 1600, des colons installés sur cette rive orientale de l'Hudson avaient nommé Rocky River leur comptoir de fourrures. C'était alors une région entièrement sauvage. À présent, un chapelet ininterrompu de banlieues, riches pour la plupart, se succédaient le long du fleuve, reliées par la Route 9 qui, au sud, descendait jusqu'à Manhattan. Rocky River était située entre Briarcliff Manor et Tarrytown, à une demi-heure de train du centre de Manhattan, les mètres carrés de terrain les plus chers du monde.

Matt prit le sentier qui longeait le torrent rocailleux. Il le connaissait bien, mais il était verglacé en hiver et il fallait faire attention de ne pas glisser. C'était une sensation agréable : son cœur qui commençait à battre plus fort, les muscles de ses jambes qui tiraient. Et son haleine fumante. C'était tellement magnifique, ici ! C'était chez lui ; il était heureux, ici. Des nuages d'orage à l'horizon, mais autrement un ciel d'un bleu clair et dur. Un bleu arctique. Le vent forcissait… peut-être chasserait-il les nuages. Matt s'en moquait. Peut-être qu'il neigerait, qu'il y aurait une tempête de neige. Il serait perdu pour de bon. Personne ne pourrait lui faire de reproche. Un accident.

À l'extérieur de la réserve, il y avait un Monde-Nul.

À l'extérieur de la réserve, il n'y avait que des Jours-Nuls en perspective.

Citrouille lui manquait, elle aurait trotté et reniflé dans les bois, uriné sur des rochers, des troncs, des morceaux de glace, avec cette expression pensive-comique des chiens. Comme si elle se disait : *Uriner est mon devoir, je ne sais pas pourquoi. Alors autant le faire.*

Par nature, Citrouille était un retriever, un chien de chasse. Matt se sentait coupable de ne pas chasser, de ne pas pouvoir faire davantage pour Citrouille que de lui lancer des bouts de bois et des frisbees, ce qui devenait vite ennuyeux.

Matt manquerait à Citrouille. S'il ne revenait pas. Matt éprouva un pincement de culpabilité... mais non. Alex aimerait suffisamment Citrouille pour eux deux. Alex était un chic garçon, intelligent.

« Il comprendra. »

Au milieu du torrent, les rochers étaient verglacés mais en partie mouillés. Ils miroitaient sous le soleil. Matt regardait. Il y avait quelque chose d'hypnotisant dans cette eau tumultueuse. Si froide ! Le torrent était gelé sur les bords, un blanc intense de givre, mais cette glace fondait au milieu sous la poussée de l'eau sombre. Le vent forcissait. Son nez coulait. Il essayait de penser à quelque chose... Il était épuisé brusquement. Il avait envie de s'étendre. Non, il avait envie de descendre dans ce ravin et d'escalader son autre versant, abrupt. Pourquoi, il n'aurait su le dire. Partout des rochers, des cailloux et des galets. Les pierres, il aimait ça. Il glissa, faillit tomber, agrippa un rocher. Si Citrouille était là, elle reniflerait à droite et à gauche, urinerait, trotterait, en se retournant pour voir où était Matt, si tout allait bien. En ne le perdant jamais de vue. Elle le guiderait, mais en revenant sur ses pas pour le suivre. Peut-être qu'ils chassaient ? Mais quoi ? Matt était décidé à atteindre le haut du ravin. Ses bottes dérapaient. Il s'accrocha à… quoi ? Une branche d'arbre qui se brisa dans sa main.

N'empêche, il était décidé. Il n'abandonnerait pas.

VINGT-QUATRE

— Matt ?

Je le vis, et je sus que c'était lui. Je reconnaissais son coupe-vent vert foncé. Un bonnet vert sur la tête. Matt Donaghy.

Que faisait-il ? Accroupi là au bord d'un à-pic à regarder l'eau bouillonnante… comme s'il était hypnotisé.

Cette expression sur son visage. Il se préparait à quelque chose. Quoi ?

— Matt ? Hé.

Il m'entendait forcément, maintenant… j'avais crié plutôt fort. Je fis beaucoup de bruit en grimpant vers lui. Exprès. Pour le réveiller. Il me regardait en clignant des yeux. Comme s'il lui fallait quelques secondes pour me reconnaître, ou pour se rendre compte de l'endroit où il se trouvait.

Il se mit à bégayer.

— Ursula ? Que… fais-tu ici ?

— C'est un de mes coins. J'y suis toujours fourrée.

Je parlais vite et je souriais. C'était une des tactiques de la Nulle de sourire quand elle avait une trouille d'enfer.

Matt avait-il été sur le point de sauter ? De « glisser » sur les rochers verglacés et de tomber dans ce ravin ? Une dizaine de mètres de hauteur. De gros rochers et, au milieu, comme une coupure de rasoir, cette eau noire tumultueuse.

Fallait-il que je montre à Matt que j'avais vu ? *Et que je savais ?*

Je n'avais pas beaucoup le temps de réfléchir. J'étais effrayée et tendue, le sang bourré d'adrénaline comme pendant un match, lorsque l'on peut perdre ou gagner en fonction de la stratégie adoptée.

Je continuai à me rapprocher de Matt, en grimpant maintenant à flanc de colline, hors du sentier. C'était difficile. C'était dangereux. Je ne suis pas le genre de randonneuse à faire des trucs casse-cou, comme d'escalader des rochers sans l'équipement adéquat. On pourrait dire que la Nulle avait la jugeote d'une pro en dépit de son jeune âge, et pourtant j'étais là, à grimper quasiment à quatre pattes cette colline ridicule, rocailleuse et verglacée où, même par beau temps, il n'y avait pas de sentier. Je dis avec un grand sourire, comme une de ces supernanas du lycée qui estiment de leur devoir de répandre douceur et lumière sur les défavorisés : « Ouais ! J'aime vraiment beaucoup cet endroit ! Ce torrent. C'est un peu mon coin secret. Par ici, en hiver… il n'y a pas grand monde. »

Matt était pâle, comme s'il allait être malade. Ses taches de rousseur avaient l'air décolorées. Il paraissait effrayé, aussi, mais il essayait de sourire. On aurait dit un somnambule réveillé dans un endroit surprenant pour lui, mais qui s'efforce de ne pas le montrer. Il dit, d'une drôle de voix, très lente, comme si chaque mot devait être pesé :

— Je... ne savais pas... que tu étais là, Ursula. Je...

— Ouais, comme je disais, je suis souvent dans le coin.

Matt me regardait en plissant les yeux, comme si ça ne lui plaisait qu'à moitié que je rampe sur cette colline dans sa direction. Mais, apparemment, il n'arrivait pas à trouver ce qu'il fallait dire pour m'en empêcher.

Mon ton devint de plus en plus enjoué. Comme celui d'une infirmière. Comme ma mère quand elle accueillait les invités d'un dîner pour lequel elle s'était fait un sang d'encre pendant des jours et que jamais on ne s'en serait douté à l'entendre. Je disais tout ce qui me passait par la tête :

— C'est vraiment sympa de te rencontrer ici, Matt. On pourrait aller se balader ensemble, un jour, d'accord ? Tu devrais tout de même redescendre de là-haut, tu sais. Il y a de la glace, c'est dangereux, et tu pourrais tomber.

Matt hocha la tête d'un air ahuri. Typique de l'éducation de Rocky River : on est poli d'instinct dans pratiquement n'importe quelle circonstance.

N'empêche qu'il était têtu, le bougre, il ne bougeait pas.

— Comme je disais, Matt… c'est plutôt verglacé là-haut, sur ces rochers, O.K. ? *Descends*, Matt !

Matt écoutait. Mais il était toujours accroupi au bord de l'à-pic.

— Tu sais quoi ?… Nous pourrions faire une balade ensemble. Là, tout de suite. Je connais des endroits cool. Des coins secrets. Un vrai nid d'aigle d'où l'on peut voir le fleuve, et de l'autre côté du fleuve. Matt ? D'accord ?

J'étais presque implorante, à présent. Cela dura peut-être cinq minutes. Mais cela me parut beaucoup plus long. J'avais tellement peur que la Nulle semblait avoir disparu. Il n'y avait plus que moi, Ursula. En train de parler à Matt Donaghy, avec qui j'allais à l'école depuis des années mais sans vraiment bien le connaître, et nous étions dans cette espèce de film où quelqu'un devait empêcher Matt de tomber « accidentellement » et de se fracasser le crâne sur les rochers. Je vis les genoux de Matt trembler. Je vis ses mâchoires se contracter. Je le vis penser. *Maintenant.*

Je savais : c'est comme de plonger du plus haut plongeoir. Il faut que votre esprit vous y autorise. Votre corps veut survivre, il ne veut pas se jeter dans le vide. Jamais ! Il faut que votre esprit vous donne les ordres. Maintenant. Vas-y.

Sauf que quelque chose fit changer Matt d'avis, qu'il pivota et s'éloigna du bord. De petites pierres se détachèrent et tombèrent quand il bougea. À quatre ou cinq mètres au-dessus de moi, il commença à descendre, en dérapant et en glissant, toujours avec ce visage pâle et cette expression effrayée, et je tendis ma main gantée pour attraper la sienne.

Matt la saisit et la serra, fort.

MARS

VINGT-CINQ

Jeu 01/03/01 05:25

Chère Ursula,
Merci pour hier.

Ton ami Matt

VINGT-SIX

Ven 02/03/01 21:12

Chère Ursula,

Je pense à l'autre jour.

Le dernier samedi de février.

En biologie il y a toujours une RAISON aux choses.

Rien n'est purement « accidentel ». Qu'en penses-tu ???

Ton ami Matt

Ven 02/03/01 22:47

2 mars

cher matt--

oui/non/peut-être

MAIS einstein a dit que dieu ne jouerait pas aux dés avec l'univers DONC

c'est peut-être vrai, il y a TOUJOURS UNE RAISON.

u r

Ven 02/03/01 22:51

Chère Ursula,

L'autre jour, on aurait dit, c'est difficile à expliquer, on aurait dit quelque chose qui n'était jamais arrivé avant mais qui était très familier comme un vieux rêve qu'on a souvent fait quand on était gosse mais que tout d'un coup on refait et qu'on se rappelle et qui fait peur, parce qu'il est tellement réel, il fait partie de SOI.

C'est ce que j'ai éprouvé. Avec toi. En redescendant de là-haut sans avoir besoin de parler, comme s'il n'y avait pas besoin d'expliquer.

Ton ami Matt

Mais pour ce message-là, aussi vite qu'il l'avait tapé, Matt appuya sur SUPPRIMER.

VINGT-SEPT

« Citrouille ! Salut ! »

On aurait dit qu'il revenait, d'où ça ?… d'une autre planète.

Ursula devait faire du français, elle avait écrit *mars* au lieu de *march* pour dater son e-mail. Mars comme la planète, justement.

— Citrouille, je n'allais pas vraiment… tu sais. Pas *vraiment.*

Citrouille lui léchait les mains, comme si elle savait mais qu'elle lui pardonnait.

— Non, je t'assure, pas vraiment. Ce… ce n'est pas mon genre.

Ils étaient au premier dans la chambre de Matt. Il avait très vite monté l'escalier, et très vite fermé sa porte. *Matt, c'est toi ?* avait peut-être demandé sa mère, ensommeillée, mais il n'avait pas entendu.

— Je ne t'aurais pas quittée, je veux dire.

Citrouille émettait un grondement sourd et surexcité, pas un vrai aboiement, pas assez fort ni assez aigu pour être rangé dans la catégorie des aboiements. Plutôt comme un ami qui dit *Ouais ? Ouais ?* pour vous montrer qu'il écoute.

— Je n'aurais pas quitté tout ça.

Matt eut un de ces grands gestes vagues qu'il avait souvent vu faire à son père, un geste de la main signifiant quelque chose comme : tout-ce-que-je connais-dans-ce-monde. Parfois, lorsqu'il faisait ce geste, son père grimaçait, comme s'il goûtait quelque chose sans arriver à décider si c'était mangeable ? toxique ? Mais Matt souriait, en fait. Citrouille était une chienne qui comprenait les sourires, elle aussi savait sourire, des sourires fendus jusqu'aux oreilles, en fait, et elle pouvait même rire, quand l'humeur l'en prenait.

— Tu me crois, Citrouille, hein ? J'allais revenir.

Citrouille croyait. Même si Citrouille ne croyait pas, Citrouille lui faisait confiance.

VINGT-HUIT

Il avait senti ses doigts forts se refermer sur les siens. Il n'avait jamais serré la main d'une fille comme ça, il n'avait jamais serré la main d'aucun être humain comme ça, sauf celles de sa mère et de son père et peut-être de ses grands-parents. Mais il y avait longtemps de cela, comme un rêve qu'il n'avait pas fait depuis si longtemps qu'il l'avait presque complètement oublié.

VINGT-NEUF

Sam 03/03/01 23:03

Chère Ursula,

Tu vas trouver ça vraiment complètement crétin mais je pense toujours beaucoup à l'autre jour.

Ton ami Matt

Sam 03/03/01 23:48

3 mars

cher matt,

alors pourquoi as-tu snobé u r aujourd'hui/déjeuner ?

u r

Sam 03/03/01 23:54

Chère Ursula,

J'avais envie de déjeuner avec toi et tes 2 amies mais... j'ai pensé que tu voulais juste te montrer « gentille ».

Hé : je ne t'ai pas SNOBÉE, Ursula !

Ton ami Matt

Dim 04/03/01 00:08

4 mars

cher matt--
u r n'est jamais « gentille »

u r

Dim 04/03/01 00:11

Chère Ursula,

Tu es mieux que « gentille », tu es quelqu'un de « bien ». 1 individu sur 1 million. Je ne savais pas que tu voulais que je déjeune avec vous. Je ne voyais pas pourquoi tu en aurais eu envie.

Ton ami Matt

Dim 04/03/01 00:18

Chère Ursula,

Je voulais te dire aussi, je déjeune presque toujours tout seul, maintenant. La table des « laissés-pour-compte » à côté des poubelles. C'est plus facile comme ça.

(Quand j'entre dans la cafétéria, tout le monde a l'air de se dire : QU'EST-CE QUE DONAGHY TRIMBALLE DANS CE SAC ?)

(Il paraît qu'on va installer des portiques de détection au lycée.)

Si tu me fais signe, je viendrai à votre table. Mais sinon/ si tes amis ne veulent pas de moi, pas de problème.

Ton ami Matt

Dim 04/03/01 00:29

4 mars
cher matt--
les amis de u r ne décident pas ce que je dois/ne dois pas faire

u r

Dim 04/03/01   00:36

Chère Ursula,

Je voulais te demander l'autre jour… à propos du procès. Si tu penses que c'est une bonne/mauvaise idée ?

Ton ami Matt

Dim 04/03/01   00:49

4 mars

cher matt--

Ça ne regarde pas u r. je ne juge pas.

(je n'écoute pas les ragots non plus.)

u r

Dim 04/03/01   00:52

Chère Ursula,

Je sais que tu ne le fais pas. Parce que tu es 1 individu sur 1 million.

C'est pour ça que je n'arrête pas de penser à ce qui s'est/ne s'est pas passé dans la réserve.

Pour ça que je n'arrête pas de me demander où je serais/ce que je serais maintenant/si tu ne m'avais pas vu, Ursula.

(Raison pour laquelle je crois que ça ne pouvait pas être le HASARD.)

Ton ami Matt

Dim 04/03/01   00:57

4 mars

cher matt--

je sais, j'y pense aussi/ça fait peur/alors peut-être/mieux vaut ne pas y penser ok ?

u r

Dim 04/03/01 01:00

Chère Ursula,

Je suppose que ça va faire lâche/idiot si je te demande de n'en parler à personne ? Jamais ?

Ton ami Matt

Dim 04/03/01 01:05

4 mars

cher matt--

dire quoi à qui ? et pourquoi ?

u r peut garder un secret 1 000 000 d'années/tu verras.

(tu n'as jamais sommeil ?)

u r

Dim 04/03/01 01:07

Chère Ursula,

Hé je ne voulais pas t'empêcher de dormir, désolé.

Je perds la notion du temps, il faut croire. Avant qu'on se dise bonne nuit... on pourrait peut-être aller faire une balade dans la réserve sam. ?

Ton ami Matt

Dim 04/03/01 01:10

4 mars

cher matt--

ok pour sam. ridge rd gate 14 h ?

Réveil 7 h pour u r/alors cette fois BONNE NUIT MATT.

u r

Dim 04/03/01 01:13

Chère Ursula,

Je serai là sam. à 14 h, Ridge Rd gate.

Je viendrai avec un ami (à quatre pattes) et j'espère que tu n'es pas allergique aux golden retrievers à poils soyeux.

Tu ne liras sans doute pas ce message avant demain matin alors BONNE NUIT URSULA.

Ton ami Matt

Dim 04/03/01 02:46

Chère Ursula,

Je sais que tu dors, et que tu liras ça demain matin. Ça ne me fait rien d'être réveillé.

Mes pensées courent, courent, elles n'arrêtent pas de COURIR.

(Citrouille, ma chienne, dort comme un chiot. Elle n'est pas censée être sur mon lit, mais.)

J'essayais de me rappeler depuis quand nous sommes à l'école ensemble. Le cours élémentaire, à l'école primaire de Rocky River ?

Je me demande ce qui serait arrivé si tu n'avais pas parlé à Parrish et aux policiers. Grande Gueule serait peut-être en prison à l'heure qu'il est.

Ou pire.

Ton ami Matt

Dim 04/03/01 03:40

Chère Ursula,

J'étais presque endormi, et puis mon cerveau s'est remis en route. Je voulais te demander… si tu trouves que ce procès que mes parents font contre des gens, ce n'est pas bien, tu me le diras ?

Je sais que tu ne mentiras pas. Il n'y a pas beaucoup de filles comme toi à Rocky River. (Ni de garçons, d'ailleurs !) Tout le monde est tellement BIDON.

(Bon, c'est un cliché, d'accord. Accuser les autres d'être BIDON. Il n'y a pas plus BIDON qu'une Grande Gueule.)

Peut-être qu'on déjeunera ensemble aujourd'hui ?

C'est bizarre le sommeil. Je dormais 10 heures d'affilée, avant, et maman me taquinait en disant que j'étais en train de me transformer en paresseux (l'animal). Maintenant, je dors 3 ou 4 heures par nuit, pas plus. Je ne prends même pas la peine de me déshabiller quelquefois, je m'allonge juste sur mon lit. Je n'éteins pas. J'essaie d'écrire ou de faire mes devoirs, mais je n'ai pas les idées très claires. Par contre, je peux jouer aux échecs avec « XO », mon ami (que je n'ai jamais rencontré) de Nome, dans l'Alaska.

(Tu as des amis en ligne ? Moi oui. Je ne sais pas vraiment qui ils sont. Mes parents ont peur des « pédophiles sur Internet ». J'ai des amis en Nouvelle-Zélande, à Hawaï, en Écosse, au Canada, en plus des États-Unis. Ils ne connaissent pas « Matt Donaghy ». C'est dans le cyberespace que je suis le plus heureux. Ou que je l'étais.)

Quand papa est à la maison et qu'il s'aperçoit que je suis encore debout, il frappe parfois à la porte pour me dire que je devrais dormir. Mais il n'est pas là aujourd'hui.

Maman m'a donné quelques-uns de ses barbituriques pour « combattre ton insomnie » mais ça me faisait l'impression d'avoir la tête encombrée de saletés. Je les ai jetés dans les toilettes. (Maman prend aussi du Prozac, ou quelque chose du même genre. Je l'ai entendue dire, en parlant de ses amis, qu'il n'y en avait pas un seul qui ne PRENNE PAS d'antidépresseurs.) Et ces types des équipes sportives qui carburent aux stéroïdes. JE REFUSE DE CÉDER.

Parfois en classe je suis complètement réveillé mais en même temps je somnole. Comme si le professeur et tout le monde se retrouvaient dans un rêve. Quand les policiers m'interrogeaient, en me posant sans arrêt les mêmes questions, c'était comme ça. J' « entendais » ma voix dire des choses sans savoir si c'était réel, ou seulement dans ma tête.

(Je n'ai jamais raconté ça à personne, Ursula. Quand ils sont venus me chercher pendant l'étude et qu'ils ont commencé à m'interroger, il y a eu ce regard qu'ils ont échangé : ils ont pensé que [peut-être] j'avais assassiné ma mère. Jusqu'à ce qu'ils lui téléphonent et entendent sa voix, c'est quelque chose qu'ils ont pensé et dont ils m'ont cru capable. Je ne l'oublierai jamais.)

J'ai bien aimé ta réponse à la question de M. W. sur Gatsby : Est-il héroïque de se laisser accuser par amour d'un crime qu'un autre a commis, ou est-ce idiot ? Tu as dit : « Un héros peut être idiot, c'est quand même un héros. » C'était très cool. M. W. a été impressionné, ça se voyait.

LUI ne trouve pas que le procès soit une bonne idée. Mais ce n'est plus mon ami, de toute façon.

Mes parents m'ont pris un rendez-vous chez un psy, la semaine prochaine. Pas M. Rainey, parce qu'ils ne font plus confiance aux gens du lycée. (Les enseignants vont « déposer » pour la défense. Mes parents ont peur qu'il y ait dans mon dossier des choses qui seront utilisées contre moi.)

Le psy est un psychiatre de Park Avenue recommandé par une connaissance de ma mère dont la fille a essayé de se suicider en première année d'université à Harvard. J'entends souvent mes parents parler de moi. Comme si j'étais devenu une maladie qu'ils avaient attrapée, dans le genre lèpre. Le psy a écrit un best-seller que j'ai trouvé dans leur chambre à coucher : ADOLESCENTS EN DANGER : VOTRE ENFANT ET LA DÉPRESSION. J'ai ouvert le livre à un chapitre intitulé « Le suicide des adolescents en Amérique » et j'ai dessiné un visage souriant... :—)

Je me dis que si mes parents lisent jusque-là, ils auront besoin qu'on leur remonte le moral.

J'espère que, pour le procès, TU ME DIRAS CE QUE TU PENSES.

Ce n'est pas qu'une question de $$$. Papa dit que gagner un procès est le seul genre de JUSTICE que peuvent espérer des gens dans notre situation. Parce que ce qu'on m'a fait n'était pas un « crime ». Cela ne peut être jugé que par un tribunal civil. Là, on peut exiger de l'argent pour avoir été traité comme de la merde.

On continue peut-être à se sentir comme de la merde. Mais on a droit à un « dédommagement ».

Ce qui m'a fait vraiment mal, c'est qu'on ait cru les Brewer. Et pas moi. Les Brewer ! Alors que tout le monde à Rocky River sait à quoi s'en tenir sur le révérend Brewer.

Maman n'est plus comme avant. Elle aimait bien son travail d'agent immobilier, maintenant elle a donné sa démission. Elle a honte de moi, je suppose. (Avant, elle était fière.) Ses amies ne l'appellent plus. Elle s'est mise dans l'idée de m'envoyer dans une école privée du Massachussetts, de vendre cette maison et de déménager. (Pour où ?)

Le procès a l'air de bien plaire à papa, en fait. Il était en colère et fatigué et déprimé mais maintenant avec M. Leacock il peut parler des heures. Il est aussi optimiste qu'un gosse. « Un procès, c'est un duel, dit-il. Un combat sans merci. » Et il se frotte les mains en riant. (Il cherche un nouveau travail où on le respectera davantage, dit-il. C'est TOP SECRET et nous n'en parlons jamais entre nous.)

Celui qui me fait de la peine, c'est Alex. Il a peur que nous déménagions, parce qu'il perdrait ses amis. En CM2, ça va encore. Il n'est pas touché par cette histoire. (J'espère.) Ses amis sont des petits gars super qui ne savent rien/se fichent du procès. Ou de moi. Alex est un brave gosse et j'ai l'impression d'être un très mauvais modèle pour lui, et de le trahir.

Je suis si fatigué de M'EXPLIQUER à tout le monde. Tu es la seule à ne jamais poser de question, Ursula. On dirait que tu sais.

C'était comme si nous nous connaissions déjà, dans la réserve. J'ai entendu cette voix appeler : « Matt ». Et après, en redescendant. On n'a pas eu besoin de parler. Comme si on avait déjà souvent fait cette randonnée ensemble. C'était si facile d'être avec toi.

Tu veux bien que je t'appelle un jour, Ursula ? Au téléphone ? (Je suis un peu timide au téléphone, je crois. Mais on se sent seul devant un ordinateur. On ne rigole pas beaucoup.)

Hé. Je me sens beaucoup mieux. De t'avoir raconté tout ça. En sachant que tu n'en parleras à personne, comme la plupart des filles le feraient. Il est 3h35 et incroyablement j'ai sommeil.

BONNE NUIT URSULA

Ton ami Matt

TRENTE

Rouge Feu. Je me sentais vraiment bien.

Comme si nous nous connaissions déjà. En biologie il y a toujours une raison aux choses. 1 individu sur 1 million.

Cette première semaine de mars, Matt et moi nous nous mîmes à déjeuner ensemble tous les jours à la cafétéria. La première fois, j'étais entrée en retard dans la cafétéria et j'avais vu Matt assis à la table des laissés-pour-compte près des poubelles, alors j'y étais allée avec mon plateau. « Cette place est libre ? »

Matt m'avait regardée un moment sans parler. Comme s'il était étonné de me voir.

Nous nous envoyions une dizaine d'e-mails par soir, et nous nous téléphonions, ce qui me rendait moins nerveuse que d'habitude parce que nous riions beaucoup. Nous découvrions que nous avions plein de choses en commun : par exemple que Matt avait un petit frère et moi une petite sœur quasiment du même âge, et que tous les deux nous les aimions beaucoup. (Je ne dis pas à Matt qu'il y avait des moments où Lisa m'agaçait.) Sa mère avait l'air de ressembler un peu à la mienne mais, comme disait Matt, toutes les mères de Rocky River se ressemblent sans doute. (Je n'osai pas lui demander s'il arrivait à la sienne de boire quand elle était seule. C'était trop personnel !) Nos pères voyageaient tous les deux beaucoup, et ils étaient sous pression, mais c'est vrai d'à peu près quatre-vingt-dix pour cent des pères de Rocky River, du moins quand ils travaillent. (Je ne m'attardais pas sur le sujet. J'avais plus ou moins l'impression que le père de Matt était sur le point d'être licencié...)

Le plus excitant, c'était que nous allions marcher dans la réserve naturelle de Rocky River le samedi après-midi. C'était la première fois que j'avais envie de m'y promener avec quelqu'un ; et j'avais fait la connaissance de Citrouille, le golden retriever de Matt. Une belle chienne très douce, avec une fourrure roux doré, soyeuse, et des yeux marron limpides, qui me lécha la main comme si nous étions de vieux amis.

— Citrouille, c'est mon amie Ursula Riggs. Ursula, voici Citrouille Donaghy.

J'étais étonnée qu'un garçon se montre aussi sentimental avec un chien. Mais c'était logique de la part de Matt. Plus on apprenait à le connaître, plus il était complexe. Au lycée, avec ses copains, je l'avais toujours trouvé plutôt superficiel. Il lançait des vannes, se forçait à rire plus fort que leurs plaisanteries ne le méritaient. La conduite typique d'un garçon dans un groupe. Mais seul avec moi, il était presque complètement différent. Il était timide, animé et heureux, son haleine fumait, et c'était agréable qu'il ait ma taille, et qu'aucun de nous n'ait à attendre l'autre quand nous marchions ; quand nous parlions, nous parlions, et nous riions beaucoup ; mais quand nous ne parlions pas, nous ne parlions pas, et c'était bien, c'était facile, comme Matt l'avait dit la première fois. *Comme si nous nous connaissions depuis longtemps.*

TRENTE ET UN

Maman remarqua ma bonne humeur, et elle se mit à me regarder d'un drôle d'air. En essayant de comprendre ce que ça pouvait bien vouloir dire : la Nulle pas-grognon-à-la-maison ?

— Tu rejoues dans l'équipe, Ursula ?

Je la gratifiai d'un lent travelling de cent quatre-vingts degrés, entièrement silencieux. Puis :

— Quelle équipe, maman ?

— Oh ! Ursula ! Le basket. Tu…

— N-O-N, maman. Non.

C'était la deuxième semaine de mars. Le basket féminin se débrouillait moins mal qu'on ne l'avait prédit quand la Nulle avait pris la mouche et quitté l'équipe mais, à part faire des paniers toute seule dans le gymnase quelques jours par semaine, je me conduisais comme si j'étais allergique au ballon. Et personne ne m'avait suppliée de revenir, non plus.

— C'est que tu restes souvent au lycée après les cours, ces derniers temps. Et comme tu es plutôt de bonne humeur…

Une expression malicieuse brilla dans les yeux de maman.

Je me sentis rougir. Je ne voulais pas que maman, ni qui que ce soit dans cette maison, sache, pour Matt Donaghy. Pas encore. Parce que je ne savais pas moi-même. Je n'avais jamais été aussi proche de quelqu'un, je ne savais pas ce que cela pouvait signifier. Je contre-attaquai, en faisant semblant d'être blessée :

— Hé ! tu es en train de dire que je ne suis pas toujours cent pour cent de bonne humeur ? C'est ça que tu es en train de dire ?

— Je posais juste... une question, chérie.

Je lui faisais face, les mains sur les hanches. La Nulle, avec son sweat-shirt Rocky River, son jean, ses baskets énormes comme des sabots de chevaux. L'air indigné.

— Eh bien, moi, je t'en pose une autre, maman.

Lisa entra dans la cuisine, comme si elle s'était sentie seule. Elle savait au ton de sa grande sœur qu'elle était en train de taquiner maman.

— Qu'est-ce que tu lui demandes, Ursula ?

— Je ne demande pas. Je soupçonne. Apparemment, maman ne pense pas que je sois toujours cent pour cent de bonne humeur.

Lisa pouffa :

— Peut-être seulement quatre-vingt-dix-neuf virgule quatre-vingt-dix-neuf pour cent du temps, hein, maman ?

Maman riait maintenant, en secouant la tête. J'aimais bien quand elle était gaie, et non pas triste et nerveuse, lorsque papa n'était pas là. J'avais piqué cette tactique de la taquinerie à mon père, qui savait se tirer d'un mauvais pas comme le golfeur Tiger Woods d'un bunker.

La meilleure défense, disait papa, c'est l'attaque. Quand quelqu'un vous pose des questions auxquelles vous n'avez pas envie de répondre.

Tout de même, maman avait des soupçons.

Et me dit un matin, comme ça, de but en blanc :

— Tu téléphones beaucoup ces derniers temps, Ursula. Hier soir ?

J'étais devant le réfrigérateur. Je tournai le dos à maman. Par chance, elle ne pouvait pas voir le visage affolé de la Nulle.

Je pris mon jus de pamplemousse sans sucre ajouté comme si de rien n'était, m'en servis un verre, et le temps que je me retourne, j'avais l'expression cool et détachée de la Nulle.

— Est-ce une constatation, maman, ou une question ? C'est assez ambigu.

Maman rougit. Elle n'était jamais vraiment d'excellente humeur le matin d'aussi bonne heure.

— Je suis sûre de t'avoir entendue parler — et rire — à plus de minuit. Si je n'avais pas eu si sommeil, moi-même…

— Je ne savais pas que mon téléphone était sur écoute. Depuis quand avez-vous l'autorisation du juge, papa et toi ?

Maman me fusilla du regard. Lisa rit. C'était sa grande sœur dans son numéro pas-impolie-mais-presque, et il n'était que 7h40 du matin.

— Je ne t'espionne pas, Ursula. Mais je m'inquiète que tu perdes manifestement ton temps au téléphone et que tu veilles aussi tard. Ça ne te ressemble pas.

La Nulle riposta aussitôt, comme au ping-pong :

— Ça ressemble à qui, alors ? Quelqu'un que je connais ?

Mon visage restait de marbre, mais Lisa riait pour de bon, maintenant.

— N'en rajoute pas, Ursula. Je m'inquiète...

Et maman continue, les sourcils froncés, en me faisant ses yeux de mère réprobatrice, comme, à un autre moment, elle aurait pu asticoter la Nulle parce que je ne téléphonais quasiment à personne, n'invitais jamais d'amis à la maison, et ne semblais pas (je l'avais entendue en parler au téléphone avec grand-mère) me « lier » avec mes camarades de classe de Rocky River. (Ce qui voulait dire que je ne « sortais » pas avec des garçons. Évidemment.) Maintenant que j'avais un ami, et qu'il y avait une petite possibilité pour que cet individu soit un peu plus qu'un ami, il fallait quand même qu'elle me cherche. Une ROUGE FEU me montait le long du tronc cérébral comme du mercure liquide. Je remplis un bol de yaourt maigre nature, le saupoudrai de germes de blé, ajoutai des fruits, me coupai deux tranches de pain aux onze céréales, pris mon jus de pamplemousse et sortis de la cuisine pour aller déjeuner dans notre solarium, à l'arrière de la maison. Je savais que maman suivrait, mais pas jusqu'au bout.

— C'est à ton bien que je pense, Ursula. Combien d'heures as-tu dormi, hier ? Cela fait une semaine...

— Où est papa, maman ?

— Quoi ? Pourquoi... pourquoi me demandes-tu ça ?

— Il est sur ce continent... ou bien en Australie ? En Thaïlande ? En Allemagne ? Où est-il ?

— Tu sais très bien que ton père est à Francfort jusqu'à vendredi.

— Inquiète-toi pour lui, maman, O.K. ?

La tête de maman ! La Nulle n'avait pas eu l'intention — peut-être — de provoquer une telle réaction. Comme lorsque l'on bouscule accidentellement-exprès une adversaire sur le terrain de basket, en lui coupant net la respiration, en lui brisant quasiment une côte, et qu'on ne peut pas marmonner qu'on est désolé parce que cela pourrait laisser entendre que ce n'était pas un accident.

Maman repartit dans la cuisine sans dire un mot et me laissa ; j'appréciai le calme, la vue sur notre jardin enneigé, mais mon petit déjeuner n'eut pas aussi bon goût que d'habitude, et le petit déjeuner était le repas préféré de la Nulle.

ROUGE FEU. J'étais en train d'accrocher mon blouson dans mon casier, de passer les doigts dans mes cheveux en bataille en me demandant si j'avais le temps de parler à Matt avant la dernière sonnerie, et je décidai que non, pas la peine de me précipiter dans la salle d'appel sans le flegme habituel de la Nulle. Je portais un pantalon kaki et une chemise d'homme en coton blanc, un gilet en daim et une dizaine de clous étincelants aux oreilles. Je me sentais bien. J'avais couru un peu plus de deux kilomètres dans l'air pur et froid pour me débarrasser l'esprit de cette conversation avec maman. *Je la déteste ! Elle me déteste !* Plus calmement, je me disais : *elle se sent menacée. Par Matt. Et par papa. Et s'il y avait une autre femme ? Les hommes comme papa font ça tout le temps. Maman tomberait en petits morceaux. Pas marrant pour la Nulle !* Ça n'était pas juste, au moment où j'avais un nouvel ami et où j'avais envie de passer tout mon temps avec lui.

(Vraiment ? Tout mon temps ? Qu'est-ce que cela signifiait ?)

Nous nous retrouverions à l'heure du déjeuner, comme d'habitude. La table des « laissés-pour-compte », que nous avions transformée en une table vraiment drôle, « intellectuellement stimulante ». Et après les cours, nous travaillerions à la bibliothèque. Et après ça... Mais qu'arrivait-il à la Nulle ?

Je fourrageais dans mon sac quand Courtney Levao s'approcha d'un bond, un sourire éblouissant aux lèvres.

— Salut, Ursula.

— Salut, Courtney. Ça va ?

C'était le lendemain du jour où l'équipe féminine de basket de Rocky River avait remporté, par moins de points que l'on a de doigts sur une main, pouce non compris, un match très disputé contre Bedford, une autre de nos anciennes et grandes rivales. C'était en tout cas ce que j'avais entendu dire.

Je félicitai Courtney de cette victoire. Elle dit :

— Oh ! Ouais. On s'est débrouillées, mais si ç'avait été les filles de Yonkers, ou de Tarrytown, l'histoire se serait moins bien terminée, nous le savons.

Malgré tout, Courtney souriait, elle avait la pêche. Elle avait dû marquer la plupart des points de Rocky River.

Courtney était une fille de terminale, presque aussi grande que la Nulle, mais sans sa force musculaire dans le haut du corps et sans ses déplacements rusés, latéraux, dans les matchs. Mais elle savait marquer, presque comme un mec : elle se coulait jusqu'au panier et, après une sorte de bond, on avait l'impression qu'elle lâchait simplement le ballon dans le filet. Mon avant la plus sûre, après moi-même.

Nous nous étions toujours bien entendues. Sauf pendant ce dernier match. Courtney était l'une des joueuses qui m'avaient regardée comme si, personnellement, elle m'aurait volontiers tranché la gorge à coups de dents.

La Nulle n'oublie jamais.

La Nulle ne baisse jamais sa garde.

Quoique je ne me sente pas tellement Nulle, ce matin. Trop de choses dans le ciboulot.

Courtney parla un petit moment du match, puis dit, à voix basse, pour que mes voisins de casier et les élèves qui traînaient dans le couloir bruyant ne puissent rien entendre :

— Schultz dit que tu lui manques, Ursula.

Je sentis mon visage s'empourprer. Je fis l'indifférente.

— Oh ! arrête ton char, Courtney ! Schultz ne peut pas me saquer. Je la comprends, d'ailleurs.

— Ce n'est pas vrai, Ursula ! Nous savons toutes que tu as été blessée pendant ce match. Moi, je serais allée aux urgences.

C'était une conversation bizarre, vraiment perturbante, toute cette agitation dans le couloir, le tintamarre de la première sonnerie, et Courtney Levao à deux centimètres de moi avec cet air mélancolique. Je dis :

— Hé ! vous êtes mieux sans moi, les filles. Je monopolisais le ballon. Au moins, comme ça, vous avez une chance de vous amuser.

— Ça, c'est sûr ! Nous amuser à perdre. (Courtney rit, comme un gosse qui reçoit un cadeau d'anniversaire, l'ouvre, et découvre une boule de papier de soie.) Nous n'avons plus que trois matchs à jouer, Ursula. On a encore une petite chance de se qualifier.

Vraiment ? Cela semblait impossible.

Devant la porte de la salle de Mme Carlisle, Matt attendait. Cela me faisait toujours plaisir de voir à quel point il était grand, et ces cheveux roux pâle qu'il portait un peu longs, cette façon qu'il avait de regarder autour de lui… en cherchant à m'apercevoir, je suppose. Moi, la Nulle !

Courtney avançait d'autres arguments, avec sérieux mais en gardant un ton léger. Je me rappelais maintenant que Mlle Schultz lui avait demandé d'être capitaine de l'équipe quand j'étais partie, et un bon capitaine n'a quasiment qu'une seule préoccupation : gagner. Cela s'écrit G-A-G-N-E-R. C'était quelque chose que je pouvais admirer, et je devais reconnaître qu'elle semblait sincèrement amicale.

Je vis Matt, et Matt me vit. Il agita la main. Il sourit. Il avait quelque chose à me dire qui ne pouvait pas attendre le déjeuner, et c'était aussi mon cas. Nous nous étions envoyé des messages jusqu'à deux heures du matin et l'interruption avait été longue, six heures et demie sans aucun contact.

— Courtney, désolée… faut que j'y aille. Je suis en retard. Dis bonjour pour moi à Schultz et aux filles, d'accord ?

La Nulle détala.

ROUGE FEU. Papa revint d'Allemagne avec une revue d'art française consacrée à « La nouvelle génération des femmes artistes européennes ». Maman était allée chez le coiffeur se faire faire ce qu'on appelle un « balayage », des mèches grises transformées en mèches couleur or pâle par la magie de la chimie ; elle était jolie pour une femme de son âge, et se comportait comme si elle avait pardonné (une énième fois) à sa fille aînée. Le soulagement se lisait sur son visage dans ces moments-là.

Papa était à la maison. Clayton Riggs nous était revenu une fois encore. Je dis :

— Pourquoi n'avons-nous jamais eu de chien, papa ? (La question n'était pas nouvelle. Lisa et moi avions harcelé papa quasiment toute notre vie pour avoir un chien, et maintenant, en plus, j'avais rencontré Citrouille et j'étais tombée amoureuse d'elle.)

Papa dit, comme s'il parlait à une enfant de deux ans :

— Parce que nous devrions prendre un chiot. Ce sont des chiots au départ, chérie. »

Si je posais d'autres questions, papa répondrait, avec son air le plus innocent : « Tu sais que j'aimerais beaucoup avoir un chien, Ursula. J'adore les animaux. Malheureusement, je suis allergique aux poils de chien. Tu ne voudrais pas que je devienne allergique à la *maison*... hein ? »

ROUGE FEU. Les yeux de maman ! Elle est dans ma chambre, elle entre carrément sans frapper alors que je tape un message à Matt. C'est après le dîner, Lisa et moi avons fait la vaisselle, et c'est l'heure tranquille des devoirs, du moins en théorie parce que maman a passé un certain temps au téléphone (je ne retiens jamais le nom de ses amies, il y en a trop), et... grande nouvelle :

— Ursula ? Ce Donaghy et toi, vous êtes... amis ?

Mon visage se crispe. Comme un poing. Évidemment, je savais que maman finirait par savoir. Plus ou moins vite.

— J'ai des amis, maman. Je ne suis pas totalement un monstre.

— Mais, Ursula… ce garçon-là ? Matthew Donaghy ? Celui qui a causé tous ces embêtements en janvier ? Et dont les parents traînent maintenant en justice tout ce qui bouge !

Maman a un drôle de sourire hébété. C'est le choc total, la terre qui s'effondre sous ses pieds, est-ce quelque chose qu'elle est censée savoir, un genre de jeu, on l'a trahie ?

— Tu nous as dit, à ton père et à moi, que tu ne connaissais pas ce garçon, Ursula.

Je réponds avec calme :

— Je ne le connaissais pas *à ce moment-là*, maman. *Maintenant*, je le connais.

— Mais… pourquoi ? Pourquoi lui ?

Une ROUGE FEU me monte au cerveau. Danger !

— Alison m'a dit que, d'après sa fille… Matthew Donaghy et toi formez *un couple*. Au lycée. Et tu ne m'en as jamais soufflé un mot.

À la façon dont maman prononce « un couple », on croirait qu'elle est obligée de nommer une maladie parfaitement répugnante qu'elle n'aurait jamais imaginé voir un jour dans *sa maison*.

J'ai envie de rire. Cette femme hystérique ne l'a peut-être pas remarqué, mais il y a des années que la Nulle ne lui fait pas de confidences.

— Tu me tannes pratiquement depuis l'école primaire pour que je me fasse davantage d'amis. Et tu voulais dire des « garçons »… non ? Et maintenant que j'ai un ami qui est un garçon, pas un petit ami mais un ami-qui-est-un-garçon, tu me regardes comme si j'étais enceinte *et* que j'aie le sida. C'est moi, Ursula, tu te rappelles ?

Tout ce que maman semble entendre, c'est « enceinte et sida ». Elle me regarde fixement, en respirant par la bouche comme un sportif en baisse de forme.

— Ursula, que… qu'est-ce que tu dis ? C'est de l'ironie, ou…

— Je ne te comprends pas, maman. Tu n'as jamais eu le temps de venir à mes matchs de basket, mais tu veux que je réintègre l'équipe. Tu as du temps pour Lisa mais pas pour moi : O.K. Je peux m'y faire. Si j'étais toi, Lisa m'intéresserait plus qu'Ursula. Mais je saurais aussi qu'Ursula a seize ans et qu'elle est assez grande pour choisir ses amis sans déclencher l'hystérie maternelle.

Je commence à m'activer sur mon ordinateur pour indiquer à maman qu'il faut qu'elle P-A-R-T-E parce que j'ai du T-R-A-V-A-I-L. Mais maman est un genre de guerrière, elle aussi, têtue et capable de coups bas.

— Ces Donaghy ! Alison me disait que ce sont des gens terriblement arrivistes et vulgaires. La mère de ce garçon — je ne connais pas son nom — adhère à toutes sortes de comités, pour essayer de s'insinuer dans notre milieu. Le père…

— Je ne suis pas amie avec les parents de Matt, maman. Je ne les ai même jamais vus.

— Ils ont dévoilé leur jeu, en faisant un procès au district scolaire. Et à M. Parrish, et à Mme Hale. Qui crois-tu qui va leur verser ces millions de dollars ? Les contribuables ! *Nous.* Cela ne m'étonnerait pas que toute cette affaire soit un truc publicitaire, une ruse…

Quelle colère ! Ma mère si bien élevée, si bien éduquée. J'étais un peu choquée… On aurait cru entendre certains élèves de Rocky River. Des élèves assez intelligents pour avoir davantage de jugeote. Qui disaient du mal de Matt Donaghy parce que, maintenant, ses parents faisaient un procès au district pour avoir dit du mal de Matt Donaghy. Au lycée, la Nulle gardait son calme, ne donnait pas son avis. Je dis, d'un ton presque suppliant :

— Écoute, maman. Je croyais que papa et toi étiez fiers que j'aie pris la défense de Matt en janvier ? Vous l'avez *dit.*

— Eh bien, oui. Nous…

— Je croyais que vous aviez été fiers de recevoir cette belle bafouille de M. Parrish.

— Nous sommes fiers, Ursula ! Les rapports de bonne conduite n'ont pas vraiment été ton point fort depuis le jardin d'enfants. Mais maintenant M. Parrish est mis en cause dans ce sale procès, et si tu es liée aux Donaghy…

Je lève les deux mains en imitant un geste de papa. L'innocence indignée.

— Je t'en prie, maman. Je n'ai absolument rien à voir avec ce procès.

— Tu témoigneras pour les Donaghy, ne t'en fais pas. Ils t'y obligeront. Et Eveann aussi. Tous ceux que leurs avocats pourront assigner à comparaître. Pour obtenir ces cinquante millions de dollars.

C'est vrai ? Matt ne me l'a pas dit.

Maman continue : — Jusqu'à quel point « vois-tu » Matthew Donaghy ?

Elle me regarde comme si on lui avait dit que j'avais deux têtes et qu'elle essaie de trouver où elles sont.

Je commençais à être vraiment en colère. On en arrivait au genre de situation où, mettons que ce soit du basket, du hockey sur gazon, ou même du volley, dans les cinq secondes la Nulle allait mettre à profit sa taille et son poids et quelqu'un allait se retrouver au tapis. Accidentellement-exprès.

J'avais envie de dire : *Les amis durent plus longtemps que les couples. Au lycée de Rocky River, beaucoup plus longtemps.*

J'avais envie de dire : *Les amis durent plus longtemps que les mariages, parfois. Regarde autour de toi, maman. Commence à compter.*

— Le week-end dernier, tu es allée deux fois te promener dans la réserve. Tu étais avec... lui ?

Je haussai les épaules. Je sentais ma lèvre inférieure avancer comme... qui ça ?

Cette saleté de jumelle Brewer.

— Ces soirs où tu es allée au centre commercial... pour voir un film... tu m'as dit que tu y allais avec des amies, et je supposais...

— C'est un interrogatoire en règle ? Et après ? J'ai seize ans, maman. Il y a des filles au lycée qui prennent la pilule depuis l'âge de treize ans, et certaines d'entre elles sont les filles de tes amies.

Maman a l'air abattue, maintenant.

— Oui. Je sais. Mais ton père et moi n'approuvons pas...

— Estime-toi heureuse, alors. La Grande Ursula — un des surnoms les plus aimables que l'on me donne au lycée, derrière mon dos — est V-I-E-R-G-E et le sera encore longtemps.

Pourquoi est-ce que je dis des choses pareilles ? Est-ce que je les pense ?

Matt m'a raconté que ça lui arrivait, parfois. Sa bouche dit des choses qu'il ne pense pas...

— Tu es allée plusieurs fois au centre commercial sous ce prétexte, Ursula. Tu as passé toutes ces heures-là avec ce garçon ?

— Bien sûr, maman. Nous complotions de faire sauter le centre.

— Ursula !

— Nous avions envie de mettre une bombe chez Saks et Lord & Taylor, rien que pour t'embêter.

Les yeux laser de maman scrutent l'écran de mon ordinateur. À trois mètres cinquante de distance, peut-être arrive-t-elle à lire mon début de message à Matt.

— C'est à lui que tu écris en ce moment, Ursula ? C'est ce que vous faites, hein, vous vous envoyez des e-mails et vous vous téléphonez toute la nuit, et...

Maman s'avance et, d'un clic, je fais disparaître mon message de l'écran.

Je suis debout et je la défie du regard, en serrant quasiment les poings.

— Laisse-moi tranquille, maman. *Je ne suis pas vous*[1]. Je ne suis pas toi.

Rapide et enragé comme les dernières secondes d'un match de basket où, si vous ne faites pas attention, vous risquez de prendre de mauvais coups.

— Nous verrons ce que ton père en pense, jeune fille.

Jeune fille ! Maman est complètement timbrée.

Elle tourne les talons, sort en claquant la porte, et je reste là, tremblante, le cœur battant à grands coups et le corps couvert d'une sueur froide.

Le téléphone sonne.

— Ursula ? C'est moi.

— Matt !

— Tu as l'air… hors d'haleine ? Quelque chose ne va pas ?

— Je… non. Tout va bien.

— Je me demandais pourquoi tu n'avais pas répondu aux deux e-mails que je t'ai envoyés du lycée. C'est pour ça que j'appelle. Je ne te dérange pas ? Tu travailles… peut-être ?

— Non, Matt. J'allais justement t'appeler.

1. En français dans le texte.

TRENTE-DEUX

Au lycée de Rocky River, pendant ce mois de mars, tout le monde avait son opinion sur les nouveaux amis.

— Pas croyable, hein ? Ces deux-là.

On les voyait ensemble dans les couloirs. On les voyait à la cafétéria à midi. On les voyait à la bibliothèque travailler ensemble après les cours. On les vit marcher ensemble dans la réserve naturelle de Rocky River et dans le parc national de Croton, sur un sentier escarpé qui descendait jusqu'à l'Hudson. Dans ces randonnées, ils étaient accompagnés par un golden retriever.

— C'est le chien de Matt. Citrouille. Il l'a depuis des siècles.

On les voyait au Cinemax du centre commercial de Rocky River, et au café Starbucks, et chez Tower Records ; on les voyait faire du shopping ensemble dans les magasins Gap et Clothes Barn. On les voyait au Santa Fe Express, à l'Orchid Pavilion, au café-galerie d'art Whole Earth. Au café-galerie d'art The Gypsy Horse. Chez Barnes et Noble. Brooke Tyler, qui était allée à Manhattan avec des parents de passage, affirmait les avoir vus au Metropolitan Museum of Art : « Assis dans la cour de l'aile américaine. Sur un banc. Comme un vrai *couple.* » Et Denis Wheeler, dont l'oncle était un producteur de théâtre off-Broadway, disait les avoir vus assister à un spectacle : « Une comédie vraiment bizarroïde d'un metteur en scène appelé Nicky Silver. Tout à fait le genre d'humour loufoque qui branche Matt. »

Ursula Riggs et Matt Donaghy étaient-ils simplement amis ou plus qu'amis ? Les avis étaient à peu près également partagés. Même ceux qui s'intéressaient le plus à eux ne pouvaient assurer les avoir vus « se tenir par la main, ni même se bécoter, un tout petit peu ».

— Ils sont seulement amis, c'est évident. Aucun type normal ne pourrait être attiré par la Grande Ursula.

— Tu plaisantes ? Ursula est géniale. C'est Matt, l'horreur. Qu'est-ce qu'elle pourrait bien lui trouver ?

— En tout cas, ils sont tous les deux en marge. C'est évident.

Stacey Flynn dit :

— Matt est en état de choc. Depuis que ces policiers sont venus le chercher dans la salle d'étude de M. Weinberg, il n'est pas lui-même. Sortir avec Ursula Riggs, c'est comme un symptôme de sa dépression nerveuse.

Stacey plaignait beaucoup Matt et ses parents, mais c'était trop embarrassant de lui parler pour le moment, elle espérait qu'il comprenait.

Les sportifs de terminale qui disaient ouvertement qu'ils aimeraient « montrer à Donaghy ce qui arrive aux traîtres » étaient écœurés à la seule pensée de Matt Donaghy et Ursula Riggs. « Il est pédé. Elle est gouine. Allez comprendre. »

Interrogé sur ce nouveau couple très controversé, M. Weinberg refusa de donner son avis : « Ça ne vous regarde pas, les enfants. »

Gordon Kim, désormais vice-président des premières, secoua la tête et rit de tous ces bavardages : « Donaghy, Riggs… ils sont *grands* tous les deux, voilà l'explication. C'est logique. »

TRENTE-TROIS

Il me l'a demandé, alors je le lui ai dit.

S'il ne voulait pas que je le lui dise, pourquoi poser la question ?

J'aurais pu me douter que c'était une erreur, d'accord. Mais je pensais à la grande estime qu'il avait pour moi. *Ursula Riggs. 1 individu sur 1 million. Comme si nous nous connaissions déjà depuis longtemps.*

C'était comme de monter les marches du plus haut plongeoir en sachant qu'on ne va pas les redescendre. On va plonger.

— Matt, je pense que c'est une erreur.

Ce n'était pas ce que Matt attendait de son amie Ursula, il faut croire.

— Tu m'as posé la question, alors je te donne mon opinion. Je regrette.

— O.K., Ursula. Merci de ta sincérité.

Mais c'est tout ce qu'il dit. Il se mit à marcher plus vite. Et nous marchions déjà plutôt vite. Et la pente était plutôt raide. Citrouille trottait près de nous, l'haleine fumante. Pour une chienne empâtée de son âge, nous suivre devenait difficile. Elle devait faire semblant d'avoir envie de renifler quelque chose, arroser un bout de bois de quelques gouttes inspirées, pour pouvoir reprendre son souffle un instant avant de trotter nous rejoindre.

Matt était si perturbé qu'il aurait complètement oublié cette pauvre Citrouille. C'était moi qui l'encourageais : « Citrouille ! Bon chien. Allez ! »

C'était un matin violemment ensoleillé et froid. Nous marchions sur un sentier au-dessus de l'Hudson, dans le parc national de Croton ; nous venions y faire nos randonnées depuis quelque temps, en prenant la voiture de Matt, pour ne pas risquer d'être vus par des gens de Rocky River.

— Hé ! Matt ? Tu m'as demandé mon avis. Et je te l'ai donné.

— O.K., Ursula. Je l'ai *déjà* dit.

Il était en colère. Matt Donaghy était en colère contre moi !

C'était la première fois. J'étais vraiment blessée.

— Tu m'as posé la question, Matt, et je t'ai dit que ça ne me regardait pas, que je ne jugeais pas, et c'est vrai, toi, je ne te juge pas. Mais si tu me demandes ce que je pense du procès, c'est-à-dire de ce que font tes parents…

Matt continuait à marcher. Sans me regarder. Je ne voyais que son profil, fermé, renfrogné. Il avait enfoncé son bonnet de laine sur son front. Ses cheveux roux pâle avaient l'air emmêlés. Citrouille et moi trottions pour ne pas nous laisser distancer par ses longues enjambées.

Il me l'avait demandé, après tout. Alors, je le lui avais dit.

Le procès. Ce fichu procès qui était devenu l'unique sujet de conversation des parents de Matt. (« C'est comme un incendie qui fait rage dans une forêt, m'avait dit Matt, sauf que cet incendie est dans notre maison. C'est la *vie* des Donaghy. »)

On ne s'imagine pas le bazar que peut être un procès. Lorsqu'on est personnellement concerné. Ça n'a pas de fin. Tout le monde savait que les Donaghy demandaient 50 millions de dollars. Ils attaquaient Parrish, Hale, certains responsables du district scolaire de Rocky River, dont l'inspecteur, ainsi que le révérend Brewer, pour « diffamation », « atteinte à la réputation », « faute professionnelle »... Il y avait encore beaucoup d'autres choses que je ne voulais pas savoir. Maintenant que les avocats des deux parties étaient au travail, et que de soi-disant faits nouveaux étaient divulgués aux médias, cela devenait compliqué comme une maladie qui détruit un organe, puis un autre, puis un troisième...

— Hé ! Matt. Je sais que tes parents et toi avez beaucoup souffert, et que tu es en colère, mais...

— Tu ne sais pas, Ursula. Pas vraiment.

Matt jeta ces mots par-dessus son épaule, sans me regarder.

Je sentis mon visage s'enflammer, même sur le sentier au-dessus du fleuve.

C'était tellement injuste. Il m'avait demandé mon avis, il devait savoir ce que je répondrais. (Ou peut-être : je m'étais dit que Matt serait forcément d'accord avec moi. Il était écœuré par ce procès, lui aussi... non ?)

La Nulle pointait son nez. La Nulle aimait une bonne dispute quand elle était moralement certaine qu'elle devait gagner.

— Tu m'as demandé il y a plusieurs semaines ce que je pensais du procès, Matt. Tu m'as *suppliée* de te dire la vérité ! Ne crois pas que ça ne me tourmente pas, moi aussi. Je sais ce que ça te fait, et c'est pour ça que...

— Tu ne sais pas ce que ça me fait, Ursula. Et tu ne sais pas ce que ça fait à mes parents.

C'était tellement injuste que c'en était choquant. Et en plus, c'était faux : dans ses e-mails, au téléphone et dans nos conversations, Matt m'avait dit que le procès le mettait « en miettes », le faisait « haïr encore davantage par les gens », rendait ses « parents totalement fous ». Lorsque Matt me disait cela, j'écoutais avec sympathie parce que je ne le jugeais pas, mais j'avais toujours eu mon opinion sur le procès. Simplement, je l'avais gardée pour moi.

J'aurais dû me taire cette fois-ci encore, peut-être. Mais la Nulle se sentait trahie, flouée.

— C'est juste que ce procès ne me plaît pas. J'ai l'impression... qu'il aggrave la situation. C'est quelque chose que je n'aimerais pas faire, peut-être que c'est tout ce que je veux dire. Matt ? Tu comprends ? Je me mets vite en colère, moi aussi. Mais après, je me dis que ces trucs-là se retournent contre toi.

Matt haussa les épaules. Je n'arrivais pas à y croire : il était furieux contre moi parce que je lui disais la vérité !

Je dis :

— Les gens comprennent de travers, ils pensent qu'un procès comme ça n'est fait que pour… l'argent. Et beaucoup d'argent.

Cette fois, Matt se retourna, et je vis qu'il avait les yeux pleins de larmes et que sa bouche tremblait.

J'eus du mal à croire ce qu'il me répondit, d'un ton amer et plein de sarcasme :

— Mon père n'est pas riche comme le tien, Ursula. Peut-être que les Donaghy ont *besoin* d'argent.

Et il partit quasiment au pas de course sur le sentier, comme s'il ne pouvait supporter d'être près de moi un instant de plus. J'envisageai de faire demi-tour et de redescendre, de l'attendre à la voiture, ou mieux encore de me faire ramener à Rocky River par quelqu'un d'autre, de le laisser tomber, mais il y avait Citrouille, qui haletait, l'air vraiment malheureux, consciente de la tension entre Matt et moi, alors elle et moi nous continuâmes à marcher plus lentement, derrière Matt, et je me demandai si Matt pleurait, si un garçon pouvait pleurer de douleur mais aussi de rage, comme les filles le font, exception faite de la Nulle. Je m'essuyai les yeux, contrariée qu'ils soient humides ; ça devait être à cause du vent de mars qui soufflait du fleuve, parce que la Nulle ne pleure pas.

TRENTE-QUATRE

Pas d'e-mails dans ma boîte le lendemain matin, envoyés par *Ton ami Matt* pendant la nuit. Pas de coup de téléphone. Si maman écoutait, elle dut être contente. Au lycée, nous déjeunâmes à la même table, la table des laissés-pour-compte, et réussîmes à bavarder, et même à rire (de façon très convaincante, à mon avis) avec les autres. On aurait dit un match vraiment pénible dans lequel, quoique l'on perde, il faut quand même continuer à jouer de son mieux parce que des gens vous regardent et attendent de vous un certain niveau de jeu.

Je ne pleurai pas. Je refusais de pleurer.

Et je refusais de céder.

TRENTE-CINQ

Matt ne céderait pas.

Il avait l'impression d'être une bombe à retardement. Une bombe secrète, dont personne ne sait quand elle va exploser parce que les aiguilles de l'horloge ont été cassées. Un tic-tac continu à l'intérieur. Mais on n'a pas envie de la porter à son oreille pour entendre ce tic-tac.

Il l'avait perdue, à présent. Ursula. Sa seule amie.

Malgré tout, il refusait de céder.

Elle lui manquait. Leur correspondance par e-mail lui manquait. Il n'avait plus personne, maintenant. Et ce coup de téléphone qu'il avait pris l'habitude de lui passer à minuit, leurs deux montres si synchrones qu'Ursula décrochait à la première nanoseconde de la première sonnerie.

— Salut ! C'est moi.

— Salut.

Ils n'avaient été amis que quelques semaines, mais.

Ils ne s'étaient jamais tenus par la main ni embrassés ni… mais.

Au lycée, Matt avait envie de se protéger les yeux de sa vue. Elle était si grande, elle marchait avec tant de fierté. Il voyait son regard bleu glisser sur lui avec mépris. Elle était quelqu'un d'intègre, il était un lâche.

Elle n'avait pas le droit de critiquer ses parents ! *Les gens comprennent de travers, ils pensent qu'un procès comme ça n'est fait que pour l'argent.*

Il la détestait.

TRENTE-SIX

— Matt, où es-tu ? C'est l'heure.

C'était la mère de Matt. Qui tâchait de prendre un ton léger, enjoué, « optimiste ».

Ils allaient voir le docteur Harpie. Le « célèbre » docteur Harpie, qui avait son cabinet à Manhattan, au coin de Park Avenue et de la 72e Rue. Dans son best-seller, *Adolescents en danger : votre enfant et la dépression,* il était écrit : « Les jeunes dépressifs emboîtent souvent le pas à des déprimants familiaux plus âgés » ; il était donc important de protéger les jeunes personnes impressionnables de la dépression adulte, de l'anxiété, et surtout des « attitudes suicidaires ».

La mère de Matt n'avait pas apprécié le visage souriant qu'il avait dessiné dans le livre du docteur Harpie. « Cela se veut une plaisanterie, Matt ? avait-elle demandé avec un sourire blessé. Si c'est le cas, ce n'est pas drôle. Étant donné les circonstances. »

Elle attendait des excuses. Matt s'était contenté de rire.

— Citrouille. Toi, tu ne peux pas venir avec nous, tu es trop normale. Pas d'« attitudes suicidaires ».

Avant de partir, Matt regarda sa messagerie. Pas d'e-mail.

C'était humiliant. Sa mère tenait à le conduire en ville. « Tu ne me fais pas confiance, c'est ça ? Tu as peur que, seul, je n'y aille pas ? » demanda-t-il, et sa mère répondit très vite : « Bien sûr que je te fais confiance, Matt. Mais le docteur Harpie veut me parler, à moi aussi. »

Mais tu ne sais rien de moi. Rien du tout.

Personne ne savait, à part Ursula Riggs. Ce fameux jour dans la réserve, au bord de la rivière de Rocky River.

Matt n'avait accepté de voir le docteur Harpie que parce que ses parents avaient fait pression sur lui. Ils prétendaient se faire « beaucoup de souci » à son sujet, et c'était sans doute vrai, mais Matt ne pouvait s'empêcher de penser que cette visite chez un psychiatre faisait aussi partie de leur stratégie juridique. M. Leacock le leur avait conseillé. Dans le procès des Donaghy, que Matthew ait été psychologiquement affecté au point de devoir consulter un psychiatre ferait forte impression. Un célèbre spécialiste des adolescents à problèmes qui acceptait de témoigner devant le tribunal.

Matt fut renfrogné et peu communicatif — « peu communicatif » était un terme souvent employé dans le livre du docteur Harpie — pendant tout le trajet. Il avait voulu prendre le volant, bien sûr, mais sa mère avait insisté pour conduire parce que l'humeur de Matt ne lui « inspirait pas confiance ».

— Ce qui veut dire quoi, maman ? fit-il d'un ton sarcastique. Tu as peur que je jette la voiture dans l'Hudson ? Un suicide-matricide ?

Sa mère grimaça. Elle s'était mis du rouge à lèvres mais, autour de sa bouche, la peau était blanche.

— Ce genre de plaisanterie n'est pas drôle, Matt. Tu devrais le savoir.

Oui, je le sais. Je le sais parfaitement. Mais Grande Gueule n'en a rien à cirer.

Lorsqu'ils entrèrent dans la salle d'attente du docteur Harpie, Matt se rebiffa soudain et refusa de rester. Il dit à sa mère stupéfaite qu'il partait. « Je me tire, maman. Je n'ai rien à faire ici. » Elle referma sur son poignet des doigts étonnamment forts. « Pas question, Matt. Tu ne sors pas d'ici, *tu as un rendez-vous.*

— C'est ton rendez-vous, maman. Tu n'as qu'à aller le voir, toi.

Matt prit une profonde inspiration. Il fallait qu'il le dise, même si son père devait être furieux.

— Je regrette, papa. J'ai changé d'avis. Je ne veux pas que tu fasses ce procès.

Son père ouvrit de grands yeux.

— Évidemment que nous allons le faire, Matt. Il est trop tard pour changer d'avis. Tu as été calomnié… diffamé. *Nous* l'avons été. Ça ne vaut même pas la peine d'en discuter.

— Mais il faut que nous en discutions, papa. S'il te plaît.

— Le procès est en cours, Matt. Des requêtes ont été déposées. Une date a été fixée : le 29 mars. C'est très bientôt. Les services de M. Leacock ne sont pas donnés, tu sais.

Le père de Matt rit, mais c'était un rire sans joie.

— Je ne peux pas affronter ça. Recommencer à témoigner, à répondre à des questions… Je veux oublier.

— Oublier ? Jamais. Il n'est pas question que *nous* oubliions.

— Les gens disent… que le procès ne fait qu'aggraver les choses. Certains pensent que nous ne faisons ça que pour… l'argent.

— Et alors, où est le mal ?

Le père de Matt rit de nouveau, et son rire se mua en toux. Son visage, qui était habituellement séduisant, pâle, avec des yeux gris-vert écartés comme ceux de Matt, était maintenant rougeaud et flasque. M. Donaghy avait été absent plusieurs jours et semblait ne pas s'être rasé pendant tout ce temps. Matt ne savait plus si son père travaillait encore ou s'il était déjà dans une phase « transitoire », et il ne pouvait pas interroger sa mère, qui refusait de répondre à ce genre de questions. Alex avait demandé à Matt, un soir :

— Est-ce que papa a encore un travail ? Où *va-t-il* ?

Matt plaignait son petit frère, qui commençait à partager certaines des angoisses de la famille.

— Leacock pense que nous gagnerons. N'importe quel juge raisonnablement intelligent, lorsqu'il apprendra la façon dont le district scolaire t'a traité, se prononcera en notre faveur. À moins que le district décide de nous proposer un généreux dédommagement. Dans l'un et l'autre cas, nous obtiendrons une réparation publique.

— Les gens d'ici nous haïssent tous, papa. Au lycée...

— Ignore-les. Ce sont nos ennemis. Nous t'inscrirons dans un excellent établissement privé dès l'automne prochain.

Matt savait que ses parents avaient en vue un pensionnat du Massachusetts. Un établissement coûteux spécialement destiné aux adolescents brillants ayant des « problèmes d'adaptation sociale ». Le père de Matt continua à parler rapidement, d'un ton véhément :

— Regarde ce que ces gens ont essayé de te faire, Matt. Parrish — qui aurait dû te protéger — t'a livré à la police comme un vulgaire criminel. Les policiers t'ont harcelé pour te faire avouer. Ils voulaient que tu leur donnes le nom de complices. Tu l'as dit toi-même : que se serait-il passé si tu avais craqué ? C'était une vraie chasse aux sorcières. Sans l'ombre d'une preuve, en s'appuyant sur le faux témoignage de fanatiques religieux d'extrême droite déjà connus pour avoir causé des ennuis dans cette ville, ils ont ruiné notre réputation. (Il marqua une pause, le souffle court.) Et nous voulons notre revanche.

Matt dit, l'air malheureux :

— Mais je ne veux pas de revanche, papa. Je veux juste…

Quoi ? Que tout redevienne comme avant son arrestation ?

Mais Matt n'aurait pas connu Ursula Riggs, dans ce cas. Il aurait encore ses anciens amis hypocrites.

Le père de Matt se mit à crier.

— Peu importe ce que tu veux, Matt. Il est trop tard pour faire marche arrière. Mon nom est en jeu… mon honneur. Rappelle-toi que c'est toi qui nous as fourrés dans ce pétrin… avec ton sens de l'humour idiot et puéril.

TRENTE-SEPT

Pas de larmes, la Nulle. Et pas un regard en arrière. Ne cède jamais. Jamais !

Maman me regardait avec des yeux pénétrants, presque compatissants. En ayant peut-être envie de me demander pourquoi elle ne m'entendait plus parler et rire au téléphone à des heures qu'elle n'approuvait pas, et pourquoi j'étais aussi silencieuse, une grande fille chevaline renfrognée, la lippe boudeuse, qui, tout récemment encore, était de Bonne Humeur.

En ayant envie de demander ce qui s'était passé entre moi et Matt Donaghy.

— Ursula ? Quelque chose ne va pas ?

— Je vais parfaitement bien, maman. Et toi ?

Je redevenais méchante, comme avant de connaître Matt, et avant de quitter l'équipe. Toujours à marquer des points, une vanne par-ci, un coup par-là, comme un coude enfoncé dans les côtes, accidentellement-exprès.

Sauf avec Lisa. J'aimais Lisa, il faut croire. Je l'entendais bavarder avec ses amies du cours de danse, ces jolies petites filles aux corps de moineaux, la poitrine encore plate, des pieds qui faisaient la moitié de ceux de la Nulle. J'avais envie de prendre Lisa dans mes bras et de la protéger. Pas seulement des cours de danse et des récitals, et de la pression trop forte qui s'exerçait sur elle, mais de quelque chose d'autre, qui l'attendait, et que je ne savais pas définir.

Elle ne serait pas protégée comme la Nulle.

Mais je me disais que j'avais peut-être eu tort de parler à Matt comme je l'avais fait. De critiquer ses parents. On peut critiquer ses propres parents, bien sûr, mais on n'a pas envie que qui que ce soit d'autre le fasse.

Cinq jours avaient passé depuis notre randonnée dans le parc de Croton. Depuis que nous étions rentrés à Rocky River sans quasiment nous dire un mot. *Il ne m'aime pas. Eh bien, moi, je le déteste !* Lorsque Matt m'avait laissée devant chez moi, j'avais serré Citrouille très fort. « Au revoir, Citrouille ! Sois sage. » Comme si je ne la reverrais jamais, que ce soit vraiment un adieu.

Cinq jours. Je ne mangeais pas beaucoup, je crois. Je savais que j'avais maigri : mes vêtements flottaient.

Donc je cliquai sur ma messagerie (où il y avait un e-mail, mais de Bonnie, et qui n'était pas important) et tapai ceci, pour Matt.

Dim 20/03/01 23:43

20 mars
cher matt--
je regrette. tu me manques.

u r

Il me fallut dix minutes pour composer ce minable petit message ; puis au lieu de cliquer sur ENVOYER je me dégonflai et appuyai sur SUPPRIMER.

Plus facile comme ça.

TRENTE-HUIT

— Ursula, qu'est-ce que c'est ? Une « chasse au trésor » ?

Était-ce une plaisanterie ? Une mauvaise blague ? Je tournai et retournai le bout de papier qui avait été glissé dans la fente de mon casier. Eveann et moi le contemplions avec perplexité. Un papier bristol noir, à peu près grand comme un billet d'un dollar, sur lequel était écrit en lettres dorées étincelantes :

BILLET DE CHASSE AU TRÉSOR.
POUR UR EXCLUSIVEMENT.
Aller à la bibliothèque.
Tourner à gauche.
Sous la dernière fenêtre de gauche,
2e étagère.

L'ambiance était tendue au lycée. À cause du procès des Donaghy, parce que les gens prenaient parti, et que Matt continuait à venir aux cours, têtu, et apparemment indifférent à l'hostilité générale ; mais aussi à cause d'une interview accordée par le révérend Brewer à un journal local, dans laquelle il accusait l'administration du lycée de Rocky River d'engager « des professeurs moralement douteux » (Brewer ne citait aucun nom, mais il était évident qu'il parlait de M. Steiner) et de « dorloter des terroristes adolescents » (toujours en campagne contre Matt). C'était une longue interview décousue, où il prétendait dénoncer l'injustice de la plainte portée contre lui, et l'obligation où il se trouvait de collecter des fonds parmi ses fidèles et les habitants de la ville pour assurer sa défense, étant donné que le district scolaire refusait de payer ses frais de justice. Et ses filles Muriel et Miriam, qui n'avaient fait que « leur devoir de citoyennes chrétiennes des États-Unis », étaient en butte aux sarcasmes et à l'hostilité de leurs camarades de classe comme de leurs professeurs, et risquaient de ne pas obtenir leur bac.

On pouvait essayer d'ignorer le révérend Brewer, mais il vous revenait toujours en pleine figure.

Brewer avait le visage rond de ses filles jumelles, mais l'expression dure d'un sergent instructeur des marines, une peau ridée, quelques mèches de cheveux métalliques sur le crâne, et des yeux furieux, plissés comme s'il regardait le soleil. Il s'était installé dans le comté de Westchester vingt-deux ans plus tôt, pour y établir les Apôtres de Jésus « en plein cœur de l'Antéchrist », grâce à des fonds privés.

L'Antéchrist ? Cela désignait-il les Juifs ? Ou... tous ceux pour qui le révérend Brewer se prenait d'antipathie ?

Donc, en trouvant ce « billet » dans mon casier, je pensai vaguement que cela pouvait venir des sœurs Brewer. Muriel et Miriam m'évitaient, tout comme je les évitais, mais jouer des tours tordus était exactement le genre de choses dont elles étaient capables.

Malgré tout, j'étais trop intriguée par ce « billet de chasse au trésor » pour ne pas suivre les instructions. J'allai dans la bibliothèque et tournai à gauche ; sous la dernière fenêtre de gauche, il y avait des étagères pour les livres grand format, les atlas et, glissé entre eux, un livre emballé dans un papier orné des mêmes lettres dorées étincelantes.

SI T UR C POUR TOI

Je ris. On aurait dit un jeu de gosses !

Je défis l'emballage. Le livre s'intitulait *Grands dessins du XXe siècle.* Je l'avais feuilleté dans la librairie du musée quand Matt et moi étions allés au Metropolitan Museum of Art, un dimanche après-midi.

Des larmes me picotèrent les yeux. Matt l'avait acheté pour moi !

À l'intérieur de la couverture, il y avait ce mot :

Qu'il parle à tire-larigot
Qu'il soit un Gros Lourdaud
Ne l'empêche pas de dire tout de go :
Chère Ursula,

Je m'excuse.

Tu avais raison et j'avais tort.

Tu me manques.

Ton ami Matt

Je pris le livre, sortis en courant de la bibliothèque, et repérai Matt (dont je connaissais l'emploi du temps par cœur) qui descendait l'escalier pour aller à son cours d'histoire. J'étais si émue que je le saisis par le bras, et sa main se referma sur la mienne. « Oh Matt… merci ! » Nous vacillions un peu sur les marches, en nous cognant aux autres élèves. J'avais presque — ou complètement — les larmes aux yeux, et Matt me souriait. « J'espère qu'il te plaira, Ursula. » Je le remerciai de nouveau, il tenait ma main dans la sienne comme s'il ne voulait plus la lâcher. Les gens étaient contrariés parce que nous bloquions la circulation dans l'escalier, mais il y en avait qui avaient l'air amusés, comme s'ils savaient tout sur nous, et que cela ne fasse que confirmer leurs soupçons. Je me sentais le visage en feu, exposée à tous les regards. Je ris, et me reculai.

— On se voit après les cours, Matt ?

— Je serai là.

Nous allâmes au Gypsy Horse Café. Et ensuite, pendant deux heures, nous marchâmes.

Matt me dit qu'il s'était querellé avec son père, que lui aussi détestait ce procès, qu'il l'avait toujours détesté, qu'il envisageait de refuser carrément de coopérer avec leur avocat et de refuser d'aller témoigner devant le tribunal le 29 mars.

— Peut-être que, comme ça, ça s'arrêtera.

Je dis :

— Il faudra quand même que tu continues à vivre avec ton père, Matt. Ça risque de ne pas être facile.

Nous nous mîmes à parler de nos pères. Je me surpris à lui raconter que j'avais entendu le mien faire des commentaires sur mon gabarit, et que ça m'avait blessée.

— Parce qu'il avait raison. Papa a toujours raison.

Mais Matt secouait la tête. Il n'était pas d'accord.

— Tu es belle, Ursula. Pas comme d'autres filles mais… à ta façon. Unique.

Je me sentis rougir, une rougeur violente, douloureuse.

Belle ? La Nulle ?

— Ne fais pas la grimace, Ursula. Je suis sérieux.

— Je ne fais pas la grimace, je suis comme ça au naturel.

Je ris, mais Matt ne m'imita pas. Il savait ce que j'étais en train de faire, me moquer de moi-même par embarras. Mais il refusait de m'imiter.

— Au lycée, la façon dont tu te tiens, on dirait… une athlète olympique. Tu as un sourire magnifique et un sens de l'humour presque aussi tordu que le mien.

Matt parlait lentement, en butant presque sur les mots, sans savoir ce qu'il disait. Mon cœur battait si vite que j'avais du mal à respirer.

— Les gens ont peur de toi à cause de tes remarques sarcastiques, mais ils te respectent, aucun doute là-dessus.

Matt effleura mon épaule, mes cheveux, c'était la première fois qu'il me touchait ainsi, et une sensation de chaleur m'envahit mais j'étais effrayée, dangereusement près de pousser des gloussements suraigus, et je m'écartai. *Je peux faire comme si ça n'était pas arrivé. C'était peut-être un accident ?*

— Ursula ? Pourquoi ris-tu ?

— Je ne ris pas ! Je grelotte, je crois.

Le vent soufflait ; c'était le crépuscule d'un jour de mars où le ciel avait la teinte et la texture d'une vieille neige sale grumeleuse.

Nous marchions dans les quartiers vallonnés situés derrière le boulevard de Rocky River, où j'habitais. Manifestement Matt me raccompagnait chez moi en faisant un détour.

Il me raconta que sa mère l'avait emmené chez ce psy de luxe de Park Avenue, qu'il était parti sans le voir et que, depuis, elle était « suprêmement mécontente » de lui, alors qu'avant elle ne l'était que « normalement ». Je lui demandai ce que sa mère pensait du procès, si elle était d'accord avec son père, et Matt battit les bras à la manière d'un pingouin, et dit : « Maman est *mécontente* de moi. Pas d'autre commentaire. »

Je pensai à moi : ma mère était-elle mécontente de moi ?

Je me mis à rire, et Matt demanda : « Qu'est-ce qu'il y a ? » et je dis : « Je n'en sais rien, c'est juste drôle. Les gens sont mécontents de toi, et ils sont mécontents de moi. Alors… on est là. »

Matt dit : « Logique. »

Nous rîmes de plus belle. Des larmes coulaient sur nos joues. C'était drôle… non ?

TRENTE-NEUF

Deux soirs plus tard, le téléphone sonna, je répondis, et c'était Matt.

— Tu ne vas jamais croire ce qui nous arrive, Ursula. Ce qu'ils nous ont fait.

Il avait raison : j'eus du mal à y croire.

Cette nuit-là, la Nulle pleura bel et bien. De rage et de pitié.

QUARANTE

Alex fit irruption dans la maison en pleurant.

— Citrouille a disparu, maman ! Ils ont pris Citrouille !

Il était 18 h 20. Vendredi. Alex était allé promener le golden retriever dans le quartier résidentiel vallonné où habitaient les Donaghy, un quartier où les maisons étaient bâties sur des terrains boisés d'environ un hectare, et les propriétés séparées les unes des autres par des clôtures hautes d'un mètre quatre-vingts. Les allées et les petites rues de Rocky River étaient sinueuses, et bien qu'il y eût des trottoirs, peu de ses habitants marchaient. Les voitures étaient rares. C'était le crépuscule ; quelques flocons de neige fondue tombaient. Alex raconta en pleurant à sa mère qu'il avait détaché Citrouille comme il le faisait toujours, parce qu'elle était bien dressée et ne s'éloignait jamais beaucoup. Cinq minutes plus tard, elle avait disparu.

Matt n'était pas rentré directement du lycée. Il était allé avec Ursula à la bibliothèque publique de Rocky River, où ils avaient des recherches à faire pour leur dossier d'histoire, puis ils avaient passé une heure au café Starbucks. Ils avaient bavardé, détendus et gais : un des moments les plus heureux que Matt ait connus depuis longtemps. Ursula l'encourageait à retourner au club de théâtre et à écrire une nouvelle pièce, une comédie « sur la façon dont les marginaux se débrouillent. Une fois qu'ils ont décidé que, bon, ils ne sont pas comme les autres, et après ? » Matt encourageait Ursula à reprendre le basket avant qu'il soit trop tard. « J'ai l'impression, à t'entendre, qu'il n'y a que ton orgueil qui t'en empêche », avait-il dit. Et Ursula avait ri. « Que mon orgueil ? C'est tout moi. » Quand Matt rentra chez lui, Citrouille avait disparu depuis une demi-heure.

Il entra dans la cuisine, et Alex se précipita vers lui.

— Ils ont pris Citrouille, Matt ! Son visage était mouillé de larmes, et sa voix tremblait. Une voiture est passée, elle s'est arrêtée, j'ai entendu Citrouille aboyer, et une porte claquer, et… elle avait disparu.

Matt demanda, stupéfait :

— Qui a pris Citrouille ?

— Je ne sais pas, Matt ! s'écria Alex. C'est ma faute ! Je ne regardais pas. Je veux dire… je ne savais pas que quelqu'un allait l'emmener, pourquoi est-ce que quelqu'un ferait ça ? Ils ont dû passer à côté de moi, dans un 4 × 4, puis ils ont fait le tour du pâté de maisons et ils sont revenus derrière moi. Citrouille se baladait au sommet de la colline, près de cette grande maison de brique à colonnes et… ils l'ont prise.

Alex n'avait pas réussi à voir les occupants du 4 × 4 mais il était quasiment sûr qu'ils étaient au moins deux.

On aurait cru un film à la télé, dit Alex. Ça s'était passé si vite !

Matt savait à quoi s'en tenir.

— Ils ont enlevé Citrouille pour me punir.

— Pour nous punir, dit la mère de Matt.

La mère de Matt téléphona à la police. Elle essaya de parler avec calme, en répétant ce qu'Alex lui avait dit, mais sa voix tremblait et elle se mit à pleurer. Matt lui prit le récepteur. « Quelqu'un a enlevé notre chien, dit-il. Oui, c'était intentionnel. Non, elle ne s'est pas "enfuie". Je vous dis que *quelqu'un a enlevé notre chien*, il y a environ une heure. Un golden retriever de sept ans, qui pèse une trentaine de kilos. Mon frère la promenait dans Arlington Circle et quelqu'un est passé dans un 4 × 4, l'a fait monter de force et est parti. » Matt répondait aux questions de routine du policier avec une impatience croissante. « Nous avons des ennemis à Rocky River, il faut croire. »

Cela faisait paranoïaque, bien sûr, ridicule.

Le fait que ce soit vrai n'avait rien de consolant.

Matt et Alex sortirent chercher Citrouille, en criant son nom dans les rues : « Citrouille ! Hé ! Citrouille ! » Ils sonnèrent aux portes et demandèrent à leurs voisins étonnés s'ils avaient vu un golden retriever ou un 4 × 4 inconnu dans le quartier. Quoique Matt sût que c'était inutile. Citrouille avait été enlevée pour l'atteindre, lui. L'anxiété, la souffrance, la colère et surtout le sentiment de frustration qu'il éprouvait venaient de là.

Alex ne cessait de répéter qu'il était désolé, que c'était sa faute, et Matt lui dit que non, non, il n'y était pour rien.

— Si c'est la faute de quelqu'un, c'est la mienne. Mais ce n'est pas ce qui va aider Citrouille, hein ?

Quarante minutes plus tard, deux agents de police vinrent enquêter. Si le nom de Donaghy leur disait quelque chose, ils n'en montrèrent rien et prirent note des réponses que Matt, Mme Donaghy et Alex faisaient à leurs questions. Alex répéta son récit. À plusieurs reprises, les policiers lui demandèrent : « Tu n'as pas vu la plaque d'immatriculation, mon garçon ? »

Non, il faisait trop sombre. Le 4 × 4 était trop loin.

Et c'était arrivé si vite.

Matt savait qu'ils donnaient à Alex le sentiment de ne pas avoir fait ce qu'il fallait, d'avoir commis une grave erreur. Un garçon de dix ans ! Le visage tiré, en larmes, grelottant. La mère de Matt le prit dans ses bras pour le réchauffer. Matt dit, en s'efforçant de ne pas avoir l'air sarcastique : « Vous pourriez peut-être donner l'alerte ? Maintenant, avant que davantage de temps passe ? Vous pourriez rattraper ces gens pendant qu'ils ont encore Citrouille ? » Les agents lui assurèrent que l'alerte serait donnée aussitôt que leur rapport serait complet et pourrait être transmis. Citrouille leur fut décrite en détail, et on leur donna plusieurs photos d'elle.

— Ça a l'air d'un bon chien, commenta l'un d'eux. Les golden retrievers sont de bons chiens. Mais ils paniquent, quelquefois, et ils se sauvent. Ça arrive.

— Ça n'est pas juste *arrivé*, dit Matt avec énervement. On a fait en sorte que cela arrive.

La mère de Matt intervint pour expliquer qu'il existait une certaine animosité contre la famille Donaghy à Rocky River, et que l'enlèvement de la chienne n'était manifestement pas une coïncidence. Ce fait aussi fut noté par les agents, sans commentaire. « Voici ce que nous recevons depuis un mois, dit la mère de Matt, en leur montrant des coupures de journaux qu'elle avait sorties d'un tiroir. Tout vient de la même personne, j'en suis sûre. » Matt et Alex échangèrent un regard surpris : ils avaient vu l'une de ces coupures, avec son message écrit à l'encre rouge, mais pas les autres.

Matt s'attendait à ce que les policiers lui demandent s'il avait des « ennemis ». Mais la question ne vint pas. Alors, lorsqu'ils s'apprêtèrent à partir, il dit : « Il y a eu des incidents au lycée… des garçons m'ont harcelé, et insulté. » Il s'interrompit. Il ne pouvait se résoudre à regarder sa mère ni Alex. Il n'avait rien raconté à personne et, maintenant, c'était comme si ce silence aussi faisait partie de sa honte. Et c'était tellement avilissant ! Comme si Matt Donaghy était une poule mouillée de première, qui caftait aux autorités. Mais il voulait retrouver Citrouille… il était désespéré. Citrouille ne méritait pas d'être punie à cause de *lui*. Les policiers demandèrent le nom de ces garçons, et Matt donna ceux des sportifs de terminale, Trevor Cassity, Duane Stanton, et un ou deux autres… Mais, pour une raison ou une autre, il fut incapable d'ajouter que ces types l'avaient en fait frappé, battu, précipité au bas d'un escalier, et qu'ils étaient partis en riant. Sans savoir, sans se soucier de savoir si Matt n'avait pas été gravement blessé, ou même tué. *Pédé. Fais-nous un procès !* Ce serait leur parole contre la sienne, non ?

— Il y a d'autres personnes, mon garçon ? Qui auraient pu prendre votre chienne ?

Matt avait le visage en feu. Bien sûr qu'il y en avait d'autres. Trop pour les nommer sans avoir l'air ridicule. Et Citrouille pouvait très bien avoir été enlevée par quelqu'un que Matt ne connaissait pas, qu'il n'avait jamais vu et dont il n'aurait pu donner le nom. Dans l'interview du révérend Brewer à l'hebdomadaire de Rocky River, le pasteur avait affirmé avoir des « centaines » de sympathisants dans la région, et recevoir des « milliers » de dollars d'aide pour payer les frais de sa défense.

Les policiers partirent, sans se presser. Ils s'adressèrent à Mme Donaghy.

— Nous allons voir ce que nous pouvons faire pour Citrouille, madame. Le plus probable, c'est que votre chienne revienne d'ici demain matin, l'estomac dans les talons.

Matt dit d'un ton sarcastique :

— Merci beaucoup, messieurs les agents !

La mère de Matt prit un somnifère et alla se coucher de bonne heure.

Où était le père de Matt ? Ni Matt ni Alex ne pouvaient poser la question.

Matt appela Ursula à 11 heures du soir et lui apprit la nouvelle.

— Oh ! Matt. Pauvre Citrouille ! C'est terrible.

La voix de Matt tremblait :

— Je les hais, Ursula. Je les hais. Si fort.

— Tu ne sais pas qui c'est, Matt. Tu ne peux pas en être sûr.

— Les Brewer. Le révérend « Ike ». Les joueurs de l'équipe de football. Ces types qui se moquent de moi tous les jours au lycée. Qui me traitent de pédé. Matt marqua une pause. Ursula n'était peut-être pas au courant. Eh bien, maintenant, elle l'était. Il ajouta en s'essuyant les yeux : ma mère a montré à la police des coupures de journaux qu'elle avait reçues, et que je n'avais pas vues. Je parie que c'est Brewer, ou quelqu'un de son Eglise, qui envoie ces saloperies.

— Il s'agit peut-être d'un vrai kidnapping. Ils vont peut-être demander une rançon.

— Ou tuer Citrouille et jeter son corps sur notre pelouse.

— Matt ! Ne parle pas comme ça.

— Comment faut-il que je parle ? demanda Matt d'un ton sarcastique. Avec « optimisme » ?

Matt et Alex avaient décidé de veiller toute la nuit, en bas, dans la salle de séjour, pour attendre Citrouille.

Mais à 1h10 du matin Alex s'endormit sur le canapé, épuisé, les yeux rougis par les pleurs. Matt le couvrit d'une couette. Il se jura de ne plus jamais faire une remarque désagréable ou brutale à son frère. *Plus jamais !*

À plusieurs reprises cette nuit-là, Matt téléphona à la police de Rocky River pour leur demander s'il y avait du nouveau. On l'informa poliment que s'il y avait du nouveau, on l'appellerait.

Il erra dans la maison obscure. Il était trop nerveux pour rester assis devant son ordinateur. Il aurait aimé envoyer un e-mail à Ursula, mais il sentait qu'il serait trop amer, trop furieux, que ce serait une erreur de lui infliger ses pensées, elle risquait de l'aimer moins ou de décider qu'elle ne l'aimait plus du tout. Matt aurait aussi pu taper un message décrivant en détail sa haine et son envie de meurtre ; oui, il avait envie d'abattre certaines personnes, beaucoup de personnes, il avait envie de tuer ses ennemis ; si cela avait pu lui rendre Citrouille, il n'aurait pas hésité une seule seconde… Mais si Matt cliquait sur ENVOYER et expédiait un message aussi compromettant dans le cyberespace, où rien ne se perd jamais et où tout peut être utilisé contre vous, qu'arriverait-il ?

Grande Gueule. Ne fais pas la même erreur deux fois.

Il alluma la télé. Mais la chaîne câblée de Westchester n'avait pas encore mis Citrouille sur son site « animaux perdus ».

Il était 1h30 du matin ; il y avait sept heures que Citrouille avait été enlevée. Matt essaya d'appeler la chaîne câblée mais n'obtint qu'un message enregistré.

À 2 heures, le téléphone sonna. Une seule fois. Le temps que Matt décroche, on avait raccroché.

À 3 heures, le téléphone sonna deux fois. Cette fois-là aussi on raccrocha au moment où Matt décrochait.

— Hé ! je vous en prie, fit-il d'une voix implorante. Ce n'est qu'une chienne innocente. Elle ne vous a pas fait de mal, elle…

Il se mit à pleurer, s'essuya le nez du revers de la main. Il se sentait faible, à présent… sa colère était tombée. L'effet de l'adrénaline s'était dissipé. Un sentiment d'horreur nauséeuse l'envahit. Il pensa à sa chienne si douce qui, même toute petite, avait eu peur des inconnus. Il imagina la terreur de Citrouille, ses gémissements, le tremblement convulsif de ses pattes de derrière, sa queue recroquevillée. Arriverait-elle à dormir ? Est-ce qu'ils lui donneraient à manger ?

Est-ce qu'ils la tortureraient ?

Les cheveux de Matt se hérissèrent sur sa nuque. Il avait vu un film à la télé, un film d'horreur, où des ravisseurs enlevaient le chien d'une famille, et déposaient des parties ensanglantées de l'animal (une oreille, une patte, la queue) sur le seuil de la maison.

« Ils ne peuvent pas être aussi cruels, ce n'est pas possible. Pas avec Citrouille. »

Il ne se rappelait pas la fin du film. Peut-être ne l'avait-il pas vue. Un bain de sang, probablement. Mais qui tuait qui, et comment, il n'en gardait aucun souvenir.

Il n'avait pas d'arme. Son père ne possédait pas d'arme. Il n'avait pas la moindre idée de la façon dont on s'en procurait, en fait. Si Citrouille ne leur était pas rendue et qu'il ait à se venger, il ne savait pas du tout comment il s'y prendrait.

Abruti par le manque de sommeil, Matt ferma les yeux. Il avait coupé le son de la télé mais il lui semblait entendre un murmure, un brouhaha. Des voix. Des rires railleurs. Tout à coup, il vit le visage de Trevor Cassity, et il y avait aussi Duane Stanton et les autres. Matt était couché sur le côté en position fœtale, et tâchait de protéger son ventre, sa tête.

Ils lui donnaient des coups de pied et ils frappaient aussi Citrouille. *Allez, fais-nous un procès ! Pédé ! Un procès !*

Mais ces garçons n'étaient pas des monstres. Ce n'étaient que des jeunes typiques de Rocky River, du comté de Westchester, gâtés, habitués à être le centre de l'attention générale depuis le collège parce qu'ils étaient de bons sportifs, et beaux gosses. On ne les aimait pas mais ils étaient « populaires ».

Des tas de garçons les enviaient. Ils ne pouvaient pas les saquer, mais il les enviaient.

Matt se demanda si la police les avait interrogés. Probablement pas.

Leur parole contre celle de Matthew Donaghy.

En fait, n'importe qui pouvait avoir enlevé Citrouille. Tous ceux qui savaient où habitaient les Donaghy, qui connaissaient leur habitude de promener leur chienne en début de soirée, et qui avaient des raisons de les détester.

La plupart du temps, c'était Matt qui sortait Citrouille. Alex ne le faisait qu'une ou deux fois par semaine, et Mme Donaghy encore moins souvent. Citrouille avait toujours été la chienne de Matt. Sa responsabilité.

Si c'était lui qui avait été là lorsque l'on avait pris Citrouille, qu'aurait-il pu faire ?

Matt fut réveillé par la sonnerie toute proche d'un téléphone.

Il était 6 heures du matin. Il s'était endormi sur le canapé, la télé était toujours allumée, mais muette.

Il chercha le combiné à tâtons… « Allô ? *Allô ?* » Rien que le silence d'abord, puis il les entendit : les jappements, les gémissements d'un chien qui souffre.

— Citrouille ? *Citrouille !*

La communication fut coupée.

QUARANTE ET UN

« Je peux peut-être être utile à quelque chose ? Je serai avec toi, au moins. »

Ursula Riggs vint donc chez les Donaghy pour la première fois, et fut présentée à Mme Donaghy, le samedi matin suivant l'enlèvement de Citrouille.

En d'autres circonstances, plus normales, cela aurait été un moment important pour Matt et Ursula. Mais là, Matt était si bouleversé, si obsédé par le téléphone, qu'il eut à peine le temps de se préoccuper de la façon dont Ursula et sa mère s'entendraient. (« C'est ta petite amie, Matt ? demanda Mme Donaghy, intriguée, avant l'arrivée d'Ursula. La jeune fille qui t'a aidé en parlant à M. Parrish ? » Le visage fermé, Matt se contenta de hausser les épaules.)

À 10 heures, la chaîne câblée de Westchester diffusait la photo de Citrouille, accompagnée de la question M'AVEZ-VOUS VUE ? et du court paragraphe suivant :

CITROUILLE : golden retriever femelle de sept ans. Aurait été enlevée entre les n°s 3 et 17 d'Arlington Circle, Rocky River, NY. Récompense.

Le nom des Donaghy n'était pas cité, mais l'on donnait leur numéro de téléphone et leur adresse.

À 10 heures toujours, la police ne disposait d'aucun élément nouveau. Lorsque la mère de Matt téléphona au commissariat en demandant à parler à l'un des agents qui étaient venus chez eux, on lui apprit que les deux hommes n'étaient pas de service le samedi ; mais bien entendu l'affaire « suivait son cours ».

Matt prit le combiné des mains de sa mère avec l'intention de demander comment au juste elle suivait son cours, mais leur correspondant avait déjà raccroché.

Après le coup de téléphone de 6 heures, Matt avait appelé la police pour signaler l'incident. On lui avait dit qu'un agent rappellerait, mais personne ne s'était manifesté.

— On torturait ma chienne, je l'ai entendue. Je suis sûr que c'était ça. Vous ne pouvez pas nous aider ? S'il vous plaît !

Matt était suppliant. Il était au bord des larmes. Et tellement fatigué.

À l'expression étonnée d'Ursula, il comprit qu'il devait avoir une mine aussi épouvantable que son moral. Des cernes bleuâtres sous les yeux, sûrement.

— J'ai l'impression d'avoir couru un marathon toute la nuit. Et de n'être arrivé nulle part.

Ursula dit avec véhémence :

— Nous retrouverons Citrouille, Matt !

Attendre que le téléphone sonne était si déprimant que Matt, Ursula et Alex allèrent à nouveau sillonner le quartier, dans la voiture de Matt. Ils roulèrent lentement dans les rues sinueuses, quasi désertes, en criant « Citrouille ! Ci-trouille ! » par les fenêtres de la voiture. C'était un matin ensoleillé et humide ; le soleil pénétrait les yeux de Matt comme un rayon laser. Il était incapable de percevoir l'étrangeté de la situation : Ursula assise à côté de lui, son frère sur le siège arrière, sa meilleure amie et son petit frère ensemble dans sa voiture un samedi matin, aussi concentrés sur leur mission que des survivants dans un petit canot de sauvetage.

Matt roulait au hasard. Il prit Main Street, où la circulation était plus dense, puis la Route 9. Là, il y avait des piétons sur les trottoirs et, de temps à autre, des chiens en laisse. « Regardez ! » s'écriait Alex, nerveusement, chaque fois qu'il voyait un chien dont l'allure, la taille et la couleur rappelaient vaguement Citrouille. Matt longea la réserve naturelle de Rocky River en se disant que ses ravisseurs l'avaient peut-être abandonnée là. Il alla jusqu'à la banlieue de Tarrytown, et jusqu'à Ossining au nord, puis, en retraversant Rocky River, jusqu'à Briarcliff Manor et plus au sud encore.

— Nous perdons notre temps, je crois, dit-il d'un air malheureux. Je ne sais pas quoi faire d'autre.

Ursula dut reconnaître qu'elle non plus.

Ils revinrent chez les Donaghy. Rien ne semblait avoir changé. La mère de Matt buvait du café dans la salle de séjour, en regardant la chaîne câblée d'un air morne. Matt remarqua avec gêne qu'elle portait toujours son peignoir, serré étroitement à la taille. Ses cheveux noirs étaient en désordre, semés d'un gris délicat de toile d'araignée. Pourquoi n'avait-elle pas pris la peine de s'habiller, de se coiffer, de mettre du rouge à lèvres ? Matt fut particulièrement consterné de voir que ses yeux étaient curieusement ternes, comme quand elle avait pris l'un de ses antidépresseurs. Il espérait qu'elle avait conscience de la présence d'Ursula. Elle dit, d'une voix lasse : Citrouille passe toutes les huit minutes, exactement. J'ai compté. Et la seule personne qui ait appelé jusqu'à présent a raccroché dès que j'ai répondu.

— C'est eux, dit Matt d'un air sombre. Mais c'est moi qu'ils veulent.

Tous les quatre regardèrent en silence Citrouille apparaître sur l'écran. Au milieu d'une série mélancolique d'animaux perdus. Sa fourrure avait l'air couleur sable plutôt que dorée, et, rougis par le flash de l'appareil photo, ses yeux marron, intelligents et chauds paraissaient démoniaques. Sa langue pendait bizarrement. Elle était assise, la tête levée, attentive. Matt avait pris la photo lui-même, quelques années plus tôt. Étrange, se dit-il, que l'on prenne des photos en toute innocence, sans imaginer qu'elles puissent être utilisées un jour dans des journaux, des nécrologies.

Matt se jura de ne plus jamais sourire comme un idiot devant un appareil photo.

Alex murmura :

— Je t'ai laissé tomber, Citrouille. Si seulement…

— Ce n'était pas ta faute, Alex, dit aussitôt Matt.

— Si. Bien sûr que si.

La mère de Matt se mit à parler, comme si elle n'avait pas écouté ce qu'ils disaient. Elle regardait Matt de ses yeux ternes.

— J'ai essayé d'appeler ton père. Il est à San Diego pour le week-end, pour des entretiens. « Aux frais de la princesse », comme il dit. Mais il a été présélectionné, je crois. Je veux dire que je crois que… cette fois, il l'est.

Matt et Alex échangèrent un regard. San Diego ? Présélection ? Depuis quand ?

— Je lui ai seulement dit que Citrouille avait disparu. Comme si elle s'était perdue…

— Tu as eu raison, maman, dit Matt. C'est une bonne idée.

— Ça ne sert à rien de l'inquiéter, après tout.

C'était une affirmation, pas une question. Inutile de répondre.

Matt alla vers le téléphone comme s'il ne pouvait en rester éloigné. Il souleva le combiné avec l'intention de rappeler la police, mais sa mère dit aussitôt :

— Non, Matt. Tu ne vas réussir qu'à te les mettre à dos.

— Mais ils ne font rien, protesta Matt. Ils ne cherchent pas Citrouille.

— Comment le sais-tu ?

— *Je le sais.*

La mère de Matt jeta un regard nerveux à Ursula, qui, les bras croisés, l'air emprunté, s'appuyait contre un accoudoir du canapé. Il y avait une sorte de gêne entre elles, bien que Mme Donaghy s'efforçât de sourire à Ursula et qu'Ursula lui rendît ses sourires. Matt n'avait jamais vu Ursula si effacée. S'il ne l'avait pas mieux connue, il aurait pensé qu'elle était… quoi ? Timide ? Ursula Riggs ? Et sa mère qui, en société, était résolument pétillante, comme si elle avait été entraînée dès l'enfance à être gaie, vive, souriante, comme un papillon voletant au gré du vent, semblait intimidée par Ursula, qui faisait huit bons centimètres de plus qu'elle et était plus solidement bâtie. Ursula n'avait que deux clous d'or aux oreilles, ce matin-là, mais elle portait sa casquette des Mets, son blouson bordeaux en satin de l'équipe de Rocky River, un jean et des bottes en cuir. Avec ses cheveux courts, son visage abrupt au nez retroussé, et ses yeux bleu acier, il fallait la regarder à deux fois pour voir que, oui, c'était bien une *fille.* Matt ne put s'empêcher de sourire. Ursula était unique. Il se demandait avec curiosité ce que sa mère pensait d'elle. Personne n'aurait pu deviner que cette nana aux airs de loubard était la fille de Clayton Riggs, directeur général de la société Drummond. Personne n'aurait pu deviner qu'elle habitait le quartier le plus huppé de Rocky River.

— Ursula ? Voulez-vous du café ou... un jus de fruit ? Je suis désolée d'avoir été aussi distraite, dit la mère de Matt.

— Non merci, madame. Mais je peux peut-être vous apporter encore un peu de café ?

Ce fut Ursula qui alla chercher la cafetière et qui la remporta à la cuisine. La mère de Matt lui sourit de nouveau, avec plus d'animation, cette fois.

— Matt m'a dit que vous vous intéressiez à... la biologie ? Et aux beaux-arts ?

— Oui, j'adore l'art. Si seulement j'étais plus douée !

— Vous dessinez ? Vous peignez ?

— Je dessine, surtout.

— J'ai étudié l'histoire de l'art à l'université, à Barnard. Le XIXe siècle américain...

— Vous connaissez ce tableau d'Edwin Elmer, *Mourning* ? C'est mon préféré, ou quasiment.

— Oui ! J'aime ce tableau moi aussi. Il est si...

— Obsédant. Il me donne la chair de poule !

À la stupéfaction de Matt, Ursula et sa mère se mirent à discuter avec animation de ce tableau du XIXe dont il n'avait jamais entendu parler. Matt n'en revenait pas que sa mère soit si savante sur le sujet, et explique que l'artiste, un autodidacte, avait composé le tableau en se servant de photographies.

Mme Donaghy avait quitté son emploi à mi-temps pour raisons de « santé » et, depuis quelques semaines, elle restait à la maison, fatiguée, déprimée, le teint cireux, mais là, en parlant avec Ursula, elle souriait gaiement.

— Vous avez un animal domestique, Ursula ?

— J'aimerais bien, mais... non. Mon père prétend qu'il y est allergique.

— On s'y attache beaucoup, vous savez.

— Oh ! je sais. J'adore Citrouille, en fait.

— Vous... la connaissez ?

— Euh...

Ursula se tourna vers Matt, qui dit d'un air gêné :

— Ursula et moi allons souvent marcher ensemble, maman. Citrouille nous accompagne. Ursula a fait sa connaissance.

— C'est une chienne merveilleuse, dit Ursula. On dirait... un être humain, en fait.

Elle s'interrompit, puis reprit avec véhémence : Non. Elle vaut beaucoup mieux que la plupart des êtres humains.

Un instant, la mère de Matt parut au bord des larmes. Puis elle dit, en prenant la main d'Ursula :

— C'est si gentil de votre part d'avoir témoigné en faveur de Matt. D'avoir parlé au proviseur et à la police. Cela a tout changé.

Ursula dit aussitôt :

— Les gens ne croyaient pas vraiment que Matt avait fait quelque chose d'aussi tordu, madame. Je vous assure. C'était juste... une sorte d'hystérie collective. Et puis c'est passé à la télé.

— Et maintenant ça..., ce qui est arrivé à Citrouille. À cause des mensonges de ces petites Brewer.

— À cause du procès, maman, dit Matt. La raison, elle est là.

Ursula jeta un rapide coup d'œil à Matt, comme pour l'implorer de ne pas être trop dur avec sa mère. Pas maintenant.

Dans un accès d'émotion, la mère de Matt dit soudain :

— Si seulement ces gens cruels nous appelaient pour nous dire ce qu'ils veulent... ce qu'ils comptent faire de Citrouille. Je n'en peux plus !

Elle se mit à pleurer. Des larmes roulèrent sur ses joues. Matt resta figé sur place, incapable de réagir, mais Ursula se porta instinctivement vers Mme Donaghy et l'entoura de ses bras. La mère de Matt sanglotait comme si elle avait le cœur brisé.

— J'ai toujours souhaité avoir une fille, en plus de mes fils. La présence d'une fille me manque. Je me sens si seule parfois, ici, dans cette maison...

QUARANTE-DEUX

Je dis à Matt : « J'ai une idée.Viens ! »

— Quoi ?

Nous étions seuls à présent, devant sa maison. Je posai les mains sur ses épaules et le regardai dans les yeux.

— D'après toi, qui a enlevé Citrouille ?

Il y eut un silence. Matt hésitait.

— Je te l'ai dit, Ursula. Ça peut être quasiment n'importe qui…

— Non ! C'est une personne bien précise, peut-être aidée par des complices. Qui ?

De nouveau Matt hésita. Je lisais dans ses yeux qu'il savait.

— Mon père dit que dans des cas comme ça, lorsque quelqu'un essaie de te faire du mal et que tu ne sais pas qui, il faut deviner. La première personne que tu nommes est probablement la bonne. Alors… qui ?

— … Trevor Cassity.

Trevor Cassity ! Cela tenait debout.

Mais Matt avait aussi quelque chose d'inattendu à me dire.

— Je ne t'en ai jamais parlé, Ursula, parce que... j'en avais honte. Mais Cassity et ses amis m'ont coincé il y a quelques semaines, et... (Matt marmonnait entre ses dents, et j'avais du mal à le comprendre)... ils m'ont plus ou moins tabassé. Je ne pouvais pas m'échapper. Je n'arrivais pas à croire qu'ils me haïssent à ce point et qu'ils veuillent... vraiment me faire mal. Je me disais qu'ils allaient s'arrêter. Ils m'ont traité de « pédé » et m'ont harcelé avec l'histoire du procès et... ils m'ont jeté à terre. Je n'étais pas vraiment blessé, ajouta-t-il très vite, en voyant mon expression. Alors, je ne l'ai raconté à personne.

— Tu ne l'as raconté à personne ?

— Je... j'avais honte, je te l'ai dit.

— Tu ne l'as pas signalé à la police ?

— Sur le moment, non. Hier soir, je leur ai donné le nom de Cassity et de quelques autres, pour qu'ils vérifient. Sa bouche prit un pli amer. Je ne crois pas qu'ils aient pris ça très au sérieux. Citrouille n'est qu'un *chien.*

Je tirai Matt vers sa voiture.

— Viens. On y va.

— Où ça ?

— Chez Cassity. Je sais où il habite.

Matt freina des quatre fers.

— Chez Cassity ? S'il a pris Citrouille, elle ne sera pas chez lui. Il est trop futé pour ça.

— Allez, Matt. On y va.

— Mais…

— Tu veux récupérer Citrouille saine et sauve, ou pas ?

— Bien sûr, mais…

Je le poussais, maintenant.

— Allez.

La Nulle, femme de guerre, en action !

Ce matin-là, au moment où je fonçais hors de la maison pour aller chez Matt, ma mère m'avait crié : « Ursula ! Où te rues-tu comme ça ? » et j'avais répondu : « Je dois aider un ami, maman. » Elle me posa encore une autre question que je n'entendis pas, parce que j'étais déjà dehors.

La Nulle, aider un ami.

La Nulle, serrer dans ses bras la mère d'un ami. Dément !

Il faut que je l'avoue : Mme Donaghy, au premier abord, ressemblait tout à fait au genre de femme mollassonne et pleurnicheuse que je déteste, dix fois pire que maman à son summum. Mais quand je l'ai connue un tout petit peu mieux, j'ai changé d'avis. J'ai eu pitié d'elle. Elle était juste… molle. Comme de la pâte à pain qui n'est pas encore passée au four, sans croûte ferme.

Ce n'était pas le genre de la Nulle de s'apitoyer sur la faiblesse, surtout chez la mère de quelqu'un (qui devrait être forte, à mon avis), mais la mère de Matt était quelqu'un de bien, ça se voyait. Et d'intelligent.

Et puis c'était la mère de Matt.

Dans l'allée circulaire de la maison de Cassity, il y avait une voiture qui ressemblait à une Lexus, et un véhicule plus gros qui ressemblait à une Land Rover.

— Tu vois ? dis-je, toute contente. Cela pourrait être le 4 × 4 qu'Alex a vu.

Matt prit son temps pour couper le moteur. Ce que nous faisions ne lui plaisait apparemment qu'à moitié, alors que je sentais une Rouge Feu monter en moi comme du mercure liquide. Cette excitation que l'on éprouve lorsque l'on court sur le terrain de basket ou de hockey. Cette excitation qui vous dit *c'est pour ça que je suis né.*

Pendant le trajet, Matt s'était demandé s'il était très judicieux d'aller trouver Cassity chez lui. Naturellement, il était possible qu'il ait quelque chose à voir dans l'enlèvement de Citrouille... c'était tout à fait le genre d'enfantillage cruel dont il était capable ; mais si c'était le cas, il n'avait sûrement pas agi seul, et l'un de ses amis avait probablement caché Citrouille quelque part. Elle était peut-être dans les montagnes, à des kilomètres de Rocky River, dans le pavillon de chasse de quelqu'un... Bizarre : même un garçon intelligent comme Matt Donaghy ne peut s'empêcher d'avoir une sorte d'orgueil macho, il a davantage peur de se ridiculiser que de quelque chose de vraiment important, comme le sort du chien qu'il aime. L'orgueil, la Nulle s'en contrefichait. Dans ce domaine-là, au moins.

— Hé ! Matt. Nous voulons récupérer Citrouille saine et sauve, non ?

— Bien sûr, mais…

J'essayais de raisonner avec lui, je savais qu'il était à bout de forces. Il n'avait quasiment pas dormi de la nuit. Je dis :

— Tu préfères rester assis chez toi à attendre que le téléphone sonne ? À attendre que la police ait des « éléments nouveaux » ?

— Non, Ursula, mais…

— Allons-y, alors !

Quand Matt me rejoignit, j'étais déjà presque à la porte. Nous respirions vite tous les deux, sous le coup de l'excitation.

Il était 14 h 24. Il y avait vingt heures que Citrouille avait disparu. Cela semblait faire bien plus longtemps.

Nous sonnâmes. C'est le père de Trevor qui vint nous ouvrir, et il parut étonné de nous voir. Surtout moi.

— Ursula Riggs ! Bonjour.

M. Cassity portait un sweat-shirt, un pantalon, et des lunettes à double foyer que je ne lui avais jamais vues et qu'il enleva aussitôt. Il sourit et me regarda en clignant des yeux, l'air intrigué. Il se demandait pourquoi la fille de Clayton Riggs sonnait à sa porte un samedi après-midi.

Matt se présenta, mais M. Cassity ne sembla pas enregistrer le nom de « Donaghy ». C'était surtout moi qu'il regardait.

À la différence de mon père, qui se maintenait en assez bonne condition physique vu sa taille et son âge, M. Cassity faisait tout mou, comme s'il fondait par le haut. La question de Matt sembla le dérouter :

— Vous savez peut-être pourquoi nous sommes ici, monsieur ?

Il secoua la tête et dit que non, il ne savait pas, à moins que nous voulions voir Trevor ?

— Merci, monsieur, dit Matt. Oui, s'il vous plaît.

Il nous invita à entrer mais nous répondîmes que nous attendrions dehors. Nous l'entendîmes crier : « Tre-vor » au bas de l'escalier.

Bizarre : une vedette du football comme Trevor Cassity, qui fanfaronnait au lycée, qui se vantait de la bourse que lui avait proposée l'université de Tulane en raison de ses performances sportives, n'était finalement qu'un ado qui habitait chez ses parents comme nous tous, qui était dans sa chambre, et que son père appelait en criant : « Tre-vor ! » comme s'il avait eu huit ans, et pas dix-huit.

Je poussai Matt du coude, et il fit pareil. Nous tremblions tous les deux. Peut-être avions-nous peur, mais je préférais penser que c'était de l'excitation, comme avant un match important.

— L'un de nous aurait dû surveiller l'arrière de la maison, dis-je en riant. Comme à la télé. Au cas où Trevor chercherait à s'enfuir.

— J'aurais dû apporter mon fusil d'assaut AR 15, plaisanta Matt.

Je me bouchai les oreilles.

— Je n'ai rien entendu ! Rien entendu du tout.

Nous perdions notre sérieux, la situation était vraiment comique.

Mais Trevor Cassity arriva, amené par son père, qui souriait et se conduisait comme un hôte cordial de Rocky River.

— Des amis à toi, Trev.

Trevor portait un tee-shirt sale et détendu au col, un jean, des chaussettes de laine sans chaussures, et il n'avait pas l'air très frais, comme s'il venait de sortir de son lit. Il posa sur nous des yeux injectés de sang. Sa bouche sembla s'ouvrir tout grand. Avait-il l'air coupable ? Nous lui fîmes signe de sortir nous parler, au moment même où M. Cassity renouvelait son invitation :

— Il fait trop froid pour que vous restiez dehors, les enfants, entrez, je vous en prie.

Je lui dis, aussi poliment que j'en étais capable, que nous n'avions pas le temps de rester, nous avions juste deux mots à dire à Trevor, et M. Cassity eut l'air déçu, tel un gosse avec qui personne ne veut jouer.

— Bon, eh bien, tu salueras ton père pour moi, Ursula, d'accord ?

Trevor tira la porte, pour éviter que son père entende, et essaya de nous intimider. « Qu'est-ce que vous voulez ? » demanda-t-il. J'eus l'impression que sa voix tremblait. Matt dit : « Tu sais ce que nous voulons, Cassity », et j'ajoutai : « Nous sommes venus chercher la chienne de Matt, Trevor. Nous savons que tu l'as. » Trevor essaya de ricaner. « Une chienne ? Quelle chienne ? Vous êtes fous. » Matt serrait les poings. « Nous savons que c'est toi et tes copains, dit-il. Nous voulons Citrouille *tout de suite.* » Je n'avais jamais vu Matt aussi agressif. J'avais peur qu'il perde son sang-froid et qu'il saute sur Trevor et qu'ils se mettent à se battre, parce que Trevor faisait bien dix kilos de plus que Matt, et il faudrait que la Nulle intervienne, et tout serait perdu.

Je m'efforçai de parler avec calme.

— Tout le monde sait que c'est toi, Trevor. On a identifié ta Land Rover. Il y a un témoin. Nous avons dit à la police que nous voulions d'abord te parler. Nous ne voulons pas qu'il arrive quoi que ce soit à Citrouille, tu comprends ? Alors, dis-nous où elle est.

Trevor haletait. Il paraissait effrayé. Mais buté aussi, décidé à nous défier. Il secoua la tête comme si nous étions complètement fous. Essaya de rire :

— Je ne sais vraiment pas de quoi vous parlez. La chienne de qui ?

— Arrête ça, Trevor, dis-je. C'est sérieux.

— Si tu as fait du mal à Citrouille, tu le regretteras, dit Matt. Où est-elle ?

Trevor continua à soutenir qu'il ne savait absolument rien, mais il devenait de plus en plus nerveux. Avait-il vraiment cru que ses copains et lui s'en tireraient comme ça ? Peut-être qu'ils étaient saouls quand ils avaient fait le coup, et qu'ils n'avaient pas vraiment de plan. Je dis à Trevor que la police attendait un mandat de perquisition pour fouiller maisons et propriétés, et il répondit, avec un vilain rire : « D'accord ! Qu'ils viennent. » Donc Matt avait peut-être raison, finalement : ils avaient caché Citrouille quelque part. Le temps qu'on la retrouve, elle serait peut-être morte de faim.

À moins qu'elle soit déjà morte.

Je dis :

— Si Citrouille ne nous a pas été rendue à 6 heures, ce soir, je te dénoncerai.

— Tu feras... quoi ?

— Je le dirai à mon père.

La bouche de Trevor trembla comme s'il avait envie de rire. Mais il avait compris.

— Ça ne te plairait pas trop, hein ? Que mon père ait une conversation sérieuse avec le tien ?

— Écoute, Ursula, qu'est-ce que tu viens faire là-dedans ? C'est entre Donaghy et moi, cette histoire, et de toute façon c'est absurde. Personne ne peut prouver quoi que ce soit.

Trevor avait vraiment l'air inquiet, maintenant. Il frottait son menton mal rasé. C'était un de ces types qui passent pour séduisants — et même sexy — mais qui, quand on les regarde de près, dans des moments comme celui-là, n'ont rien de très emballant : ils ont juste l'air de grands enfants gâtés. Trevor plissait les yeux comme un rat pris au piège.

— Matt est mon ami, et Citrouille aussi. Où est-elle ?

— Je vous l'ai dit : je n'ai pas la chienne de Donaghy. Qu'est-ce que j'en ferais ?

Matt dit :

— Mais tu sais où elle est. Où ça ?

Trevor hésitait. Il essayait de réfléchir.

— Peut-être que… si je me renseignais autour de moi.

— Tu as intérêt à le faire, dit Matt. Et tout de suite.

— Je ne peux rien promettre, protesta Trevor, parce que je ne *sais* rien.

Mais son ton n'était pas très convaincant.

— Si nous n'avons pas récupéré Citrouille à 6 heures, je parlerai à mon père.

— C'est dégueulasse ! On croirait qu'on est des gosses.

— On *est* des gosses.

— Tu ne peux pas le prouver, Ursula. Tu le sais très bien.

— Pourquoi, parce que tes copains et toi avez brouillé les pistes ? Parce que vous êtes malins. Eh bien, nous le sommes encore plus.

Trevor dit, d'un ton geignard :

— Pourquoi est-ce que j'aurais pris sa chienne ?

— Parce que tu es cruel, et stupide, voilà pourquoi. Parce que tu es lâche et que tu terrorises un animal innocent.

— Ah oui ! Eh bien, moi, au moins, je n'ai pas menacé de faire sauter le bahut ni de tuer des milliers de gens, et mes parents ne font pas de procès à tout le monde pour gagner cent millions de dollars, dit Trevor, la voix tremblante.

Il dut se rendre compte qu'il en avait trop dit parce qu'il se tut brusquement, et marmonna :

— De toute façon, vous ne pouvez pas prouver que c'est moi. Il y a des tas de gens qui ne peuvent pas saquer Donaghy, je ne suis pas le seul.

— Je n'ai pas à le prouver, dis-je. Si j'explique tout à mon père — que tu as harcelé Matt au lycée, que tu l'as agressé, et que maintenant Citrouille a disparu —, il me croira. Il saura que j'ai raison parce que j'ai raison, et il n'aura pas besoin de preuve. Et il te punira sûrement. Il adore les chiens ! Il te punira à travers ton père, dont le travail dépend de la bonne opinion que mon père a de lui, tu peux compter là-dessus.

(Était-ce vrai ? Peut-être. La Nulle tremblait tellement à ce moment-là que tout était possible.)

Trevor avait l'air de plus en plus mal en point.

— En fait, dis-je, je pourrais parler à ton père tout de suite. Lui expliquer ce qui se passe. Il aura peut-être envie d'intervenir avant que je parle à mon père.

— Non ! Ne mêle pas mon père à ça.

Trevor battait en retraite, à présent. Il avait cessé de nous fusiller du regard et ne souhaitait plus que fuir.

Je lui lançai :

— Ne réfléchis pas trop longtemps, Trev. Tu as jusqu'à 6 heures ce soir.

Au moment où il fermait la porte, Matt dit :

— Il vaudrait mieux qu'elle ne soit pas blessée, Cassity, sinon…

Je l'attrapai par le bras et le secouai.
— Non, Matt ! Pas un mot de plus.
Incroyablement, Matt se tut.

Grande Gueule et la Nulle, des guerriers !

QUARANTE-TROIS

À 16 h 40 cet après-midi-là, Citrouille était chez elle. Saine et sauve. Tous les quatre — Matt, Alex, Mme Donaghy et moi —, nous attendions dans la salle de séjour des Donaghy, qui donnait sur leurs pelouses de devant et de derrière, et Alex fut le premier à voir le golden retriever remonter furtivement l'allée. On l'avait lâchée quelque part dans le quartier et elle était rentrée chez elle.

— Citrouille ! La voilà ! hurla Alex.

Nous courûmes tous à sa rencontre, même Mme Donaghy, et nous vîmes avec soulagement qu'elle n'était apparemment pas blessée du tout, juste apeurée et désorientée. Dès que Matt et Alex s'agenouillèrent pour l'enlacer, elle se mit à pousser des aboiements joyeux et à leur lécher les mains, en battant de la queue.

Dans la maison, on lui donna sa nourriture préférée, avec beaucoup de cérémonie, et elle mangea comme une affamée. Où elle avait passé ces vingt-deux heures cauchemardesques, qui l'avait enlevée, et ce qu'on avait pu lui faire, Citrouille ne le révélerait jamais.

Ce soir-là, avant de me coucher, j'ouvris ma messagerie et trouvai ceci :

Sam 24/03/01 23:15

Chère Ursula,
MERCI de m'avoir sauvé la vie ! Je t'aime.

Ton amie Citrouille

QUARANTE-QUATRE

Je t'aime.

Moi aussi.

La Nulle avait envie de se cacher le visage, tellement ces mots lui faisaient peur.

— Ursula ! Reviens. Tu nous manques, et je parie que nous te manquons aussi.

C'était vrai.

Il ne fallut pas beaucoup d'efforts de persuasion à Mlle Schultz pour me convaincre de réintégrer l'équipe de basket féminine du lycée de Rocky River.

Je devais le reconnaître : la Nulle rongeait son frein sans le basket, surtout en sachant que des matchs étaient joués, et pas aussi bien joués que si j'avais été dans l'équipe. Je n'étais pas Superwoman, mais en basket, à mon niveau, je me débrouillais plutôt bien. Ce qui me manquait, quoique je ne m'y sois pas attendue, c'étaient mes coéquipières ; et cette humeur ROUGE FEU qui m'envahissait dès que je mettais les pieds dans les vestiaires pour me changer, et quand, toutes ensemble, nous entrions dans le gymnase. Et la sensation d'un ballon de basket entre mes mains.

Si je faisais des erreurs, si je ratais des paniers : pas de problème. La Nulle devrait faire avec, elle n'était pas différente des autres filles.

C'était bizarre, cette histoire de Nulle. C'était comme un uniforme, ou une peau, que je pouvais enfiler, mais qui ne convenait pas dans toutes les circonstances. Quand j'étais avec Matt, par exemple. Et un jour quand j'entrai dans le gymnase, juste après mon retour dans l'équipe, des filles qui étaient déjà là pour s'entraîner se tournèrent vers moi, comme si elles étaient en train de parler de moi, et elles se mirent à rire, à siffler, à applaudir et à me taper dans la main. « Urs-ula ! Riggs ! » Je m'attendais à moitié à ce qu'elles m'appellent la Nulle.

Cela m'étonnait, quelquefois, que personne ne connaisse l'existence de la Nulle. C'était mon secret, ignoré même de Matt.

Je revins à temps pour les deux derniers matchs de la saison, des parties difficiles contre Peekskill et Ossining, les championnes de l'année précédente. Le match final, contre Ossining, comptait pour le tournoi du district. Si ce ne fut pas une victoire, nous ne perdîmes que de six points et la partie fut superbe, rapide, bien jouée des deux côtés ; de quoi être fières de nous.

Je marquai beaucoup de points, dans les deux matchs. Mais Courtney Levao joua vraiment bien, elle aussi. Elle avait le chic pour se couler presque sous le panier, je lui faisais une passe, si vite que nous prenions tout le monde par surprise, et Courtney bondissait et rentrait la balle : avec autant d'aisance qu'un gros chat ! Courtney était restée capitaine quand j'avais réintégré l'équipe, bien qu'elle ait tout de suite proposé de me laisser sa place. « Non, Courtney ! », avais-je protesté. Je voyais que les filles l'aimaient beaucoup, et je me disais : *Ça aussi c'est un talent : se faire aimer. S'entendre avec les gens et les respecter. La Nulle peut en prendre de la graine.*

La Nulle avait des choses à apprendre, pas de doute là-dessus. Et beaucoup. J'étais désignée pour être capitaine l'année suivante, en terminale. Je me jurais de ne pas commettre les mêmes erreurs. J'allai voir toutes les filles de l'équipe l'une après l'autre pour m'excuser de ma conduite.

— Je crois qu'à la base j'ai oublié que nous étions une équipe. Le basket, ça n'est pas qu'une personne.

Une des filles se moqua gentiment de moi :

— Hé ! tu rigoles, Ursula. Toi, n'être qu'« une personne » ! Bonnie LeMoyne se moqua de moi, elle aussi :

— Je te préfère odieuse comme d'habitude, Urs. Laisse tomber !

Urrss. Ce son grondant me donnait le frisson… j'adorais.

Ce qu'il y avait de vraiment merveilleux dans ces matchs contre Peeskill et Ossining, je dois le reconnaître, c'est que Matt vint aux deux, s'assit au premier rang des gradins et ne me quitta quasiment pas des yeux tant que je jouai. La première fois, cela me mit un peu mal à l'aise, mais, quand la partie commença, et que la ROUGE FEU prit le dessus, tout alla bien. Chaque fois que je marquais, ou passais la balle à une autre joueuse pour qu'elle marque, Matt se levait pour applaudir comme s'il était le plus ardent supporter de l'équipe de Rocky River. En fait, notre équipe avait attiré plus de monde que d'habitude, y compris, pour la première fois, de nombreux élèves du lycée, ce qui était flatteur pour nous et très bon pour le moral. Il y avait même eu un article sur nous dans le journal local. Mlle Schultz disait que nous pouvions êtres fières de nous, et nous l'étions, et d'elle aussi.

Maman et Lisa vinrent aux deux matchs, à mon grand étonnement. Même si je tâchai de ne pas le montrer. Lisa n'était plus aussi obsédée qu'avant par ses leçons de danse ; elle disait que cela commençait à l'ennuyer et qu'elle voulait faire autre chose. Maman était déçue, manifestement, mais elle essayait de ne pas le laisser voir à Lisa.

Je taquinai ma petite sœur :

— Si tu grandis de trente centimètres et que tu prennes une trentaine de kilos, tu pourras peut-être devenir une grande basketteuse d'ici quelques années. Comme ta grande sœur.

— Oh ! Ursula, dit Lisa, en me prenant au sérieux. Jamais je ne pourrai jouer à aucun sport comme *toi.*

C'était peut-être vrai. Lisa n'était pas Ursula. Ça ne l'intéressait pas plus que ça de gagner, gagner et encore gagner.

Après le match contre Ossining, je présentai Matt à maman et à Lisa. Il y eut un petit moment de gêne. Je vis maman cligner des yeux en regardant Matt, qui n'était manifestement pas le mauvais sujet auquel elle s'attendait, avec son visage gamin taché de rousseur, son air un peu timide et sa politesse.

— Bonjour, madame ! Ursula me dit des choses super sur vous.

Maman en resta quasiment bouche bée.

— Ah bon ?

Lisa pouffa en entendant ça et, l'instant d'après, nous riions tous, même Matt. Je ne sais vraiment pas ce qu'il y avait de si drôle.

Maman me prit à part et dit :

— Ce garçon est vraiment adorable ! Pas du tout comme… oh ! tu sais.

Je lui dis que Matt et moi allions manger ensemble quelque part et qu'il me raccompagnerait, et maman dit impulsivement, en me serrant la main comme une petite fille :

— Venez avec nous. S'il vous plaît ! C'est moi qui régale.

Le plus génial de cette journée, c'est que mon père avait appelé plus tôt, avant le match, de Tokyo. Il voulait me dire qu'il pensait à moi, et qu'il aurait « vraiment, vraiment aimé » pouvoir assister au match. Je m'essuyai les yeux. C'était si mélo et bizarre !

— Arrête, papa ! C'est le dernier endroit au monde où tu aurais envie d'être, et tu le sais.

— F-A-U-X, chérie. Je peux immédiatement te citer... — il fit semblant de compter sur ses doigts — ... quatre, cinq... six endroits où j'aimerais encore moins me trouver.

— Oh ! papa. C'est méchant.

Je ne savais pas pourquoi je pleurais, j'étais si heureuse.

QUARANTE-CINQ

Des alarmes d'incendie retentissaient, assourdissantes.

— Un exercice d'évacuation !

Le lundi suivant le match de basket contre Ossining, les cours furent soudainement et brutalement interrompus au lycée de Rocky River.

Un simple exercice de routine… ?

Les 2 307 élèves de Rocky River savaient par expérience (ou croyaient savoir) que ce n'était qu'un ennuyeux exercice d'évacuation et pas un véritable incendie (il n'y avait pas d'odeur de fumée… pas vrai ?), mais il y avait tout de même de la surexcitation et de l'appréhension dans l'air. L'incident passerait peut-être à la télé, le soir : le lycée de Rocky River détruit par le feu ! Pour certains des garçons les plus immatures, c'était l'occasion d'une partie de rigolade. (Qu'y a-t-il de si drôle dans un exercice d'évacuation ? Ça l'est, point final.) Il y en avait d'autres chez qui l'incessant dring-dring-dring des alarmes provoquait des palpitations désagréables. Comme l'ecstasy… mais sans musique. Des filles pressaient la paume de leurs mains contre leurs oreilles en se plaignant d'un début de migraine. Dans toutes les salles de cours et dans le gymnase, la bibliothèque, les salles d'étude, tout le monde était debout, ramassait livres et sacs à dos. Les professeurs se donnaient un air calme et grave.

— Mettez-vous tranquillement en rang. Sortez de la classe en bon ordre. Pas de bousculade. Attention dans l'escalier. Allons-y.

La voix de M. Parrish se fit entendre dans les haut-parleurs. Le truc classique des exercices d'évacuation. Parrish prenant son ton sérieux, paternel, affectant le calme, pour rassurer. Ce qui n'empêchait pas certains de rire et de l'imiter : « Dépêchez-vous, jeunes gens. La situation est grave mais il n'y a pas lieu de s'affoler. Suivez à la lettre les instructions de vos professeurs. N'allez pas à vos casiers. Je répète : n'allez pas à vos casiers...

N'allez pas à vos casiers ! La phrase, répétée par les imitateurs, résonnait dans tout le lycée comme des cris de perroquets en folie.

Dans la salle 229, la classe d'allemand de M. Bernhardt, Matt Donaghy fut plus perturbé que les autres élèves par le brusque déclenchement des alarmes. La gorge serrée, il espéra que ce ne serait pas encore lui que l'on accuserait, pour une raison quelconque.

Docilement, il prit son sac et, avec les autres, dans un silence à peu près complet, quitta la salle de classe avec sa grande carte d'Allemagne au mur et sortit dans le couloir, où les sonneries étaient vraiment assourdissantes. M. Bernhardt, fier de son autorité teutonique, donnait ses instructions en criant : « Avancez, les enfants ! *Macht schnell !* » S'efforçant de maîtriser leur surexcitation, les élèves descendirent l'escalier et sortirent sous une pluie morne et glacée, mêlée de neige. Et dans le vent. « Quelle chiotte ! dit un garçon à Matt. Ils devraient au moins nous laisser prendre nos manteaux. » Un certain nombre de salles avaient déjà été évacuées, d'autres suivaient. Matt s'étonnait toujours de la rapidité avec laquelle on pouvait faire se déplacer des centaines de personnes. Les sonneries d'alarmes continuaient de retentir.

Sauf que quelque chose clochait. On n'était plus dans la routine. Des véhicules stoppaient dans l'allée circulaire, devant le lycée, des voitures de police, un camion de pompiers, des ambulances. Des ambulances ! Quelqu'un avait-il été blessé ? Que se passait-il ? Au lieu de se diriger vers les terrains de sport du lycée et d'attendre docilement en rangs qu'on les ramène dans leurs classes, les 2 307 élèves étaient conduits en toute hâte hors de l'établissement, dans la rue, qui était barrée par des cordons d'agents de police, et plus loin encore.

Une équipe de télévision installait des caméras. Dans le ciel… était-ce un hélicoptère de la police ?

Marchant vite, inquiet, Matt cherchait Ursula des yeux. C'était l'heure de son cours d'expression artistique. Il ne la voyait nulle part. Qu'arrivait-il ? Partout, des élèves s'affolaient et se mettaient à courir. Des cris retentirent :

— Une bombe !

— Alerte à la bombe !

— Une bombe va exploser !

Une bombe !

Cette fois-ci, c'était sûr, on allait accuser Matt Donaghy.

En fait, aucun engin n'explosa cet après-midi-là. Il se révélerait, comme le diraient les médias, que cela n'avait été qu'une fausse alerte à la bombe.

Sur le moment, cependant, ce fut la panique. On pressa les élèves de rentrer immédiatement chez eux, les cours furent annulés pour le restant de la journée. Les policiers et les pompiers délimitèrent un périmètre de sécurité. Une équipe de déminage du comté de Westchester se prépara à pénétrer dans l'établissement. Déjà, des parents anxieux arrivaient pour emmener leurs enfants. Certains rechignaient pourtant à rentrer chez eux, préférant s'attarder sous la pluie glacée, sans manteau, sans chapeau, grelottant, bavardant avec excitation. Une bombe ? Où ça ? De quel genre ? Comme le dit une pom-pom girl du lycée, interviewée par une station de télé locale pour le journal de 18 heures : « C'est la première bombe qu'il y ait jamais eue dans notre lycée, et ça donne le sentiment d'être… *important.* »

— Matthew Donaghy !

M. Parrish se dirigeait vers Matt, dans un imperméable en plastique, les lunettes ruisselantes. Il avait l'air d'un vieil homme exténué. Matt vit qu'un policier en civil l'accompagnait. Il faillit s'enfuir en courant.

M. Parrish lui expliqua que la police allait assurer sa protection et le conduire chez lui.

Matt protesta :

— Ce n'est pas moi, monsieur ! Je n'ai rien à voir là-dedans ! Je vous en prie.

Il était au bord des larmes. Prêt à frapper ces hommes de ses poings.

Le policier posa une main sur son épaule pour le calmer, ou pour le retenir, et dit :

— Nous savons que tu n'y es pour rien, mon garçon. Tu étais en classe quand nous avons reçu cet appel. Ne t'inquiète pas, d'accord ? Nous allons te ramener chez toi.

Matt bégaya :

— Je *suis* inquiet. Je… que se passe-t-il ?

— Nous assurons ta protection et nous te raccompagnons chez toi. Par ici.

— Mais je n'ai rien fait, objecta Matt. Vous venez de le dire.

— Tu pourrais être en danger, Matthew. D'où que vienne ce coup de téléphone anonyme, il a un rapport avec toi.

— Avec moi ? Comment ?

— Par ici, mon garçon.

Et ainsi, pour la deuxième fois en un peu plus de deux mois, on vit Matt Donaghy emmené jusqu'à un véhicule de police. (Arrêté ? Encore ? Il avait des menottes ? On l'a fait monter de force ?) Malheureux, Matt n'eut d'autre solution que d'obéir.

Alors qu'il montait à l'arrière de la voiture, il vit un cercle d'élèves le regarder avec une curiosité avide. Des élèves de son cours d'allemand. Et Skeet Curlew, bouche bée. Skeet ! Matt sourit. Il éprouva une envie folle de lui faire le célèbre salut du Black Power, poing levé, et peut-être qu'alors Skeet serait emmené lui aussi. Peut-être qu'un photographe saisirait cet instant.

Mais non : Grande Gueule résista à cette impulsion.

Jeu 29/03/01 17:20

Chère Ursula,

C'est ton ami Matt « sous protection policière » — « pour sa sécurité » — mais chez lui, au moins. JE NE SUIS PAS ARRÊTÉ.

Je t'ai cherchée dans ce souk impossible et je ne t'ai vue nulle part. J'espère que tout s'est bien passé pour toi pendant notre « évacuation ».

Tout le monde s'attend à ce qu'une bombe explose d'un moment à l'autre. Mais aux dernières nouvelles, il n'y avait pas de bombe. Ou du moins, personne n'arrive à la trouver.

Citrouille est ici et te dit BONJOUR. Citrouille est très TRÈS heureuse de ne pas faire partie de l'espèce Homo sapiens qui est collectivement et individuellement FOLLE.

Je ne sais pas ce qu'on dit de Matt Donaghy, mais si je suis protégé par la police c'est parce que le type qui a téléphoné au lycée au sujet de la bombe a dit : « Cette fois, je vais faire le boulot correctement. » La police pense qu'il voulait se faire passer pour moi. (Sauf qu'il a appelé à une heure vraiment idiote, quand j'étais en cours d'allemand avec M. Bernhardt.)

L'administration du lycée enregistre tous les appels de l'extérieur, maintenant. Depuis janvier. Apparemment, ils ont reçu beaucoup d'appels bizarres à ce moment-là.

Quoi qu'il en soit, je suis sous la protection de la police mais sans doute pas pour longtemps. Grâce aux enregistrements et à un moyen qu'ils ont de repérer la provenance des appels, ils comptent arrêter le téléphoneur/poseur de bombe très bientôt.

(Pas T. Cassity et ses copains, je parie. Il faut être complètement cinglé pour faire un truc pareil.)

Je m'inquiète surtout pour maman. Elle a piqué un genre de crise quand ils m'ont ramené à la maison. Heureusement qu'ils l'avaient d'abord appelée de la voiture. Elle s'est mise à hurler : « Pourquoi nous persécutez-vous ? » et le policier et moi avons dû essayer de la calmer. En disant que c'était une « procédure de routine », une « mesure de protection »... mais elle a continué à pleurer.

Papa va prendre le premier avion pour rentrer, cette fois. J'espère que ce sera une BONNE CHOSE.

Je t'embrasse,

Matt

Mer 30/03/01 6:47

Chère Ursula,

L'auteur du coup de téléphone anonyme est : le révérend Brewer.

La police vient de nous l'apprendre. Il a été arrêté. Appelle-moi dès que tu as lu ce message, O.K. ?

Je t'embrasse,

Matt

QUARANTE-SIX

Au moment même où elle était annoncée aux médias, la nouvelle se répandait dans le lycée de Rocky River.

Deux nouvelles, en fait. D'abord, l'alerte à la bombe : quelqu'un avait téléphoné au lycée la veille pour prévenir qu'une bombe allait exploser « dans l'heure ». Cette personne avait ajouté laconiquement : « Cette fois, je vais faire le boulot correctement. » Aucune bombe n'avait été trouvée, toutefois, et la police découvrit vite que l'appel avait été passé par le révérend Brewer, qui avait téléphoné d'une cabine voisine de son église, en parlant à travers un mouchoir pour tenter de déguiser sa voix. Celle-ci, enregistrée, fut identifiée par des experts ; on remonta jusqu'à la cabine téléphonique où l'on trouva les empreintes de Brewer ; et, à sa stupéfaction, celui-ci fut arrêté, inculpé, et sa caution fixée à 500 000 dollars.

Deuxième nouvelle : les parents de Matthew Donaghy annoncèrent par l'intermédiaire de leur avocat qu'ils renonçaient entièrement à leur action controversée. Pour la raison suivante : « M. et Mme Donaghy ne considèrent plus qu'un procès est la meilleure manière de parvenir à la justice. »

Mer 30/03/01 18:37

cher matt,
grande nouvelle/je suis contente pour toi
appelle-moi quand tu peux
je t'embrasse,

u r

AVRIL

QUARANTE-SEPT

— Oh ! Ursula.

Telle fut la réaction de maman. Elle écarquilla les yeux. Je la vis déglutir et décider de ne pas exprimer le flot de pensées qui se bousculaient dans sa tête. Lisa adora mon nouveau look — « Ursula, ouaouh ! Cool » — et pendant tout le repas elle n'arrêta pas de me regarder et de se pencher pour me toucher les cheveux. Mais ce fut papa à qui cela eut vraiment l'air de faire quelque chose. Il avait un nouvel emploi du temps qui lui permettait de dîner au moins deux soirs par semaine avec sa famille, alors c'était déjà un peu la fête et nous étions tous de bonne humeur, et donc papa rentre, me voit, me regarde, cligne des yeux et essaie de plaisanter pour cacher son étonnement, il ajuste ses lunettes pour m'examiner et finalement me prend dans ses bras et dit :

— Tu es vraiment unique, ma belle. Je dois reconnaître que tu es superbe. Mais intimidante aussi. Comme une rock star au pays des Amazones.

J'étais flattée, mais je protestai tout de même :

— Je ne veux pas ressembler à une rock star, papa, je veux juste avoir l'air de *moi.*

— C'est le cas, Ursula, fit papa en riant.

Voici ce que j'avais fait : quelques jours après l'arrestation du révérend Brewer, j'avais pris secrètement rendez-vous dans un salon de coiffure pour me faire couper les cheveux vraiment court derrière et plus long sur les côtés, deux grandes mèches lisses, et j'avais fait teindre l'ensemble en blond platine.

Je me sentais tellement bien que j'avais voulu fêter ça. J'en avais assez de mes cheveux blond fadasse qui ne reflétaient pas cette bonne humeur.

Le nouveau look de la Nulle.

La Nulle surprendra toujours.

Quand Matt me vit, il fut presque aussi ébahi que papa. Il en resta quasiment bouche bée.

— Tu es… magnifique, Ursula. Je devrais peut-être me faire décolorer les cheveux, moi aussi.

— Pourquoi pas ?

Matt rit. À quoi ressemblerait-il avec des cheveux blond platine au lieu de roux pâle ?

— Si ma pièce est choisie pour le festival, peut-être. Nous pourrions y jouer tous les deux, à ce moment-là.

C'était une nouvelle idée et elle me plaisait bien. Je n'étais jamais montée sur une scène de ma vie, sauf à l'école primaire, mais ça ne devait pas être très différent des matchs, où tout le monde vous regarde. Avec les nouveaux cheveux cool de la Nulle et les dialogues comiques de Matt, j'étais sûre que j'adorerais ça.

Matt avait retravaillé sa pièce *William Wilson : un cas d'erreur d'identité* et l'avait présentée au comité de sélection du Festival artistique de printemps qui devait avoir lieu le mois suivant. Je n'avais pas vu la première version, qu'il qualifiait de « puérile », mais celle-ci était extrêmement drôle et intelligente : il n'y avait que deux personnages, tous les deux appelés « William Wilson » (comme dans l'histoire d'Edgar Allan Poe), l'un mauvais et l'autre bon — la « voix de la conscience ». Matt lisait le rôle de W1 et moi celui de W2 — nous essayions d'avoir à peu près la même voix de baryton, grave et gutturale — et nous avions du mal à ne pas éclater de rire, tellement le dialogue était drôle. Pour résumer : William Wilson 1 parle trop, ce qui lui attire des ennuis ; William Wilson 2 essaie sans cesse d'arranger les choses, d'expliquer, de sauver W 1 de la catastrophe. Mais si W 1 est trop bavard, il est aussi plutôt malin. Un ampli reprend ses paroles, les amplifie et les déforme au point de donner l'impression qu'il a dit le contraire de ce qu'il voulait dire. Finalement, c'en est trop pour W 2, qui devient une Grande Gueule lui aussi, et tous les deux parlent en chœur alors que des sirènes et des gyrophares rouges convergent sur eux…

J'étais fière de Matt. Peut-être même un peu étonnée qu'il sache écrire aussi bien.

Un autre texte comique que Matt écrivit pour le *Rocky River Run* était plus sérieux : « Hystérie médiatique ». C'était si bon que je lui conseillai de l'envoyer à la page « Tribune libre » du *New York Times.* Matt fut ahuri par ma suggestion.

— Ils ne publieront jamais un texte de moi... je ne suis qu'un lycéen du Westchester.

— Oh ! Matt. Le pire qu'ils puissent faire, c'est de le refuser.

Je lui dis que je faxerais moi-même son article au journal s'il ne voulait pas le faire, et il répondit qu'il y réfléchirait.

Au lycée, tout le monde nous regardait plus ou moins ouvertement, à présent. Pas seulement mon nouveau look, mais le couple que nous formions, Matt et moi. Dans l'ensemble, les gens étaient amicaux. Comme si nous avions tous traversé un sale moment mais que l'on était passé à autre chose.

QUARANTE-HUIT

Était-ce un effet de son imagination ? Ou était-ce réel ?

Du jour au lendemain — enfin, presque — les choses changeaient pour Matt au lycée de Rocky River.

Pendant des semaines, il s'était fait l'effet d'un fantôme au milieu de ses camarades de classe, s'attirant des coups d'œil et des regards furtifs mais pas beaucoup de sourires ; et maintenant, voilà qu'ils recommençaient à lui parler. Comme s'il était revenu du Pays des Morts.

Il dit à Ursula :

— Je ne suis plus sur la liste noire, apparemment. Je devrais me sentir reconnaissant, je suppose ?

Ursula rit. La situation lui inspirait exactement les mêmes sentiments.

— Renoncer au procès était une bonne idée, tu sais.

Matt devait reconnaître que c'était vrai. Cela avait tout changé. Ainsi que les révélations des médias sur le révérend Brewer, qui avait non seulement téléphoné au lycée pour semer la panique mais essayé d'en faire porter la responsabilité à Matt Donaghy.

Muriel et Miriam Brewer étaient impliquées, elles aussi. De quelle manière exactement, la police ne l'avait pas révélé parce qu'elles étaient mineures, mais elles avaient brusquement disparu du lycée. Leurs pupitres et leurs casiers avaient été vidés.

Ursula dit :

— Je les plains, d'un certain côté. C'est triste pour elles de ne pas passer leur bac. Et d'avoir un père comme ça, qui leur apprend la haine.

Matt garda le silence. Il aurait aimé pardonner aux Brewer, bien sûr, pardonner toutes les mesquineries et les méchancetés, mais ça n'est pas si facile lorsque l'on vous a fait du mal. Et, bien que Matt fût de bonne humeur ces temps-ci, il se rappellerait longtemps ce qu'il avait souffert.

— Peut-être, dit-il, d'un ton si sceptique que Ursula éclata de rire.

Elle commençait à connaître Matt si bien qu'il leur suffisait parfois d'échanger un regard pour partager la même pensée. En particulier une pensée ironique, quand quelqu'un se montrait ostensiblement « gentil » avec Matt.

La rédaction de la revue littéraire et son conseiller, Mel Steiner, invitèrent Matt à reprendre sa chronique humoristique : « Tu manques à tes admirateurs, Matt. »

Matt se demanda quoi écrire. Il découvrit avec gêne, lorsqu'il relut « Juste pour mémoire », ce texte satirique qu'il avait composé en février dans un moment d'amertume et de cafard, qu'il n'était pas très bon, en fin de compte. C'était grossier, puéril, maladroit. Une plaisanterie sur l'injection létale qui avait tout de l'apitoiement sur soi-même. M. Steiner avait eu raison de le refuser.

Cela dit, Matt n'était pas certain de pouvoir recommencer à être « drôle », à la manière insouciante qui avait été la sienne.

Grande Gueule, populaire ? Mais pourquoi ?

Parce que Ursula intimidait, surtout maintenant, avec ses cheveux blonds éblouissants et son attitude si différente des sourires fondants, joyeux-radieux de la plupart des filles, les gens avaient tendance à aborder Matt plus volontiers lorsqu'il était seul.

Russ Mercer lui parlait de nouveau, et souvent. Cal Carter lui demanda où il en était de ses entraînements d'athlétisme, comme s'ils n'avaient jamais cessé d'être amis. (« Je ne fais pas partie de l'équipe, cette saison. Je me concentre sur l'écriture. ») Neil Donaghue lui soutira des tuyaux sur le devoir de maths, et Skeet Curlew, l'air un peu embarrassé, proposa sans conviction qu'ils se voient un de ces jours. (« Bien sûr, dit Matt. Mais pas ce week-end. Je suis plutôt occupé. ») Quant à Sandy Friedman, pressée comme toujours, elle s'arrêta pour serrer le bras de Matt et lui assurer qu'il lui manquait vraiment-vraiment beaucoup lors des réunions des délégués de classe : « Tu étais un peu la voix de la raison. »

Stacey Flynn, elle, tortillait une mèche de cheveux autour de son index, hésitant à aborder Matt, mais sachant qu'il le fallait. Matt devait reconnaître que c'était une très jolie fille. Il n'avait pas envie de penser qu'elle était superficielle, qu'elle lui avait fait du mal. Il préférait se dire qu'elle était devenue encore plus jolie... depuis ses ennuis. Depuis la dernière fois où ils s'étaient parlés. Stacey portait un pull de coton jaune, et ses longs cheveux, noirs et brillants, flottaient autour de son visage en forme de cœur. C'était une jeune fille mince et menue, qui tendait le cou de façon charmante pour regarder les garçons, et c'était ainsi qu'elle regardait Matt, debout devant son casier, en lui demandant ce qu'était devenue la pièce qu'il avait adaptée d'Edgar Allan Poe.

— Tu l'as proposée au festival ?

Au départ, c'était Stacey qui devait jouer dans cette pièce.

Matt dit :

— Je l'ai retravaillée. Elle est très différente, maintenant.

— Mais elle était déjà merveilleuse avant...

— Ah oui ? fit Matt, en fronçant les sourcils.

La proximité de Stacey le rendait nerveux. Il sentait qu'on les regardait. Il pouvait pourtant difficilement fermer son casier et s'en aller, elle était si près de lui.

— Oui, je t'assure ! Tu es vraiment doué pour la comédie.

— Cela vaut mieux que d'être doué pour la tragédie, je suppose.

Stacey ne sut pas comment interpréter cette remarque énigmatique. Matt, qui s'éloignait déjà, ne savait pas non plus très bien ce qu'elle signifiait.

Mer 11/04/01 20:10

Cher Matt,

Ça n'est pas facile à écrire. Ce sont des excuses, il semblerait.

Je ne sais pas expliquer pourquoi je ne t'ai pas parlé pendant si longtemps. Je me suis sentie si mal, tout le temps que cela a duré.

Je pourrais accuser mes parents, je suppose. (Ils ne voulaient pas que je sois « mêlée » à tout ça. Ils se font déjà du souci pour mon admission à l'université et mes lettres de recommandation, tu te rends compte ???) Mais en fait c'est ma faute.

Appelle-moi si tu as envie de parler. Quand tu veux.

Ton amie,

Stacey

Il y eut d'autres e-mails de ses anciens amis. Et des invitations inattendues.

Un week-end, Matt fut invité chez Cal Carter. Il hésita avant de dire que, oui, peut-être, il viendrait… « Si Ursula Riggs vient aussi ».

Cal était son ami depuis le collège. Plutôt sportif, membre de l'équipe de natation. Un élève régulier,

B + de moyenne, qui avait toujours eu du succès auprès des filles. Il dit, sans aucun tact :

— Ursula *Riggs* ? Tu veux venir avec *elle* ?

— Oui, dit Matt, contrarié. Je veux venir avec Ursula.

— Ursula est cool, dit Cal, mal à l'aise, mais… ça ne collerait pas très bien, tu ne crois pas ? Je veux dire… avec nous ?

— Alors, ça ne collera pas non plus avec moi.

Matt claqua la porte de son casier et s'éloigna, en plantant là Cal Carter.

Faux jetons. Hypocrites. Ursula vaut mieux que vous tous réunis.

L'invitation la plus inattendue vint de Brooke Tyler, qui donnait une fête au Yacht Club de Rocky River pour son dix-septième anniversaire. Brooke était en cours d'histoire avec Matt, et sortait avec un élève populaire de terminale, son père était un réalisateur en vue de la chaîne CBS. Matt ne connaissait pas bien Brooke mais fut flatté par l'invitation.

Plus que flatté, emballé.

C'était la première fois que Brooke Tyler ou sa bande invitaient Matt Donaghy quelque part.

Mais lorsque Matt demanda s'il pouvait venir avec Ursula, il vit Brooke froncer très légèrement les sourcils et dire, avec son sourire candide de pom-pom girl :

— Ursula *Riggs* ? C'est ta nana ?

— Ursula est mon amie.

Brooke céda.

— Bien sûr, venez tous les deux. C'est cool.

Mais Ursula ne trouva pas ça cool quand Matt lui en parla.

— Ces poseurs ! Tu parles sérieusement ?

Matt secoua la tête, embarrassé.

— Allons plutôt à New York, dit Ursula.

On jouait au Village une nouvelle pièce qui, à son avis, leur plairait à tous les deux :

— « Délirante, irrévérencieuse, drôle mais profonde »... les critiques en parlent comme d'une pièce que Matt Donaghy aurait pu écrire.

QUARANTE-NEUF

— Citrouille ! Par ici.

Elle trottait dans les bois, en haletant et reniflant gaiement. On était fin avril, un printemps frais, mais la neige avait fondu presque partout, cela sentait la terre humide et les feuilles de l'année précédente, et le torrent de Rocky River cascadait, écumeux comme un rapide. Le ciel était : si bleu ! Comme d'habitude, Matt et moi marchions sans beaucoup parler. Nous nous montrions surtout des choses du doigt, la vue sur l'Hudson, par exemple, ou une formation spectaculaire de schiste qui faisait penser à une sculpture. La réserve naturelle ressemblait à un endroit préhistorique : je crois que c'était pour cela que nous l'aimions. Et que nous nous y sentions en sécurité.

La partie pénible de l'humanité, c'est l'histoire. Tout ce qui a été fait à des êtres humains par d'autres êtres humains. Dans la réserve naturelle de Rocky River, on n'avait pas à y penser.

Je me demandais si Matt voulait aller jusqu'au ravin où je l'avais trouvé, ce fameux jour. Je me demandais si c'était ce qu'il avait en tête, en nous amenant ici pour sa « révélation surprise ».

J'espérais que non. Je me disais que c'était un moment qu'il valait mieux oublier. « Oublier et pardonner »... plaisantait Matt. Ou « pardonner et oublier ». Au choix.

Matt s'était montré mystérieux, disant qu'il avait quelque chose à me révéler et voulait le faire dans notre coin préféré.

Nous avions emporté un gros pique-nique. Marcher nous mettait l'estomac dans les talons.

Par hasard (je le crois, en tout cas), je me rendis compte que ce jour d'avril était presque un anniversaire pour nous : cela ferait bientôt trois mois que u r avait envoyé à Matt Donaghy son message *Appelle-moi STP, c'est urgent.*

Citrouille était tout heureuse de nous accompagner. Depuis son enlèvement, elle était devenue plus dépendante de Matt et de moi, un peu comme un chiot. Elle n'aimait pas rester seule et avait peur des inconnus, des bruits et des mouvements soudains, des voitures dans la rue par exemple, ou des avions dans le ciel. Matt disait qu'elle tremblait et gémissait dans son sommeil comme si elle essayait de courir mais n'y arrivait pas :

— Comme un cauchemar d'être humain, tu vois le genre ?

Nous câlinions beaucoup Citrouille pour lui assurer qu'elle était en sécurité et aimée.

Parfois, je voyais apparaître une certaine expression sur le visage de Matt, et je savais qu'il pensait à

Trevor Cassity et à ses copains, à ce qu'ils lui avaient fait ; à la terreur qu'ils avaient inspirée à Citrouille, qui ne serait plus jamais comme avant ; et aux heures d'angoisse qu'ils avaient fait vivre aux Donaghy par pure méchanceté. Je respectais trop Matt pour essayer de le distraire par des cajoleries, ces émotions lui appartenaient et elles étaient légitimes, mais je tâchais de changer de sujet dès que je le pouvais. La Nulle commençait à apprendre qu'il ne sert à rien de s'appesantir sur le passé, de remâcher des souffrances et des humiliations anciennes.

Nous n'allâmes pas jusqu'au sommet du ravin… à mon soulagement.

Nous marchions depuis une heure quand nous décidâmes de nous arrêter pour déjeuner et rappelâmes Citrouille. Mais, brusquement, nous entendîmes des voix toutes proches… des voix plutôt bruyantes et discordantes. Nous nous regardâmes. La même pensée nous traversa. *Non. Pas ici.* La mâchoire de Matt se crispa, et je sentis mon cœur battre à grands coups ; je m'assurai que Citrouille reste bien près de nous, pressée contre ma main. Un instant, je la vis attaquée par un autre chien, j'imaginai l'arrivée d'élèves du lycée qui nous gâchaient notre sortie… mais cela ne dura pas. Les voix s'éloignaient, les randonneurs avaient pris un autre sentier. Le grondement du torrent noya les derniers bruits.

Nous nous assîmes sur un large rocher de granit en pente, qui donnait l'impression d'avoir émergé de la mer un million d'années plus tôt. Il avait une drôle de texture qui rappelait des algues, et une odeur d'eau de mer. J'eus envie d'y poser la joue : il était agréablement chaud, tiédi par le soleil, bien que l'air fût frais. Le soleil tombait sur nos visages levés. J'avais préparé des sandwichs au thon dans des pains pittas, en y ajoutant des légumes crus et des germes de soja, et Matt me taquina sur mon végétarisme : « Le thon est-il un légume géant ? » Je ris et refusai de répondre.

Matt me rappelait mon père, en fait. Bien qu'ils ne se soient pas encore rencontrés. Il me respectait mais il ne me prenait pas trop au sérieux. Si la Nulle avait des prétentions, Matt Donaghy comme Clayton Riggs savaient comment la taquiner, gentiment.

Ce fut alors que Matt m'apprit la bonne nouvelle :

— Le *New York Times* va publier mon article dans sa page « Tribune libre ». Grâce à toi.

— Oh ! Matt. C'est merveilleux.

Je le regardai. J'étais heureuse, mais... un peu jalouse aussi.

— Et, plus super encore, *William Wilson* sera joué au Festival de printemps. Ce qui signifie qu'Ursula Riggs va faire ses débuts au théâtre dans cinq semaines environ.

— Matt ! Félicitations.

— Non. C'est toi qui m'as inspiré.

D'un seul coup, nous fûmes dans les bras l'un de l'autre. Citrouille, qui somnolait sur le rocher, se réveilla, réussit à se glisser entre nous et se mit à battre de la queue avec énergie.

J'avais envie de pleurer, mais c'était ridicule. Matt me serrait si fort que je n'arrivais plus à respirer. Le torrent grondait dans mes oreilles. Matt baissa la tête et pressa ses lèvres sur les miennes, et nous étions haletants tous les deux mais pas tout à fait prêts.

Ce premier baiser ne fut pas vraiment une réussite, je crois.

Nous en essaierions d'autres.

DU MÊME AUTEUR

Aux Éditions Gallimard Jeunesse

NULLE ET GRANDE GUEULE.

Aux Éditions Gallimard

AU COMMENCEMENT ÉTAIT LA VIE. Éditions du Félin, 1995 (Folio n° 3211).

UN AMOUR NOIR. Éditions du Félin, 1993 (Folio n° 3212).

Aux éditions Stock

HUDSON RIVER, 2004.

INFIDÈLES, 2003.

JOHNNY BLUES, 2002.

MON CŒUR MIS À NU, 2001.

BLONDE, 2001.

NOUS ÉTIONS LES MULVANEY, 2000.

CONFESSIONS D'UN GANG DE FILLES, 1995.

MAN CRAZY, 1999.

ZOMBI, 1997.

CORKY, 1996.

SOLSTICE, 1993.

LE RENDEZ-VOUS, 1993.

CETTE SAVEUR AMÈRE DE L'AMOUR, 1992.

LES MYSTÈRES DE WINTERTHURN, 1987.

L'HOMME QUE LES FEMMES ADORAIENT, 1986.

MARIAGES ET INFIDÉLITÉS, 1980.

HAUTE ENFANCE, 1978.

CORPS, 1970.

Chez d'autres éditeurs

DÉLICIEUSES POURRITURES. Philippe Rey, 2003.

LE RAVIN. L'Archipel, 2003.

JE ME TIENS DEVANT TOI NUE suivi de MISS GOLDEN DREAMS. Éditions du Laquet, 2001.

PREMIER AMOUR. Actes Sud, 1998.

EN CAS DE MEURTRE. Actes Sud, 1996.

REFLETS EN EAU TROUBLE. Écriture, 1993.

DÉSIRS EXAUCÉS. Aubier-Flammarion, 1976.

COLLECTION FOLIO

Dernières parutions

3820. Urs Widmer	*L'homme que ma mère a aimé.*
3821. George Eliot	*Le Moulin sur la Floss.*
3822. Jérôme Garcin	*Perspectives cavalières.*
3823. Frédéric Beigbeder	*Dernier inventaire avant liquidation.*
3824. Hector Bianciotti	*Une passion en toutes Lettres.*
3825. Maxim Biller	*24 heures dans la vie de Mordechaï Wind.*
3826. Philippe Delerm	*La cinquième saison.*
3827. Hervé Guibert	*Le mausolée des amants.*
3828. Jhumpa Lahiri	*L'interprète des maladies.*
3829. Albert Memmi	*Portrait d'un Juif.*
3830. Arto Paasilinna	*La douce empoisonneuse.*
3831. Pierre Pelot	*Ceux qui parlent au bord de la pierre (Sous le vent du monde, V).*
3832. W.G Sebald	*Les émigrants.*
3833. W.G Sebald	*Les Anneaux de Saturne.*
3834. Junichirô Tanizaki	*La clef.*
3835. Cardinal de Retz	*Mémoires.*
3836. Driss Chraïbi	*Le Monde à côté.*
3837. Maryse Condé	*La Belle Créole.*
3838. Michel del Castillo	*Les étoiles froides.*
3839. Aïssa Lached-Boukachache	*Plaidoyer pour les justes.*
3840. Orhan Pamuk	*Mon nom est Rouge.*
3841. Edwy Plenel	*Secrets de jeunesse.*
3842. W. G. Sebald	*Vertiges.*
3843. Lucienne Sinzelle	*Mon Malagar.*
3844. Zadie Smith	*Sourires de loup.*
3845. Philippe Sollers	*Mystérieux Mozart.*
3846. Julie Wolkenstein	*Colloque sentimental.*
3847. Anton Tchékhov	*La Steppe. Salle 6. L'Évêque.*
3848. Alessandro Baricco	*Châteaux de la colère.*

3849. Pietro Citati	*Portraits de femmes.*
3850. Collectif	*Les Nouveaux Puritains.*
3851. Maurice G. Dantec	*Laboratoire de catastrophe générale.*
3852. Bo Fowler	*Scepticisme & Cie.*
3853. Ernest Hemingway	*Le jardin d'Éden.*
3854. Philippe Labro	*Je connais gens de toutes sortes.*
3855. Jean-Marie Laclavetine	*Le pouvoir des fleurs.*
3856. Adrian C. Louis	*Indiens de tout poil et autres créatures.*
3857. Henri Pourrat	*Le Trésor des contes.*
3858. Lao She	*L'enfant du Nouvel An.*
3859. Montesquieu	*Lettres Persanes.*
3860. André Beucler	*Gueule d'Amour.*
3861. Pierre Bordage	*L'Évangile du Serpent.*
3862. Edgar Allan Poe	*Aventure sans pareille d'un certain Hans Pfaal.*
3863. Georges Simenon	*L'énigme de la* Marie-Galante.
3864. Collectif	*Il pleut des étoiles...*
3865. Martin Amis	*L'état de L'Angleterre.*
3866. Larry Brown	*92 jours.*
3867. Shûsaku Endô	*Le dernier souper.*
3868. Cesare Pavese	*Terre d'exil.*
3869. Bernhard Schlink	*La circoncision.*
3870. Voltaire	*Traité sur la Tolérance.*
3871. Isaac B. Singer	*La destruction de Kreshev.*
3872. L'Arioste	*Roland furieux I.*
3873. L'Arioste	*Roland furieux II.*
3874. Tonino Benacquista	*Quelqu'un d'autre.*
3875. Joseph Connolly	*Drôle de bazar.*
3876. William Faulkner	*Le docteur Martino.*
3877. Luc Lang	*Les Indiens.*
3878. Ian McEwan	*Un bonheur de rencontre.*
3879. Pier Paolo Pasolini	*Actes impurs.*
3880. Patrice Robin	*Les muscles.*
3881. José Miguel Roig	*Souviens-toi, Schopenhauer.*
3882. José Sarney	*Saraminda.*
3883. Gilbert Sinoué	*À mon fils à l'aube du troisième millénaire.*
3884. Hitonari Tsuji	*La lumière du détroit.*

3885.	Maupassant	*Le Père Milon.*
3886.	Alexandre Jardin	*Mademoiselle Liberté.*
3887.	Daniel Prévost	*Coco belles-nattes.*
3888.	François Bott	*Radiguet. L'enfant avec une canne.*
3889.	Voltaire	*Candide ou l'Optimisme.*
3890.	Robert L. Stevenson	*L'Étrange Cas du docteur Jekyll et de M. Hyde.*
3891.	Daniel Boulanger	*Talbard.*
3892.	Carlos Fuentes	*Les années avec Laura Díaz.*
3894.	André Dhôtel	*Idylles.*
3895.	André Dhôtel	*L'azur.*
3896.	Ponfilly	*Scoops.*
3897.	Tchinguiz Aïtmatov	*Djamilia.*
3898.	Julian Barnes	*Dix ans après.*
3899.	Michel Braudeau	*L'interprétation des singes.*
3900.	Catherine Cusset	*À vous.*
3901.	Benoît Duteurtre	*Le voyage en France.*
3902.	Annie Ernaux	*L'occupation.*
3903.	Romain Gary	*Pour Sgnanarelle.*
3904.	Jack Kerouac	*Vraie blonde, et autres.*
3905.	Richard Millet	*La voix d'alto.*
3906.	Jean-Christophe Rufin	*Rouge Brésil.*
3907.	Lian Hearn	*Le silence du rossignol.*
3908.	Kaplan	*Intelligence.*
3909.	Ahmed Abodehman	*La ceinture.*
3910.	Jules Barbey d'Aurevilly	*Les diaboliques.*
3911.	George Sand	*Lélia.*
3912.	Amélie de Bourbon Parme	*Le sacre de Louis XVII.*
3913.	Erri de Luca	*Montedidio.*
3914.	Chloé Delaume	*Le cri du sablier.*
3915.	Chloé Delaume	*Les mouflettes d'Atropos.*
3916.	Michel Déon	*Taisez-vous... J'entends venir un ange.*
3917.	Pierre Guyotat	*Vivre.*
3918.	Paula Jacques	*Gilda Stambouli souffre et se plaint.*
3919.	Jacques Rivière	*Une amitié d'autrefois.*
3920.	Patrick McGrath	*Martha Peake.*
3921.	Ludmila Oulitskaia	*Un si bel amour.*

3922. J.-B. Pontalis	*En marge des jours.*
3923. Denis Tillinac	*En désespoir de causes.*
3924. Jerome Charyn	*Rue du Petit-Ange.*
3925. Stendhal	*La Chartreuse de Parme.*
3926. Raymond Chandler	*Un mordu.*
3927. Collectif	*Des mots à la bouche.*
3928. Carlos Fuentes	*Apollon et les putains.*
3929. Henry Miller	*Plongée dans la vie nocturne.*
3930. Vladimir Nabokov	*La Vénitienne* précédé d'*Un coup d'aile.*
3931. Ryûnosuke Akutagawa	*Rashômon* et autres contes.
3932. Jean-Paul Sartre	*L'enfance d'un chef.*
3933. Sénèque	*De la constance du sage.*
3934. Robert Louis Stevenson	*Le club du suicide.*
3935. Edith Wharton	*Les lettres.*
3936. Joe Haldeman	*Les deux morts de John Speidel.*
3937. Roger Martin du Gard	*Les Thibault I.*
3938. Roger Martin du Gard	*Les Thibault II.*
3939. François Armanet	*La bande du drugstore.*
3940. Roger Martin du Gard	*Les Thibault III.*
3941. Pierre Assouline	*Le fleuve Combelle.*
3942. Patrick Chamoiseau	*Biblique des derniers gestes.*
3943. Tracy Chevalier	*Le récital des anges.*
3944. Jeanne Cressanges	*Les ailes d'Isis.*
3945. Alain Finkielkraut	*L'imparfait du présent.*
3946. Alona Kimhi	*Suzanne la pleureuse.*
3947. Dominique Rolin	*Le futur immédiat.*
3948. Philip Roth	*J'ai épousé un communiste.*
3949. Juan Rulfo	*Llano en flammes.*
3950. Martin Winckler	*Légendes.*
3951. Fédor Dostoievski	*Humiliés et offensés.*
3952. Alexandre Dumas	*Le Capitaine Pamphile.*
3953. André Dhôtel	*La tribu Bécaille.*
3954. André Dhôtel	*L'honorable Monsieur Jacques.*
3955. Diane de Margerie	*Dans la spirale.*
3956. Serge Doubrovski	*Le livre brisé.*
3957. La Bible	*Genèse.*
3958. La Bible	*Exode.*
3959. La Bible	*Lévitique-Nombres.*
3960. La Bible	*Samuel.*
3961. Anonyme	*Le poisson de Jade.*

Composition Nord Compo
Impression Liberduplex
à Barcelone, le 26 mai 2004
Dépôt légal : mai 2004

ISBN 2-07-042571-1./Imprimé en Espagne.

14270

3962. Mikhaïl Boulgakov — *Endiablade.*
3963. Alejo Carpentier — *Les Élus et autres nouvelles.*
3964. Collectif — *Un ange passe.*
3965. Roland Dubillard — *Confessions d'un fumeur de tabac français.*
3966. Thierry Jonquet — *La leçon de management.*
3967. Suzan Minot — *Une vie passionnante.*
3968. Dann Simmons — *Les Fosses d'Iverson.*
3969. Junichirô Tanizaki — *Le coupeur de roseaux.*
3970. Richard Wright — *L'homme qui vivait sous terre.*
3971. Vassilis Alexakis — *Les mots étrangers.*
3972. Antoine Audouard — *Une maison au bord du monde.*
3973. Michel Braudeau — *L'interprétation des singes.*
3974. Larry Brown — *Dur comme l'amour.*
3975. Jonathan Coe — *Une touche d'amour.*
3976. Philippe Delerm — *Les amoureux de l'Hôtel de Ville.*
3977. Hans Fallada — *Seul dans Berlin.*
3978. Franz-Olivier Giesbert — *Mort d'un berger.*
3979. Jens Christian Grondahl — *Bruits du coeur.*
3980. Ludovic Roubaudi — *Les Baltringues.*
3981. Anne Wiazemski — *Sept garçons.*
3982. Michel Quint — *Effroyables jardins.*
3983. Joseph Conrad — *Victoire.*
3984. Emile Ajar — *Pseudo.*
3985. Olivier Bleys — *Le fantôme de la Tour Eiffel.*
3986. Alejo Carpentier — *La danse sacrale.*
3987. Milan Dargent — *Soupe à la tête de bouc.*
3988. André Dhôtel — *Le train du matin.*
3989. André Dhôtel — *Des trottoirs et des fleurs.*
3990. Philippe Labro/ Olivier Barrot — *Lettres d'amérique. Un voyage en littérature.*
3991. Pierre Péju — *La petite Chartreuse.*
3992. Pascal Quignard — *Albucius.*
3993. Dan Simmons — *Les larmes d'Icare.*
3994. Michel Tournier — *Journal extime.*
3995. Zoé Valdés — *Miracle à Miami.*
3996. Bossuet — *Oraisons funèbres.*
3997. Anonyme — *Jin Ping Mei I.*
3998. Anonyme — *Jin Ping Mei II.*
3999. Pierre Assouline — *Grâces lui soient rendues.*